박지원 소설선

세계문학전집 464

박지원 소설선

박지원
안대회 옮김

민음사

일러두기
1 이 책은 연암 박지원의 소설 열한 편을 골라 번역했다. 김태준의 『조선 소설사』(1933) 이래 열 편의 소설로 보았으나 이 책에서는 「발승암기」 한 편을 추가하여 열한 편으로 확대했다.
2 책의 구성은 창작 시기와 작품집에 따라 삼 부로 구성했다. 1부에서는 이십 대 말에 편집한 『방경각외전』에 실린 일곱 편의 소설을, 2부에서는 사십 대 후반에 편집한 『열하일기』에서 뽑은 두 편의 소설을, 3부에서는 오십 대 말에 편집한 『연상각선본』에 실린 두 편의 소설을 수록했다.
3 1부의 『방경각외전』에는 본문 없이 제목만 전하는 「역학대도전」과 「봉산학자전」 두 편이 나오는데 잃어버린 내용을 소개한 관련 기사를 모두 밝혀 수록했다.
4 『방경각외전』에는 아홉 편의 소설을 쓴 동기를 밝힌 「자서(自序)」가 실려 있다. 본디 아홉 편의 전기에는 각각 독립적인 짤막한 서문이 붙어 있었는데 나중에 한데 모아서 한 편의 「자서」로 엮었다. 이 책에서는 「자서」의 글을 풀어 헤쳐 아홉 편의 전기 앞에 수록함으로써 본래의 모습으로 복원하고 작품에 앞서 읽도록 했다.
5 2부의 「호질」과 「허생」은 각각 『열하일기』의 「관내정사」와 「옥갑야화」에서 뽑아 수록했다. 「호질」에서는 작품과 밀접한 관련이 있는 「관내정사」의 일부를 함께 수록했고, 「옥갑야화」는 「허생」과 밀접하게 관련돼 있어서 전체를 수록했다.
6 번역의 저본은 박영철(朴榮喆)이 1932년에 출간한 17권 6책의 『연암집(燕巖集)』이다. 여러 중요한 사본을 참고하여 교감하여 번역하고 각주에서 그 사실을 밝혔다.
7 작품을 정확하고 깊게 이해할 수 있도록 주석을 상세하게 달았다. 각 작품의 첫머리에는 작품의 취지와 내용의 이해를 돕는 상세한 주석을 달았다.
8 단국대학교 동양학연구원 편 『연민문고소장 연암박지원작품필사본총서』(전 이십 책, 문예원, 2012)에 수록된 초기 사본과 충남대학교, 국립중앙도서관, 일본 동양문고 등에 소장된 초고본을 두루 참고하여 저본의 오류를 바로잡아 번역했다. 교감한 내용은 큰 차이 위주로 각주에 밝혔다.
9 원문에 표점을 찍어 번역문 뒤에 수록했다. 여러 이본을 교감하여 비평판 텍스트를 제시했다.

차례

1부 『방경각외전(放璚閣外傳)』의 소설
1 마장전(馬駔傳) 9
2 예덕선생전(穢德先生傳) 21
3 민옹전(閔翁傳) 29
4 광문자전(廣文者傳) 43
5 양반전(兩班傳) 55
6 김신선전(金神仙傳) 62
7 우상전(虞裳傳) 73
[잃어버린 소설] 역학대도전(易學大盜傳) 93
[잃어버린 소설] 봉산학자전(鳳山學者傳) 96

2부 『열하일기(熱河日記)』의 소설
1 호질(虎叱) 101
2 허생(許生) 121

3부 『연상각선본(煙湘閣選本)』의 소설
1 발승암기(髮僧菴記) 161
2 열녀함양박씨전(烈女咸陽朴氏傳) 169

원문 179

작품 해설 232
작가 연보 254

1부

『방경각외전(放璚閣外傳)』의 소설

1 마장전(馬駔傳)[1]

오륜(五倫)의 맨 끝에 벗이 있으나[2]
벗을 밀쳐 놓거나 하찮게 본 것은 아니다.
마치 흙[土]이 오행(五行)의 하나로서
사계절 내내 왕성한 기운을 펼치는 것과 같다.[3]

---

1) 마장(馬駔)은 말의 거래를 중개하는 거간꾼이다. 말을 중개하며 잔재주를 부리는 말 거간꾼 이야기는 현실의 인간관계에 거간꾼의 상술이 깊이 침투한 세태를 풍자했다. 실제 주인공은 송욱과 조탑타, 장덕홍 세 사람이다.
2) 오륜은 부자유친(父子有親), 군신유의(君臣有義), 부부유별(夫婦有別), 장유유서(長幼有序), 붕우유신(朋友有信)의 순서로 벗을 뜻하는 붕우는 끝자리에 위치한다.
3) 오행은 목화토금수(木化土金水)다. 오행설에 따르면, 봄에는 목(木)의 기운이, 여름에는 화(火)의 기운이, 가을에는 금(金)의 기운이, 겨울에는 수(水)의 기운이 왕성하게 펼쳐지는데 흙[土]은 전담하는 계절이 없이 사계절

부자와 군신과 부부와 장유(長幼)의 윤리는
붕우(朋友)의 신의가 아니면 어떻게 성립하랴?
정상적 윤리가 정상으로 작동하지 않으면
벗이 그제야 나서서 바로잡는다.
그런 까닭에 맨 끝에 자리를 잡고
뒤를 받쳐 앞의 윤리를 총괄한다.
광인(狂人) 세 사람이 친구가 되어
거지로 떠돌며 세상에 숨어 살았다.
헐뜯지 않으면 아첨하는 세태를 논한 대화가
세상 사람의 실상을 생생하게 드러내므로
이에 「마장전」을 지었다.

  말 거간꾼과 집주릅[4]은 손뼉을 치고 손가락을 꼽으며 신의를 다짐하고, 관중(管仲)[5]과 소진(蘇秦)[6]은 닭과 개, 말과 소의 피를 묻혀 신의를 맹세하니 믿음직한 행동이다. 헤어지려는 남자의 낌새만 살짝 보아도 반지를 뽑아 던지고 손수건을 찢

언제나 왕성한 기운을 펼친다.
4) 집주릅의 원문은 사쾌(舍儈)로 집의 매매나 빌리는 것을 중개하는 부동산 중개인의 옛 표현이다.
5) 춘추 시대 제나라의 재상으로 환공(桓公)을 보좌했다. 아홉 번이나 제후를 규합하여 제나라를 패자로 만들었다. 포숙아(鮑叔牙)와 깊은 우정을 나누어 관포지교(管鮑之交)로 유명하다.
6) 전국 시대의 유세객(遊說客)으로 낙양 사람이다. 진나라에 대항하여 여섯 나라가 동맹하도록 합종책(合從策)을 성사시켜 여섯 나라의 재상을 겸임했다.

어 내던진 뒤 등불을 등지고 벽을 바라보며 고개를 떨구고 울음을 삼키며 흐느끼니 믿음직한 첩이다. 쓸개와 창자까지 꺼내 보이고 양손을 맞잡고 진심임을 다짐하니 믿음직한 벗이다.

그러나 콧잔등까지 부채로 가리고서 좌우로 눈알을 굴리며 꿈쩍꿈쩍 신호를 보내는 잔꾀를 저들 말 거간꾼과 집주릅은 잘 부린다. 상대방의 마음을 과격한 언사로 흔들어 놓고, 속내를 떠보고 꺼리는 게 뭔지를 알아내며, 힘센 군주는 을러대고 약한 군주는 제압하며, 뭉쳐 있는 나라는 흩어지게 하고 분열한 나라는 협력하게 하는 권모술수를 저 관중 같은 패자(霸者)와 소진 같은 유세객이 이간질하고 농락하기 위해 써먹는다.

옛날에 심장병을 앓는 이가 있어서 아내에게 약을 달이게 했더니 어느 때는 양이 많고 어느 때는 양이 적어 들쑥날쑥했다. 화가 나서 첩에게 약을 달이게 했더니 많고 적은 차이가 없이 양이 늘 똑같았다. 첩의 탕약이 몹시 마음에 들어 창문에 구멍을 뚫고 엿보았더니 약의 양이 많으면 바닥에 버리고, 양이 적으면 물을 부었다. 이런 짓이 약의 양을 늘 똑같게 달이는 방법이었다.

그러니 귀에 대고 소곤거리는 말은 올바른 말이 아니고, 남에게 누설하지 말라고 주의를 주며 당부하는 말을 하는 자는 우정 깊은 친구가 아니며, 우정이 깊으니 얕으니 따지는 말을 하는 이는 알찬 친구가 아니다.

송욱(宋旭)[7]과 조탑타(趙闒拖)와 장덕홍(張德弘)은 잘 어울

---

7) 『연암집』 권7 「염재기(念齋記)」에 등장하는 실존 인물이다. 과거가 열리

려 지내는 사이로 광통교 위에서 친구 사귀는 일을 토론했다. 조탑타가 먼저 말을 꺼냈다.

"나는 아침에 해가 뜨면 바가지를 두드리며 구걸하러 돌아다녀. 포목전에 들어갔더니 다락에 올라가 베를 사는 이가 있었는데 베를 골라서 혀로 핥아 보기도 하고, 허공에 비추어 살펴보기도 하더군. 벳값을 흥정하는 소리가 입에서 나올락 말락 하다가 주인더러 먼저 값을 부르라고 양보했어. 그랬더니 주인과 손님이 벳값을 흥정하다 말고 딴청을 부리데. 포목상은 먼 산을 바라보면서 구름이 뭉게뭉게 피어난다고 흥얼거리고, 손님은 뒷짐을 지고 오락가락하면서 벽 위에 걸린 그림을 구경하더군."[8]

송욱이 듣고서 말했다.

"너는 친구 사귀는 행태를 보기는 했으나 우정의 도리를 알려면 아직 멀었다."

덕홍이 듣고서 말했다.

"꼭두각시놀음에서는 흰 천을 쳐서 무대를 가리니 끈으로 인형을 당기는 꼴을 숨기려고 그러지요."

면 항상 응시하여 스스로 높은 점수를 매기고 시험장을 나오는 기괴한 행동을 하는 광인이었다.

8) 포목상과 손님의 행동은 모두 포목을 사고파는 데 무심한 체하는 태도를 표현한다. 앞 구절은 도연명 「귀거래사(歸去來辭)」의 "구름은 무심하게 산골짜기에서 피어난다(雲無心以出岫)"에서 나왔고, 뒷 구절은 『사기』 「항우본기(項羽本紀)」에서 나온 말로 항우의 군대가 거록(鉅鹿)에서 진(秦)나라 군대를 공격할 때 다른 제후의 군대는 진지[壁]에서 구경만 하였다. 방관자 태도를 취하는 것을 흔히 벽상관(壁上觀)이라 한다.

송욱이 말했다.
"너는 친구 사귀는 겉모양을 보기는 했으나 우정의 도리를 알려면 아직 멀었다. 무릇 군자가 친구를 사귀는 목적은 세 가지가 있고, 사귀는 방법은 다섯 가지가 있는데 나는 하나도 잘하지 못했지. 그래서 나이가 서른에 이르도록 친구 하나를 사귀지 못했어. 그래도 친구 사귀는 도리는 옛날에 들어 두었어. 팔은 안으로 굽지 밖으로 굽지 않아. 그래서 술잔을 잡는 게야."
덕홍이 맞장구를 쳤다.
"그래요. 오래된 시에도 분명 그런 말이 있고요.

학이 그늘에 앉아 우니
그 새끼가 화답하네.
내게 좋은 벼슬이 있으니
너와 함께 누리리라.[9]

아마도 친구 사귐을 뜻하는 시겠지요."
송욱이 말했다.
"너하고는 친구 사귐에 대해 더불어 말할 만하구나. 내가 한 가지를 먼저 말하니 벌써 두 가지를 알아차리는구나. 천하

---

9)『주역(周易)』중부괘(中孚卦) 구이(九二)의 효사(爻辭)로 운문의 형식을 갖추고 있어 고대 시의 한 구절로 보인다. 숨어 살면서도 신의를 잃지 않아서 같은 무리끼리 서로 잘 사귐을 은유한 시구다. 친구 사이의 깊은 우정을 상징한다.

마장전

모든 사람이 추구하는 것은 세력이고, 얻으려 애쓰는 것은 명예와 이익이지. 술잔이 입과 더불어 상의하지 않아도 팔이 저절로 안으로 굽어 술을 끌어당겨 마시지. 형세상 당연히 그렇게 될 수밖에 없어. 학과 새끼가 울면서 화답하니 명예를 얻으려는 까닭이 아닐까? 좋은 벼슬이란 이익을 말해. 그렇지만 추구하는 사람이 많으면 세력이 나뉘고, 도모하는 사람이 많으면 명예와 이익을 얻을 방법이 없지.

그래서 군자는 세력과 명예와 이익 세 가지를 숨기고 입 밖에 꺼내지 않아. 그런 지가 꽤 오래야. 내가 일부러 그런 진실을 숨기고 말했건만 너는 잘도 알아차렸구나. 너는 남과 사귈 때 남이 잘하는 점을 칭찬하지 말아. 잘한다고 이미 알려진 것을 칭찬하면 심드렁하게 여겨 칭찬하는 효과가 없어. 아직 하지 못한 일을 일깨워 주지도 말아. 곧 하려고 했던 일을 말하면 그 사람은 맥이 확 풀려. 사람이 많이 모인 자리에서는 누군가를 제일 잘한다고 칭찬해선 안 돼. 제일이란 말은 그 위에는 아무도 없다는 뜻이라 좌중이 썰렁해지며 다들 기운이 꺾여 버리거든.

그러니 친구 사이에서 처신하는 데도 기술이 있어. 남을 칭찬하려거든 먼저 드러내 놓고 질책부터 하고, 친근함을 표현하려거든 노여움을 먼저 표현해야 해. 남과 친해지려거든 옴짝달싹 않고 선 채로 뚫어지게 쳐다보다가 부끄러움을 타는 듯이 되돌아서. 남에게 내 말을 믿도록 하려거든 먼저 의심을 품도록 한 다음 기다려. 용맹한 대장부는 슬픔이 많고, 아름다운 여인은 눈물이 많아. 영웅은 울기를 잘하기 때문에 사람을 움직이지. 무릇 이 다섯 가지 기술은 군자의 은밀한 권모술수이자 영원불변한 처세의 법칙이지."

말이 끝나자 탑타가 덕홍에게 물었다.

"송 선생의 말씀은 그 뜻이 꺽꺽하고 어려워서 수수께끼 같구먼. 나는 도무지 모르겠는걸."

덕홍이 대답했다.

"너 따위가 무슨 수로 그 깊은 뜻을 알겠느냐? 잘한 일을 두고 떠벌려 칭찬한 다음 질책하면 그보다 더한 칭찬이 없어. 노여움은 사랑하는 마음에서 나오고, 깊은 정은 꾸지람에서 나오는 거야. 집안사람에게는 가끔 지나치게 엄해도 나쁘지 않아.[10] 더할 나위 없이 친한 사람에게 거리를 한결 더 둬 보면 그보다 더 친해질 사람이 어디에 있겠나? 더할 나위 없이 믿을 만한 사람에게 의심을 품도록 해 본다면 그보다 더 믿을 만하고 가까워질 사람이 어디에 있겠어? 술은 거나해지고 밤은 깊어서 너나없이 모두 졸고 있을 때 말없이 바라보면서 남은 술기운을 빌려 구슬픈 속내를 드러내면 가엾게 여기며 공감하지 않을 친구가 없어. 그러니 친구를 사귐에는 상대를 이해하는 것보다 귀한 게 없고, 우정의 즐거움에는 상대와 마음을 나누는 것보다 나은 게 없어. 토라진 사람의 화난 마음을 풀고, 불평불만이 쌓인 자의 원한을 누그러뜨리는 데는 눈물보다 빠른 게 없지. 나는 다른 사람과 사귀면서 울고 싶지 않

---

10) 『주역』 가인괘(家人卦) 구삼(九三)의 효사에서 "집안사람에게 지나치게 엄하니 뉘우치고 위태로울 듯하나 끝내는 길하다."라고 했다.

은 때가 없었으나 울려고 해도 눈물이 떨어지지 않았어. 그래서 한양 바닥을 돌아다닌 지 삼십일 년이 됐어도 친구를 만나지 못했지."

탑타가 물었다.

"그렇다면 친구 사이에 충심으로 처신하고, 의로움으로 친구를 얻는 것은 어떤가?"

덕홍이 그의 낯짝에 침을 뱉으며 호통을 쳤다.

"네가 하는 말은 어찌 그리 천박하고 모자라냐! 그걸 말이라고 하느냐! 너 한번 들어 보거라. 가난뱅이는 바라는 게 많아서 의로움을 끝없이 흠모한단다. 왜 그렇겠니? 까마득한 하늘을 보고서도 곡식을 내려 주지 않을까 설레고, 남의 기침 소리만 들어도 목을 석 자나 빼고 도움을 기다리지. 하지만 재물을 쌓아 둔 부자는 인색하다는 악평도 부끄러워하지 않아. 그래야 자기를 쳐다보는 남들의 기대가 끊어지기 때문이야. 비천한 자는 아까울 게 없어서 충심을 바쳐 어떤 어려움도 마다하지 않는단다. 왜 그렇겠니? 물을 건너며 바지를 걷지 않는 것은 누더기 바지를 입었기 때문이야. 수레를 타는 사람은 가죽신에 덧신을 신고서도 진흙이 묻을까 염려해. 신발 바닥도 저처럼 아끼거늘 더구나 제 몸이야 말해 무엇 하겠니? 그러니 충심이니 의로움이니 하는 것은 가난하고 비천한 자에게는 당연한 일이지만 부유하고 귀한 자에게는 꺼낼 말이 아니야."

탑타는 이맛살을 찌푸리더니 붉으락푸르락 낯빛을 바꾸며 말했다.

"나는 차라리 세상에서 친구 하나 없이 살지언정 절대 군자처럼 친구를 사귀지는 않겠어."

그리하여 서로 어울려 갓을 찌그러뜨리고 옷을 찢고 땟국에 전 낯짝에 헙수룩한 머리를 하고서 새끼줄로 허리띠를 띠고 저잣거리에서 노래를 부르고 다녔다.

골계 선생(滑稽先生)[11]은 다음과 같은 우정론을 지었다.

나무와 나무를 붙이려면 물고기 부레로 아교풀을 쑤어 붙여야 좋고, 쇳덩이와 쇳덩이를 접착하려면 붕사(硼砂)를 녹여서 접착해야 좋다. 사슴이나 말의 가죽을 붙이자면 멥쌀로 풀을 쑤어 붙이는 것보다 더 단단하게 하는 방법이 없다. 그러나 사람과 사람이 사귀는 일에는 둘 사이를 가로막는 틈이 있다. 연(燕)나라와 월(越)나라처럼 거리가 멀리 떨어져 있다[12]고 하여 틈이 있지는 않고, 산과 들이 둘 사이를 가로막았다고 하여 틈이 있지는 않다. 그렇다고 무릎을 바짝 대고 앉거나 한 자리에 붙어 앉았다고 하여 친밀한 사이도 아니고, 어깨를 툭툭 치거나 소매를 바짝 붙잡고 다닌다고 하여 뜻이 잘 맞는 사이도 아니다. 친밀한 사이에도 틈은 있다.

상앙(商鞅)이 말을 지루하게 늘어놓으니 진(秦)나라 효공(孝

---

11) 골계는 익살스럽고 우스꽝스러운 이야기를 뜻하는 말로 골계 선생은 우스갯소리를 잘하는 가상의 인물이다. 여기서는 지은이 자신을 재미나게 표현한 말이다.
12) 연나라는 중국 북쪽 끝에 있고 월나라는 중국 남쪽 끝에 있어서 거리가 매우 멀다. 서로 멀리 떨어져 있음을 형용한다.

公)은 때때로 졸았고,[13] 범저(范雎)가 발끈하여 분노를 표시하지 않았다면 채택(蔡澤)은 입을 봉하고 있어야 했다.[14] 그래서 궁궐을 나와 효공을 대신하여 상앙을 꾸짖은 사람이 있었고, 채택이 한 말을 퍼뜨려 범저를 분노하게 만든 사람이 있었다.

평원군(平原君)이 노중련(魯仲連)을 신원연(新垣衍)에게 소개한 일이 있다.[15] 저 진여(陳餘)와 장이(張耳)는 둘 사이가 너무도 친밀하여 작은 틈도 없었다. 그러나 둘 사이에 틈이 한 번 벌어지자 아무도 그들 사이에 끼어들어 틈을 좁힐 수 없었다.[16] 그러니 소중히 여길 것도 틈이고, 두려워할 것도 틈이

---

13) 전국 시대의 유세객 상앙이 경감(景監)에게 연줄을 대어 진나라 효공을 만나 유세했다. 처음 효공을 알현하여 지루하게 국사를 논하자 효공이 때때로 꾸벅꾸벅 졸았다. 알현을 마치고 효공이 경감에게 화를 내자 경감이 궁궐을 나와 상앙을 꾸짖었다. 이에 상앙이 패자의 도리와 부국강병을 말하니 그제야 효공이 솔깃하여 좋아했다. 『사기(史記)』 「상군열전(商君列傳)」에 나온다.
14) 범저와 채택은 전국 시대의 유세객이다. 채택이 진나라 승상인 범저를 만나려고 남에게 "자신이 진나라 왕을 만나면 범저의 승상 자리를 빼앗으리라."라는 소문을 퍼뜨리게 했다. 소문을 듣고서 범저가 분노하여 채택을 만나 보았고, 채택의 능력을 인정하여 진나라 왕에게 그를 추천했다. 『사기』 「범저채택열전(范雎蔡澤列傳)」에 나온다.
15) 기원전 260년에 진나라가 조나라 서울 한단(邯鄲)을 포위했다. 당세의 명사 노중련이 위(魏)나라 장수 신원연을 설득하여 조나라를 돕게 하려고 할 때 조나라 공자 평원군이 노중련을 신원연에게 소개했다. 『사기』 「노중련열전(魯仲連列傳)」에 나온다. 문맥이 어색한 것으로 보아 이 뒤에 빠진 문장이 있는 듯하다.
16) 장이와 진여는 초한(楚漢)이 싸우던 시기의 인물이다. 모두 대량(大梁) 사람으로 초반에는 문경지교(刎頸之交)라 할 만큼 절친했으나 나중에는 권력을 다투다가 사이가 벌어졌다. 『사기』 「장이진여열전(張耳陳餘列

아닐까? 아첨도 틈을 비집고 들어가 비위를 맞추고, 참소도 틈을 비집고 들어가 사이를 떼어 놓는다. 그러니 남과 잘 사귀는 사람은 먼저 그 틈을 잘 활용하고, 남과 잘 사귀지 못하는 사람은 그 틈을 잘 활용하지 못한다.

성격이 곧은 사람은 처신이 뻣뻣하다. 굽히거나 돌아서 가는 법이 없고, 둥글둥글 모나지 않게 움직이는 법이 없다. 말을 한번 꺼내 일치하지 않으면 남이 이간질하지 않아도 본인 스스로 남과 거리를 둔다. 그래서 속담에서는 "나무를 찍고 또 찍어라. 열 번 찍어 안 넘어가는 나무 없다."라고 했고, 『논어』에서는 "아랫목 귀신에게 잘 보이느니 차라리 부뚜막 귀신에게 잘 보여라."[17]라고 했는데, 이런 사람에게 해 줄 말이다.

따라서 남의 뜻에 영합하고 아첨하는 데도 기술이 있다. 자세를 가다듬고 외모를 단정하게 하여 점잖게 말하며, 명예와 이익에 초연하고 교유를 맺을 뜻이 없는 투로 자연스럽게 아첨하는 것이 최상의 아첨이다. 그다음은 간곡하게 바른말로 심경을 밝히고 그 틈을 적절하게 활용하여 뜻을 전달하는 것이 버금가는 아첨이다. 말발굽이 뚫어지도록 찾아가고 방석이 닳도록 모시고서 무슨 말을 하나 입술만 쳐다보고 낯빛의 동향을 살피면서 무슨 말을 하든 좋은 말이라 치켜세우고 무슨

傳)」에 나온다.
17) 『논어』 「팔일(八佾)」에 나오는 구절로 위나라 실권자 왕손가(王孫賈)가 공자에게 한 말이다. 실권 없는 왕보다 실권을 가진 신하에게 아첨하라는 말이다. 이 말을 듣고 공자는 "하늘에 죄를 지으면 빌 곳이 없다."라고 대꾸했다.

짓을 하든 잘했다고 칭송한다. 상대방은 처음 듣고는 기뻐하나 오래 들으면 도리어 싫증을 내고, 싫증을 내다가 비루하게 여기고, 끝에 가서는 자기를 가지고 논다고 의심하니 이것이 가장 나쁜 아첨이다.

 관중은 아홉 번이나 중국의 제후를 한데 모았고, 소진은 전국(戰國) 여섯 나라가 동맹을 맺게 했으니 천하의 위대한 사귐이라 평가할 만하다. 그러나 송욱과 탑타는 길거리에서 구걸하여 밥을 먹고, 덕홍은 저잣거리에서 미친 듯 노래 부르며 떠돌아다녀도 오히려 말 거간꾼의 잔재주를 부리지 않았다. 더구나 군자로서 글 읽는 사람은 어떻게 처신해야 할까?

2 예덕선생전(穢德先生傳)[1]

선비가 먹고사는 생계에 얽매이면

온갖 행실이 어긋나고 문제가 생긴다.

솥을 늘어놓고 밥 먹다가 솥에 삶아 죽임을 당해도[2]

게걸스러운 탐욕을 조심하지 않는다.

엄 행수(嚴行首)는 제 힘으로 똥을 치워 살기에

하는 일은 더러워도 먹는 입은 깨끗하니

---

1) 예덕(穢德)은 겉으로는 더럽게 보이나 내면에는 덕이 있다는 뜻이다. 똥을 푸는 직업을 가진 엄 행수의 고결한 삶을 비유한 표현이다.
2) 극도의 부귀를 누리다 비참한 결말을 맺는다는 말이다. 솥을 즐비하게 늘어놓고 식사한다는 것은 부귀한 사람의 호사스러운 생활을 비유한다. 『사기』 「주보언열전(主父偃列傳)」에 "대장부가 살아서 다섯 솥을 늘어놓고 식사하지 못하면 죽어서 다섯 솥에서 삶아 죽이는 형벌을 당할 뿐이다."라는 말이 있다.

이에 「예덕선생전」을 지었다.

선귤자(蟬橘子)[3]에게는 예덕 선생이라 부르는 벗이 있다. 그 벗은 종본탑(宗本塔)[4] 동쪽에 살면서 날마다 마을 안의 똥을 져 나르는 일로 생계를 꾸린다. 마을에서는 누구나 그 벗을 엄 행수라 불렀다. 행수란 나이 많고 노련한 일꾼을 부르는 호칭이고, 엄은 그의 성이다. 자목(子牧)[5]이 하루는 선귤자에게 따져 물었다.

"이전에 제가 선생님께 벗의 도를 들었는데, '안방을 같이 쓰지 않는 아내요 핏줄이 다른 형제 사이다.'[6]라고 말씀하셨

---

3) 이덕무(李德懋, 1741~1793)의 별호 가운데 하나다. 이덕무는 연암의 절친한 친구로 규장각 검서관을 지낸 저명한 문인, 학자다. 젊은 시절에 별호로 선귤당(蟬橘堂) 또는 선귤헌(蟬橘軒)을 사용했다.
4) 서울 종로구 탑골 공원에 있는 원각사지 10층 석탑으로 국보다. 대리석 탑이라서 백탑(白塔)이라고도 불렀다. 태조 때 이 절이 조계종 본사(本社)였으므로 종본탑이라 불렀다. 조선 후기에는 중부(中部) 경행방(慶幸坊)에 속했고, 탑 주변에는 박지원, 이덕무, 유득공, 유금, 이서구, 서상수 등이 모여 살았다.
5) 자목은 이서구(李書九, 1754~1825)의 사촌 동생인 이정구(李鼎九, 1756~1783)의 자로 보인다. 이정구는 중목(仲牧)이란 자와 잠부(潛夫) 또는 인재(靭齋)란 호를 썼다. 중목을 자목으로 쓴 것이다. 그는 이서구와 함께 이덕무에게 배웠다. 시를 잘 지었는데 스물여덟 살에 강물에 빠져 스스로 목숨을 끊었다. 초고본 가운데 자목을 이서구의 자인 낙서(洛書)로 쓴 것이 있는데 자살한 사람을 꺼리는 심리를 반영했다.
6) 이덕무가 젊은 시절에 지은 「내게 어울리는 인생의 예찬[適言讚]」의 '예찬7, 벗의 선택[簡遊]'에서 한 말이다. 이 글은 윤광심(尹光心)의 『병세집(幷世集)』에 수록되었다.

습니다. 벗이란 이처럼 소중합니다. 세상에서 명성이 높은 사대부 가운데 선생님을 좇아서 노닐고 싶어 하는 이들이 많습니다만 선생님께서는 아무도 받아들이지 않았습니다. 저 엄행수란 자는 마을의 천민이자 일꾼으로 신분이 가장 낮고 부끄러운 일을 하는 놈입니다. 그런데도 선생님께서는 자주 그의 덕(德)을 칭송하여 선생이라 부르면서 교분을 맺어 벗으로 지내려 하십니다. 제자는 대단히 부끄럽게 생각하여 이만 문하를 떠나려 합니다."

그 말을 듣고 선귤자가 웃으며 말했다.

"게 좀 앉아 보아라! 내가 너에게 벗에 대해 말해 주마. 속담에 '의원이 제 병 못 고치고, 무당이 제 굿 못 한다.'라고 하지. 사람이면 누구나 잘한다고 자부하는 것이 있으나 남들이 잘 알아주지 않는다. 그러면 답답해하면서 뭔가 잘못해서 그런가 싶어 허물을 듣고 싶어 하지. 그때 칭찬만 늘어놓으면 아첨에 가까워 썰렁해지고, 단점만 늘어놓으면 잘못을 파헤치는 듯하여 매정해 보여. 그러니 잘하지 못하는 점을 변죽만 울리면서 콕 짚어 내지 않고 설렁설렁 말해 주면 설령 호되게 꾸짖어도 화를 내지 않아. 상대방이 듣기 싫어하는 핵심을 건드리지 않아서지. 그러다가 잘한다고 자부하는 것을 우연히 건드리되 똑같은 접시 여러 개를 덮어 놓고 숨긴 물건을 알아맞히기 하듯이 해 보아라. 가려운 데를 긁어 주기라도 한 듯 진심으로 감동할 거야.

가려운 데를 긁어 줄 때도 요령이 있어. 등을 토닥이더라도 겨드랑이 가까이로는 가지 말고, 가슴을 어루만지더라도 목

가까이는 더듬지 말아야 해. 뜬구름 잡듯이 설렁설렁 말을 이어 가다가 상대방을 칭찬하는 말이 자연스럽게 흘러나오면 펄쩍 뛰면서 나를 알아준다며 좋아할 거야. 이렇게 벗을 사귀면 좋겠지?"

자목이 귀를 막고 뒷걸음질 치면서 말했다.

"지금 선생님께서는 시정잡배와 종놈들이나 하는 짓거리를 제게 가르치십니다."

그러자 선귤자가 말했다.

"그렇다면 네가 부끄럽게 여기는 것이 분명 여기에 있지 않고 저기에 있구나. 시장 바닥에서는 이해관계로 벗을 사귀고, 얼굴이나 알고 지내는 사람은 아첨으로 벗을 사귀지. 그래서 아무리 친한 사이라도 아쉬운 소리를 세 번 하면 사이가 멀어지고, 아무리 묵은 원한이 있어도 도움의 손길을 세 번 내밀면 사이가 친해져.

이해관계로 벗을 사귀면 사이가 지속되기 어렵고, 아첨으로 벗을 사귀면 사이가 오래가지 않아. 위대한 사귐은 굳이 얼굴을 보지 않아도 좋고, 훌륭한 벗은 굳이 가까이 지내지 않아도 좋아. 그저 마음에서 우러나와 사귀고 덕으로 벗하면 돼. 이것이 바로 도의(道義)로 사귀는 벗이야. 시대를 거슬러 천곳적 옛사람과 벗을 삼아도 사이가 멀지 않고, 아득히 만리 먼 곳에 떨어져 살아도 사이가 멀지 않아.

저 엄 행수란 분은 내게 알아 달라고 요구 한번 한 일이 없어. 그래도 나는 항상 그를 칭찬하고 싶어 안달을 해. 그는 밥을 꾸역꾸역 먹고, 걸음을 어슬렁어슬렁 걷고, 잠은 쿨쿨 자고, 웃을 때는 껄껄 웃고, 평소에는 바보 천치 같아. 그가 사는 움막은 흙벽을 쌓아 볏짚을 덮고서 작은 문구멍을 냈어. 들어갈 때는 새우등을 하고, 잘 때는 개처럼 웅크리고 자. 해가 뜨면 싱글벙글 일어나서 똥지게를 지고 마을로 들어와 뒷간을 치지. 9월이 되어 서리가 내리고 10월이 되어 살얼음이 얼면 뒷간의 사람 똥, 마구간의 말똥, 외양간의 소똥, 횃대의 닭똥, 개똥, 거위 똥, 돼지 똥, 비둘기 똥, 토끼 똥, 참새 똥을 치우는데 구슬인 양 옥인 양 가져가도 염치에 손상이 가지 않고, 이익을 독차지해도 의리에 해가 되지 않아. 많이 가져가려 욕심을 부리고 얻어 가려고 갖은 애를 써도 남에게 양보하지 않는다고 아무도 비난하지 않아.

손바닥에 침을 퉤 뱉고 삽을 잡아 허리를 꾸부정하게 굽혀 새가 모이를 쪼아 먹듯 일해. 볼만한 문장도 아예 마음에 두지 않고, 고상한 음악도 전혀 들으려고 하지 않아. 부귀는 누구나 갖고 싶어 하나 흠모한다고 해서 얻을 수 있는 게 아니라고 여겨 부러워하지 않아. 칭찬한다고 더 영예롭지도 않고, 헐뜯는다고 더 욕되지도 않아.

왕십리[7]의 무와 살곶이[8]의 순무, 돌곶이[9]의 가지·오이·

---

7) 현재의 성동구 서북부 일대로 조선 후기에 사대문 밖 근교 농업의 거점이었다. 아래에 나오는 지명은 모두 근교 농업의 대표 지역이었다.
8) 현재의 성동구 행당동, 성수동 일대로 조선 시대 살곶이다리[箭串橋]가 있었다.
9) 현재의 성북구 석관동, 장위동 일대에 있던 마을로 김창업(金昌業, 1658~1721)의 농장이 있었다.

수박·호박, 연희궁(延禧宮)[10]의 고추·마늘·부추·파·염교, 청파
(靑坡)[11]의 미나리와 이태인(利泰仁)[12]의 토란은 제일 좋은
밭에 심는데, 다들 엄 씨의 똥을 가져다 쓰기에 토질이 기름져
서 수확이 풍성해. 해마다 수입으로 6000전(錢, 100전이 1냥)
을 버는데 아침에 밥 한 사발이면 기분이 흡족해지고 저녁이
돼서야 다시 밥 한 사발을 먹을 뿐이야.

남들이 고기를 권하면 '목구멍에 넘어가면 푸성귀나 고기
나 배를 채우기는 똑같거늘 맛은 따져 뭐 해.'라는 대꾸가 돌
아오고, 옷 좀 차려입으라고 권하면 '소매 넓은 옷은 몸에 익
지 않고 새 옷은 길에서 짐을 질 수 없다.'라며 사양해. 해마다
정월 초하루 아침에나 비로소 의관을 갖추어 입고 이웃을 두
루 찾아가 세배를 한 뒤 다시 돌아와 바로 헌 옷으로 갈아입
고 또 똥지게를 지고서 마을 안으로 들어가지. 엄 행수 같은
이는 이른바 덕을 지녔으나 더럽게 보여서 세상에 크게 숨은
사람이야.

『중용(中庸)』에서는 '부귀를 타고났으면 부귀하게 지내고,
빈천을 타고났으면 빈천한 대로 지낸다.'[13]라고 했는데 타고났
다는 말은 이미 정해져 있다는 거야. 『시경』에서는 '새벽부터
밤까지 관아에 머무니/ 참으로 운명이 똑같지 않구나.'[14]라고

---

10) 현재의 연세대학교와 연희동, 신촌 일대다.
11) 현재의 용산구 청파동 일대다.
12) 현재의 용산구 이태원 일대다.
13) 『중용』 제14장에 나오는 말이다.
14) 『시경』 「소성(小星)」에 나온다.

했는데 여기서 운명은 분수를 말해. 하늘이 만백성을 낼 때는 제각기 정해진 분수가 있어. 운명을 타고난 이상 원망할 게 뭐가 있겠어? 하지만 새우젓을 먹게 되면 달걀이 먹고 싶고, 갈옷을 입게 되면 모시옷이 입고 싶어져. 그리되면 천하가 크게 어지러워져 백성들이 들고일어나고 논밭이 황폐해지지. 진승(陳勝), 오광(吳廣), 항우(項羽)15) 같은 호걸이 농사에 안주할 생각이 있겠어? 『주역』에서 '짐을 짊어질 사람이 수레를 타면 도적을 불러들인다.'16)라고 했거니와 이를 두고 한 말일 거야.

그러니 의롭지 않으면 큰 녹봉을 받아도 불결할 수 있고, 힘들이지 않고 재물을 모으면 엄청난 부자가 돼도 그 이름에서 더러운 악취가 나지. 그래서 사람이 죽었을 때 입안에 구슬이나 쌀을 머금게 하니17) 깨끗하게 살았음을 보여 주는 거야.

저 엄 행수는 똥을 져다 날라 먹고사니 지극히 불결하다고 해야 하지만 먹고사는 법은 지극히 향기로워. 지극히 더러운 곳에 몸을 굴려도 지극히 고상하게 의로움을 지키며 살아. 그의 마음가짐을 미루어 보면, 큰 녹봉을 받을 때는 어떻게 처신해야 하는지를 잘 알 수 있어.

그의 처신을 보면 알 수 있어. 깨끗하게 보여도 깨끗하지 않은 게 있고, 더러워 보여도 더럽지 않은 게 있다는 걸. 나는 먹고사는 생계가 몹시 견디기 힘들 때면 자연스럽게 나보다 못

---

15) 세 사람은 모두 진(秦)나라 때 반란을 일으켜 봉기한 인물이다.
16) 『주역』 해괘(解卦) 육삼(六三)의 효사다.
17) 옛날에는 시신을 염할 때 진주나 구슬, 쌀 등을 죽은 사람의 입에 넣어 머금게 했는데 이를 반함(飯含)이라 했다.

한 사람을 떠올리다가 엄 행수에게 생각이 미치는데 그러면 견디지 못할 게 없어져. 가슴속에 도둑질하려는 뜻이 없는 사람이라면 엄 행수를 생각하지 않을 수 없어. 그 마음을 크게 확대하면 성인의 경지에도 이를 수 있어.

그러니 선비가 곤궁하게 산다고 해서 얼굴에 티를 낸다면 부끄러운 일이고, 뜻을 펼친다고 해서 행동에 티를 낸다면 그것도 부끄러운 짓이야. 엄 행수와 비교해서 부끄러움을 느끼지 않을 사람은 드물 거야. 그래서 나는 엄 행수에게 스승으로 모신다고 말하고 감히 벗으로 지내겠다고 말하지 못해. 그래서 나는 엄 행수의 이름을 감히 부르지 못하고 예덕 선생이라 부른단다."

3 민옹전(閔翁傳)

민 옹은 인간을 곡식을 먹어치우는 메뚜기로 여겼고
노자(老子)의 도(道)를 배웠다.
우스운 말을 빌려 풍자하고
세상을 비웃으며 익살스럽게 살았다.
닮고 싶은 위인을 벽에 써서 분발한 일은
게으른 자를 일깨우기에 좋으니
이에 「민옹전」을 지었다.

민 옹은 경기도 남양(南陽) 사람이다. 무신년에 일어난 전란[1]

---

1) 무신년(1728, 영조 4년)에 일어난 이인좌(李麟佐)의 난을 가리킨다. 반란군이 청주를 함락하고 서울로 북상했으나 안성, 죽산에서 관군에게 져서 실패했다.

에 참가하여 공을 세우고 첨사(僉使)²⁾에 제수되었다. 나중에 관직에서 물러나 더는 벼슬하지 않았다. 민 옹은 어려서부터 영특하고 총명했는데, 특히 말솜씨가 좋았다. 기이한 절개와 큰 업적을 남긴 옛사람을 유난히 사모하여 그들의 전기를 읽을 때면 언제나 비분강개한 심경이 되어 탄식하면서 눈물을 흘리곤 했다.

일곱 살 때는 집의 벽에 큰 글씨로 "어린 항탁(項橐)은 공자의 스승이 되었다."³⁾라고 썼고, 열두 살에는 "감라(甘羅)는 장수가 되었다."⁴⁾라고 썼으며, 열세 살에는 "외황(外黃) 마을의 아이는 항우(項羽)를 설득하였다."⁵⁾라고 썼고, 열여덟 살에는 더 크게 "곽거병(霍去病)이 기련산(祁連山)에 출정하였다."⁶⁾라

---

2) 첨절제사(僉節制使)의 약칭으로 조선 시대에 각 진영(鎭營)에 소속된 종3품의 무관이다.
3) 항탁은 춘추 시대의 신동으로 일곱 살에 공자의 스승이 되었다고 한다. 『돈황변문집(敦煌變文集)』에 수록된 「공자항탁상문서(孔子項託相問書)」는 공자가 어린 항탁과 나눈 문답을 기록한 글인데 그 천재성에 말문이 막힌 공자의 모습이 그려졌다.
4) 감라는 진시황 때의 장수로 열두 살에 여불위(呂不韋)에게 "항탁은 일곱 살에 공자의 스승이 되었다. 내 나이 지금 열두 살이니 한번 시험해 보라."라고 했다. 조(趙)나라에 사신으로 가서 담판을 지어 다섯 성을 떼어 받고 돌아왔다. 『사기』「감무전(甘茂傳)」에 나온다.
5) 『사기』「항우본기(項羽本紀)」에 나오는 사연이다. 초한 전쟁에서 항우가 진류(陳留) 땅을 공격했을 때, 그중 외황 마을이 항복하지 않았다. 항우가 마을을 점령한 뒤 주민을 모두 땅에 파묻어 죽이려 하자 열세 살 먹은 아이가 가서 설득하니 항우가 주민을 모두 살려 주었다.
6) 곽거병은 한 무제 때의 장수로 열여덟 살에 무제에게 총애받아 표요교위(剽姚校尉)가 되었다. 스물한 살 때인 기원전 121년에 표기장군(驃騎將

고 썼으며, 스물네 살에는 "항우는 강을 건너 군대를 일으켰다."⁷⁾라고 썼다. 마흔 살에 이르렀으나 명성을 얻기는 더 힘들어졌다. 이에 "맹자는 마음에 동요함이 없었다."⁸⁾라는 글을 크게 써 놓고서는 해마다 다짐하는 글을 지치지 않고 써서 벽은 남김없이 까맣게 변했다. 나이가 일흔 살에 이르자 그 아내가 비아냥거리며 말했다.

"영감! 올해는 까마귀를 그리지 않는가 보구려?"

민 옹이 기뻐서 말했다.

"당신은 어서 먹을 가시오!"

드디어 "범증(范增)은 기이한 계책을 좋아하였다."⁹⁾라고 큰 글씨로 썼다. 아내는 화가 더 크게 났다.

"계책이 기이해 봐야 언제 써 보겠소?"

민 옹은 웃으면서 대답했다.

"옛날에 강태공(姜太公)은 여든 살에도 매가 하늘로 솟구치듯 힘셌지.¹⁰⁾ 지금 나는 강태공에 비하면 한참이나 어린 막내

軍)이 되어 기련산 일대의 흉노를 공략하는 공을 세웠다. 기련산은 중국 감숙성(甘肅省)과 청해성(靑海省) 경계에 있는 산으로 천산(天山)이라고도 한다. 『사기』「위장군표기열전(衛將軍驃騎列傳)」에 나온다.

7) 초한 전쟁 때 항우는 스물네 살에 군대를 일으켜 진나라 정규군을 무찌르고 패왕이 되었다.

8) 『맹자(孟子)』「공손추상(公孫丑上)」에서 맹자는 "나는 나이 마흔에 마음에 동요함이 없었다."라고 말했다.

9) 범증은 초한 전쟁 때 사람으로 나이 일흔 살에 기이한 계책을 좋아하여 항우의 책사가 되었다.

10) 강태공은 주(周)나라 여상(呂尙)으로 은나라를 정벌하여 주나라를 세웠다. 여든 살에 위수(渭水)에서 낚시질하다가 문왕을 만나 매가 하늘로 솟

뺄인걸."

계유년(1753)과 갑술년(1754) 무렵에는 내 나이가 열예닐곱 살로 병을 오래 앓아서 기운이 빠져 몸이 축 처져 있었다. 노래 잘하는 악사에 마음을 쏟았고, 서화와 오래된 검, 거문고, 골동품 같은 여러 기호품에 취미를 붙였다. 더욱이 손님을 불러서 재담이나 옛이야기를 하여 침울하고 답답한 마음을 풀어 보려고 갖은 애를 썼으나 아무 소용이 없었다. 그때 어떤 사람이 민 옹을 소개했다. 기이한 인물로서 노래도 잘 부르고 이야기도 잘하여 희한하고 기발하며 야릇하고 익살맞기에 듣는 사람은 누구든 속이 툭 터져 후련하다고 칭찬했다.

그 말을 듣고 나는 대단히 기뻐서 민 옹과 함께 와 달라고 부탁했다. 민 옹이 집에 왔을 때 나는 한창 악공이 연주하는 음악을 듣고 있었다. 민 옹은 인사를 건네지도 않고서 피리를 부는 악공을 유심히 바라보다가 냅다 그 뺨을 치고는 큰 소리로 호통을 쳤다.

"주인께서 즐거워하시거늘 네놈은 어째서 성을 내느냐?"

내가 깜짝 놀라 그 까닭을 물었더니 민 옹이 대답했다.

"저놈이 눈을 부릅뜨고 입을 불룩하게 부풀리고 있으니 성을 낸 게 아니면 무엇인가?"

내가 큰 소리로 웃었더니 민 옹이 말했다.

"피리를 부는 놈만 성을 낸 게 아니네. 젓대 부는 놈은 고개를 외로 튼 꼬락서니가 우는 모양이로구먼. 장구 치는 놈은 이

구치는 무위를 떨쳐 은나라를 멸했다.

맛살을 찌푸린 꼴이 걱정투성이네. 크게 두려운 일이라도 있는지 좌중이 다 입을 꽉 다물고 있고, 종놈들은 감히 웃지도 말하지도 못하고 있어. 이래서야 음악이 즐거울 수 없지."

그 말을 듣고 나는 즉시 연주를 파하고 악공을 보낸 다음 민 옹을 맞아들였다.

민 옹은 몸집이 왜소하고 키가 아주 작았으며 흰 눈썹이 눈을 덮었다. 이름은 유신(有信)이고 나이는 일흔세 살이라고 밝히고서 나한테 물었다.

"자네는 무슨 병을 앓고 있나? 머리가 아픈가?"

"아뇨!"

"배가 아픈가?"

"아뇨!"

"그렇다면 자네는 아무 병이 없군."

그러고는 문을 열어젖히고 들창문을 들어 올리니 바람이 시원하게 들어왔다. 나는 가슴이 많이 후련해져서 이전과는 기분이 훨씬 달라졌다.

나는 민 옹에게 말했다.

"저는 정말 밥맛이 없고 밤에는 잠을 자지 못합니다. 이것이 병입니다."

그러자 민 옹은 자리에서 벌떡 일어나 축하의 말을 건넸다. 나는 깜짝 놀라 물었다.

"어르신! 무얼 축하하나요?"

"자네는 집안이 가난하거늘 다행히 밥맛을 잃었으니 재물이 불어나겠네. 잠을 자지 않으면 밤까지 깨어 있어서 다행히도 수명이 곱절로 늘어나고. 재물은 불어나고 수명은 곱절로 늘어나니 오래도 살고 부자도 되는 거지."

조금 있다가 밥상이 들어왔다. 나는 한숨을 쉬고 이맛살을 찌푸린 채 수저를 들지 않다가 음식을 뒤적이며 냄새를 맡았다. 민 옹은 불쑥 성을 크게 내며 벌떡 일어나 가려 했다. 내가 깜짝 놀라 물었다.

"어르신은 어째서 화를 내고 일어납니까?"

"손님을 불러 놓고 밥상을 함께 차리지 않고 혼자서 밥을 먹다니 예가 아닐세."

나는 사죄하고 민 옹을 붙잡고서 서둘러 밥상을 차려 내오게 했다. 민 옹은 조금도 사양하지 않고서 팔뚝을 걷어붙이고 수저를 딸그락거리면서 밥을 먹었다. 나도 어느새 군침이 돌고 속이 풀려 코를 벌름거리며 예전처럼 밥을 먹을 수 있었다.

밤이 되니 민 옹이 눈을 감고 오뚝하니 앉아 있었다. 나는 이야기를 나누자고 했으나 민 옹은 입을 더 꼭 다물었다. 나는 무료하기 짝이 없었다. 한참 지나서 민 옹이 갑자기 일어나 촛불 심지를 돋우고 말했다.

"젊을 때는 눈으로 한번 책을 보아도 바로 외웠는데 이제는 늙어 버렸네. 자네와 약속을 정하고 평소 읽지 않은 책을 꺼내 각기 두세 번 눈으로만 읽고서 암송하기로 하세. 만약 한 글자라도 틀리면 약속한 대로 벌을 내리기로 하세."

늙은이라고 가볍게 여겨서 나는 "좋습니다!" 하고 약속했다. 바로 서가에서 『주례(周禮)』를 뽑아 와서 민 옹은 「고공기

(考工記)」를 골랐고, 나는 「춘관(春官)」을 골랐다.[11] 조금 있다가 민 옹이 말했다.

"나는 벌써 다 외웠네."

나는 아직 한 차례도 다 읽지 못했기에 깜짝 놀라 읽기를 멈추고 부탁했다.

"어르신! 잠깐만 기다려요."

민 옹은 말을 걸어 자꾸만 훼방을 놓았다. 나는 더더욱 외울 수가 없었고, 졸립더니 바로 잠이 들어 버렸다. 날이 밝은 뒤에 민 옹에게 물었다.

"어젯밤에 외운 것을 기억하나요?"

민 옹은 웃으면서 말하였다.

"난 애초에 외우지 않았네."

어느 날 밤 민 옹과 함께 이야기를 나누었다. 민 옹은 좌중의 손님을 놀려 먹기도 하고 혼쭐 내기도 했으나 아무도 민 옹을 감당하지 못했다. 어떤 손님이 민 옹을 궁지에 몰아넣으려고 물었다.

"어르신! 귀신을 본 적이 있나요?"

"본 적 있지."

"귀신이 어디에 있던가요?"

민 옹은 눈을 부릅뜨고 곰곰 살피다가 등불 뒤에 앉아 있는 어떤 손님을 보고는 큰 소리로 외쳤다.

---

11) 『주례』는 주나라의 관직 제도와 전국 시대 각국의 제도를 설명한 유교 경전의 이름이다. 「고공기」와 「춘관」은 이 책의 편명이다.

"귀신이 저기 있군."

손님이 성이 나서 볼멘소리를 하니 민 옹이 설명했다.

"양지에 살면 사람이고 음지에 살면 귀신이야. 지금 자네가 어두운 곳에 앉아서 밝은 곳을 보고 있고, 몸을 숨긴 채 사람을 엿보고 있으니 귀신이 아니면 무엇이겠나?"

좌중이 다들 웃음을 터뜨렸다.

또 어떤 손님이 민 옹에게 물었다.

"그럼 신선도 보았나요?"

"보았다마다."

"신선은 어디에 살던가요?"

"가난한 사람이 신선이야. 부자는 언제나 세상을 사랑하고 가난뱅이는 언제나 세상을 싫어하지. 세상을 싫어하는 자가 신선이 아니고 무엇이겠나?"

"어르신! 장수한 사람도 보셨나요?"

"봤고말고. 아침에 해가 떠서 숲속에 들어갔더니 두꺼비와 토끼가 나이 자랑을 하고 있더라고. 토끼가 먼저 두꺼비에게 '나는 팽조(彭祖)[12]와 나이가 같으니 자네는 내 후배일세.'라고 자랑하더군. 그 말을 듣고 두꺼비가 고개를 떨구고 훌쩍훌쩍 우니까 토끼가 놀라서 '자네는 왜 이렇게 슬퍼하나?'라고 물었지. 두꺼비가 이렇게 대답하더군. '나는 이웃에 사는 어린애와 나이가 같은데 그 어린애가 다섯 살 때부터 책을 읽을 줄 알지 뭔가. 목덕(木德)으로 왕이 돼서 섭제격(攝提格)을

---

12) 800년을 살았다는 중국 고대 전설 속의 인물.

원년으로 삼고 번갈아 왕도 되고 황제도 됐어.13) 주나라 왕통(王統)이 끊어지자 공자가 순수한 역사서를 한 권 지었어.14) 진나라가 돼먹지 못하게 황제 자리를 차지했으나 한나라를 거치고 당나라를 겪어서 아침에는 송나라를 보고 저녁에는 명나라를 거쳤어. 사건이 끝없이 번갈아 일어나고 바뀌면서 즐거워도 하고 놀라기도 했지. 죽은 이를 조문하고 떠나는 이를 보내면서 지금까지 지루하게 살아왔어. 그래도 귀가 잘 들리고 눈이 환하게 보이며 이도 머리털도 날로 자라니 저 어린애처럼 장수한 이가 없어. 팽조가 겨우 800년 살고 요절했으니 세상을 오래 살지 못했고, 일을 많이 겪지 못했어. 그런 이유로 내가 슬퍼하는 걸세.' 토끼가 말을 듣더니 두 번 절하고 뒷걸음질로 달아나면서 '자네가 할아버지뻘 맞네.'라고 했지. 그걸 보니 책을 많이 읽은 사람이 제일 오래 살아."

"그럼 어르신! 기막히게 맛있는 음식도 맛봤겠네요?"

"봤고말고. 달이 이울어 썰물이 빠지면, 흙을 다지고 땅을 갈아 염전을 만들어. 소금기를 잔뜩 머금은 물을 끓이면 거친 알갱이는 수정이 되고 가는 알갱이는 소금이 되지. 온갖 음식

---

13) 아이들이 읽는 중국 역사책 『십팔사략(十八史略)』 맨 첫머리에 태고(太古)의 역사를 서술하여 "천황씨(天皇氏)는 목덕으로 왕 노릇 하여 섭제격을 기원으로 삼아 무위(無爲)로 교화하니 형제 열두 명이 각각 1만 8000살을 살았다."라고 했다. 섭제격은 인방(寅方)이다. 민 옹은 이 글을 본떠 말하고 있다.

14) 『춘추(春秋)』의 첫머리 은공(隱公) 원년은 "원년 봄 왕의 정월[元年春王正月]"이라고 시작한다. 주나라 왕통이 끊어지자 공자가 『춘추』를 지었음을 뜻한다.

에 간을 맞추려면 누군들 소금으로 간을 맞추지 않겠나?"
"그렇군요. 하지만 불사약은 어르신도 본 적이 없을 테지요."
민 옹이 웃으면서 말하였다.
"불사약이라면 내가 아침저녁으로 먹는 건데 어찌 모르겠는가? 큰 산골짜기에 구불구불 서려 있는 소나무가 하늘에서 이슬이 내리면 땅속으로 들어가 1000년을 지나 복령(茯苓)이 되지. 인삼은 나삼(羅蔘)15)이 최고인데 모양은 단아하고 빛깔은 붉으며, 사지를 다 갖추고 어린애처럼 쌍상투16) 모양이지. 구기자는 1000년 묵으면 사람을 보고 짖는다지.17) 내가 전에 저런 것을 다 먹고서 물도 밥도 먹지 않았어. 100일이 지나자 헐떡헐떡 숨이 넘어가며 죽을 것만 같았지. 이웃집 노파가 와서 보고는 혀를 차면서 말하더군.

'노인네가 굶어 죽겠네. 옛날 신농씨(神農氏)가 온갖 초목을 맛보고 나서 오곡의 씨를 처음으로 뿌렸소. 병에 효험이 있는

---

15) 한국 인삼의 한 종류로 주로 영남 지역에서 나는 인삼을 가리킨다. 서유구는 『임원경제지』 「관휴지(灌畦志)」 권4 「인삼」 조에서 "우리나라 풍속에서는 영남과 호남에서 나는 인삼을 나삼(羅蔘)이라 하고, 관서와 강계 등이나 강원도 여러 군에서 나는 인삼을 강삼(江蔘)이라 하며, 관북에서 나는 인삼을 북삼(北蔘)이라 한다."라고 설명했다.
16) 옛날에 동자(童子)가 틀던 상투로, 머리카락을 둥글게 두 개로 말아서 틀어 올렸다.
17) 왕사정의 『고부우정잡록(古夫于亭雜錄)』에는 "1000년 묵은 인삼은 뿌리가 사람 모양이고, 1000년 묵은 구기자는 뿌리가 개 모양이다."라고 했다. 소식의 「백수산을 함께 유람한 정보의 시에 차운하다[次韻正輔同遊白水山]」에서는 "1000년 묵은 구기자가 밤이면 짖고, 수도 없는 쐐기풀이 길을 잘도 막는다.[千年枸杞嘗夜吠, 無數草棘工藏遮.]"라고 했다.

게 약이고, 굶주림을 낫게 하는 게 음식이니 오곡이 아니면 치료할 수 없소.'

그 말을 듣고 쌀밥을 지어 먹었더니 죽지 않고 살아나데. 불사약이 밥보다 못해. 나는 아침에 밥 한 사발, 저녁에 밥 한 사발 먹는데 지금 일흔여남은 살까지 살았네."

민 옹은 장황하게 이야기를 늘어놓고 이리 갔다가 저리 갔다가 해도 끝에 가서는 교묘하게 정곡을 찌르되 조소와 풍자까지 담아 냈다. 민 옹은 그야말로 달변가였다. 손님이 이것저것 캐묻다가 말문이 막혀 더는 파고들지 못하자 급기야 벌컥 화를 내며 말했다.

"어르신! 두려운 것은 못 봤겠지요?"

민 옹은 묵묵부답 한참을 있다가 불쑥 사나운 소리로 말했다.

"두렵기로는 나 자신보다 더 두려운 게 없어. 내 오른쪽 눈은 용이고 왼쪽 눈은 범이며, 혓바닥 아래에는 도끼가 숨어 있고, 휘어진 팔목은 활과 같아. 생각이 반듯하면 순진한 백성이었다가 조금만 어긋나도 오랑캐로 변해. 조심하지 않으면 용처럼 자신을 삼켜 버리고 범처럼 자신을 물어뜯으며 도끼처럼 자신을 찍고 활처럼 자신을 쏘지. 그래서 성인께서는 사욕을 극복하여 예를 회복하고자 애쓰셨고, 사악함을 막아서 성실함을 보존하려 애쓰셨으니[18] 자신을 두려워하지 않은 적이

---

18) 모두 공자가 한 말이다. 사욕을 극복하여 예를 회복한다는 '극기복례(克己復禮)'는 『논어』 「안연(顏淵)」 편에 나오고, 사악함을 막아 성실함을 보존한다는 '한사존성(閑邪存誠)'은 『주역』 건괘(乾卦) 문언(文言)에 나온다.

없었네."
 답하기 힘든 질문을 수십 가지 던졌으나 어떤 질문에도 메아리처럼 빠르게 답변하여 누구도 끝내 궁지에 몰아넣지 못했다. 자신을 치켜세우고 우쭐대며, 곁에 모인 사람을 조롱하고 무시하면서 말하면 사람들은 누구나 떼굴떼굴 굴렀으나 민옹은 낯빛 하나 바뀌지 않았다.
 누군가가 이런 말을 꺼냈다.
 "해서 지역에서는 메뚜기가 극성이라 관리가 백성을 독려하여 메뚜기를 잡으라고 한답니다."
 민 옹이 물었다.
 "메뚜기는 잡아서 무엇 하려고?"
 "메뚜기는 잠을 자는 누에보다 크기가 작고 색깔은 얼룩덜룩하고 털이 난 곤충인데요. 메뚜기가 공중을 날면 명(螟)이 되고 벼를 타고 오르면 모(蟊)가 되는데 농사를 망치기 때문에 멸구[滅穀]라 부릅니다. 그래서 잡아서 파묻으려는 거죠."
 "메뚜기는 작은 벌레라 걱정거리가 아니야. 나는 종로 큰길을 가득 메운 메뚜기를 봤네. 크기는 모두 일곱 자 남짓 정도로 머리가 검고 눈이 반짝이며 주먹이 들락거릴 만큼 입이 컸네. 웅얼웅얼 궁시렁거리고 구부정하게 걷는 것들이 발꿈치가 이어지고 꼬리에 꼬리를 물고 다니데. 농사를 망치고 곡식을 축내기로는 이 무리보다 더 나쁜 벌레가 없어. 내가 잡고 싶지만 그만큼 큰 바가지가 없어서 유감이었네."
 주위에 있던 사람이 다들 크게 두려워하면서 진짜로 이런 벌레가 있는 줄 착각했다.

하루는 민 옹이 오기에 내가 멀리서 바라보다가 은어(隱語)를 만들어 "춘첩자(春帖子)19)에 삽살개[狵]가 운다[啼]."라고 했다. 민 옹이 웃으면서 말했다.

"춘첩자란 대문에 붙이는 글이니 내 성인 민씨(閔氏)를 말하는군. 삽살개는 늙은 개이니 나를 욕하는 말이고, 운다는 것은 내 이가 빠져 우물우물 내는 말소리가 듣기 싫다는 말이고. 그렇기는 하나 자네가 삽살개를 두려워한다니 차라리 삽살개[狵]에서 개[犬]를 없애는 게 제일 낫겠고, 또 우는[啼] 게 싫다니 그 입[口]을 틀어막아야겠네. 제(帝)는 조화(造化)이고, 방(尨)은 큰 물건이지. 제(帝) 자를 붙이고 방(尨) 자를 곁에 붙여 놓으면 조화를 부려 큰 물건이 될 텐데 그게 바로 용(龓)20) 아니겠는가? 자네가 나를 모욕하려다가 되레 나를 퍽이나 칭찬하고 말았네."

이듬해 민 옹이 죽었다. 민 옹은 익살맞고 기발하며 희한하고 호탕했으나 성품이 강직하고 착한 일 하기를 즐겼다. 『주역』에 밝았고, 노자(老子)의 말을 좋아했으며, 보지 않은 책이 없었다. 아들 둘이 모두 무과에 올랐으나 아직 관직에 나아가지는 않았다.

올해 가을 나는 또 병이 도졌으나 민 옹을 더는 볼 수 없었다. 마침내 나하고 은어를 주고받으며 익살맞게 장난한 일과 재담을 나누며 비웃고 풍자한 일을 기록하여 「민옹전」을 지었

---

19) 입춘(立春)에 한 해의 행운과 건강을 기원하며 대문이나 기둥에 써서 붙이는 글귀다.
20) 용(龓)은 용(龍)의 옛 글자다.

다. 때는 정축년(1757) 가을이다.
　나는 민 옹을 애도하여 다음 글을 지었다.

오호라! 민 옹이여!
괴상하고도 기발하며
놀랍고도 엉뚱하구나!
즐겁게도 하고 화나게도 하고
게다가 또 얄밉게도 하였네!
벽 위에 칠하였던 까마귀가
송골매로 변신하진 못하였네!
민 옹은 뜻이 큰 선비였으나
늙어 죽도록 펼치지는 못하였구나!
내가 민 옹을 위해 전기를 짓노니
오호라! 죽기는 하였으나 아주 죽지는 않았네.

4 광문자전(廣文者傳)[1]

광문은 가난한 거지인데도
실상보다 명성이 더 높았다.
이름나기를 좋아한 이는 아니었으나
그래도 형벌을 피하지는 못하였다.

---

[1] 광문(廣聞, 1707~?)은 영조 연간에 유명세를 치른 실존 인물이다. 거지, 광대, 거간꾼, 조방꾼, 재담꾼, 방랑자 등 다양한 성격의 소유자다. 이재운(李載運, 1721~1782)의 『해동화식전(海東貨殖傳)』「자갈쇠전(者葛衰傳)」, 홍신유(洪愼猷, 1724~?)의 「달문가(達文歌)」, 이규상(李奎象, 1727~1799)의 「달문(達文)」, 조수삼(趙秀三, 1762~1849)의 『추재기이(秋齋紀異)』「달문(達文)」, 이원명(李源命)의 『동야휘집』권4 「기생 운심의 집에서 광문이 춤을 구경하다(雲妓家廣文觀舞)」 등이 모두 광문의 독특한 행적을 묘사한 작품이다. 광문은 자갈쇠, 달문이라는 이름으로도 불렸는데 모두 '돌쇠'라는 천인의 이름을 서로 다르게 표기한 것이다.

게다가 도둑질한 이가 나타나
가짜 행세하며 광문의 명성을 훔치려 했기에[2]
이에 광문의 전기를 지었다.

광문이란 이는 거지다. 광문이 이전에 종루 저잣거리를 쏘다니며 구걸할 때 거지 패거리가 광문을 추대하여 패두(牌頭)[3]로 삼고 소굴을 지키게 했다. 날이 춥고 눈이 내리던 어느 날 거지 패거리가 다 함께 거리로 나가 구걸했다. 한 아이만이 병이 들어 따라가지 못하고 소굴에 남았다. 시간이 갈수록 아이는 추워서 오들오들 떨며 자꾸만 흐느껴 우니 우는 소리가 대단히 구슬펐다. 그 꼴을 몹시 불쌍하게 여긴 광문은 밖으로 나가 직접 구걸하여 음식을 얻어다가 아이에게 먹이려고 했다. 그런데 돌아와 보니 아이는 벌써 죽어 있었다. 거지 패거리가 소굴로 돌아와서 광문이 그 아이를 죽였다고 의심하여 다 함께 두들겨 패서 쫓아냈다.

밤이 되어 광문은 마을의 한 집에 엉금엉금 기어 들어갔다. 집을 지키던 개가 놀라서 짖는 바람에 집주인에게 발각돼 붙잡혀서 줄로 꽁꽁 묶였다. 광문은 주인에게 하소연했다.

"저는 원수를 피하려고 들어왔지 도둑질하려고 들어오지 않았습니다. 어르신께서 믿지 못하신다면 내일 아침 저잣거리에 나가서 밝혀 드리겠습니다!"

---

2) 경상도에서 이태정(李太丁)과 자근만(者斤萬)이 광문의 동생과 아들이라고 사칭한 사건을 말한다.
3) 패거리를 거느리는 우두머리.

하소연하는 말이 몹시 진실하고 솔직해 보였다. 도적은 아니라는 심증이 들어서 집주인은 날이 밝자 광문을 풀어 주었다. 광문은 감사하다고 인사를 드리고 해진 멍석을 달라고 부탁하여 들고 갔다. 아무래도 하는 짓이 수상하여 집주인이 뒤를 밟았다. 멀리서 살펴보니 거지 패거리가 시신 하나를 끌고 수표교에 이르러 다리 아래로 던져 버리는 것이었다. 그런데 광문이 다리 사이에 숨어 있다가 시신을 해진 멍석으로 둘둘 말아 몰래 짊어지고 서쪽 교외로 가서 무덤 사이에 묻어 주고는 한바탕 울면서 슬퍼했다. 엿보던 집주인이 광문을 붙잡고 이유를 따져 물었다. 광문은 그제야 이전에 있었던 일과 어제 일어난 일의 자초지종을 자세히 말해 주었다. 의로운 사람으로 여긴 집주인은 광문을 데리고 집으로 돌아와서 옷을 주고 후하게 대우했다. 마침내 약방을 운영하는 부자에게 광문을 추천하여 머슴으로 일하게 했다.

시간이 꽤 흐른 어느 날 부자가 문밖을 나갔다가 자꾸만 뒤를 돌아보았다. 금세 돌아와 방으로 들어가 자물쇠를 살펴본 다음 문밖으로 나가며 아주 언짢은 표정을 지었다. 집으로 돌아온 뒤에는 깜짝 놀라며 광문을 뚫어지게 보면서 뭔가 할 말이 있는 듯한 표정을 짓다가 낯빛을 바꾸며 그만두었다. 무슨 영문인지 전혀 모른 채 광문은 온종일 입을 다물고 지냈다. 또 함부로 하직하고 떠나지도 못했다.

며칠이 흘러 부자의 처조카가 돈을 들고 와서 돌려주며 말했다.

"저번에 제가 고모부께 돈을 빌리러 왔는데 마침 안 계셔서

방 안에 들어가 가지고 갔습니다. 고모부께서는 아마 모르셨을 겁니다."

그제야 부자는 몹시 부끄러운 생각이 들어 광문에게 사과했다.

"나는 소인배일세. 이런 일로 후덕한 사람의 마음을 상하게 했으니 앞으로 자네를 볼 낯이 없네."

그 뒤로는 알고 지내는 여러 종실(宗室)과 다른 부자 및 큰 상인에게 광문을 의로운 사람이라고 두루 칭송했다. 또 종실의 빈객과 정승 판서의 문하객(門下客) 등 주변 사람들에게 지나치다 할 만큼 칭찬했다. 그들은 너나 할 것 없이 광문을 머리맡에서 주고받는 화젯거리로 삼았다. 몇 달 지나서 사대부들은 마치 옛날 사람인 양 광문 이야기를 다 들었다. 그 무렵 한양에서는 누구나 이전에 광문을 후하게 대우한 집주인을 사람을 볼 줄 아는 현인이라고 칭송했고, 약국을 운영하는 부자를 후덕한 어른이라고 더욱더 인정했다.

당시에 돈놀이하는 자들은 대체로 머리 장식이나 구슬, 비취 같은 패물, 옷가지와 값나가는 물건을 저당 잡거나 집과 전답과 노비 따위의 문서를 저당 잡되 원래의 값을 참작하여 값을 정했다. 그러나 광문이 남의 채무에 보증을 서면 저당 잡을 물건을 묻지도 않고 한번 허락하면 천금도 내주었다.

광문은 생김새가 너무나 못생겼고 말주변이 없어서, 다른 사람의 마음을 움직일 수 없었다. 입이 커서 주먹 두 개가 한 입에 들락날락했다. 만석중놀이[4]를 잘했고, 철괴무(鐵拐舞)[5]도 잘 추었다. 나라 안 아이들이 서로 욕지거리하고 우쭐해할 때 "네 형님 달문(達文)이다!"라고 하니 달문은 광문의 다른 이름이었다.

광문은 길을 가다가 싸우는 사람을 보면 자기도 웃통을 벗어젖히고 어이 어이 하며 끼어들었다. 머리를 수그리고 땅바닥에 금을 그어 대며 누가 옳고 누가 그른지 분간하듯이 했다. 시장 사람이 다들 웃어 대니 싸우던 이들도 웃고서 싸움을 그만두고 모두 흩어졌다.

광문은 마흔 살쯤이 돼서도 여전히 머리를 땋아 총각머리를 하고 다녔다. 사람들이 아내를 맞이하라고 권유하면 이렇게 말했다.

"아름다운 용모는 누구나 좋아해. 그러나 남자만 그런 게 아니고 여자도 똑같이 그래. 그러니 나처럼 못생겨서는 어떤 여자가 얼굴을 꾸밀 마음이 생기겠어."6)

사람들이 집을 장만하라고 권유하면 또 이렇게 말했다.

"나는 부모 형제도 없고 처자식도 없는데 집은 가져서 무얼 해? 게다가 나는 아침이 밝아 오면 노래를 흥얼거리며 저잣거

---

4) 음력 4월 초파일에 행하는 그림자놀이의 하나인 무언 인형극으로, 파계하고 타락한 중을 풍자하여 조선 후기에 널리 공연되었다.
5) 조선 후기에 인기를 얻은 탈춤의 하나로, 중국 전설상의 팔선(八仙) 중 하나인 철괴(鐵拐)의 모습을 흉내 내어 추는 춤이다.
6) 이 대목은 "남자는 자기를 알아주는 사람을 위하여 목숨을 바치고, 여자는 자기를 좋아하는 사람을 위하여 얼굴을 꾸민다.[士爲知己者死, 女爲說己者容.]"라는 『사기』 「자객열전」의 말을 빌려 왔다. 광문의 얼굴이 너무 못생겨서 여자가 광문의 마음에 들도록 제 얼굴을 꾸미고 싶은 생각이 나지 않는다는 뜻이다.

리로 들어갔다가 날이 저물면 부귀한 집 문간방에서 자면 돼. 한양에는 8만 호가 있으니 내가 하루에 한 번씩 자는 곳을 바꿔도 죽을 때까지 다 가 보지 못할걸."

한양의 이름난 기생은 제아무리 곱고 세련되어도 광문이 명성과 값을 높여 주지 않으면 한 푼어치 값도 나가지 않았다. 금군(禁軍)[7]의 장교와 각전(各殿)의 별감(別監),[8] 부마의 청지기[9]들이 소매를 늘어뜨리고 운심(雲心)[10]을 찾아간 적이 있었다. 운심은 명성이 자자한 기생이었다. 대청마루 위에서 술자리를 펼치고 가야금을 연주하며 운심에게 춤을 청했다. 운심은 일부러 머뭇거리며 춤을 출 낌새를 보이지 않았다. 밤이 이슥하여 광문이 가서 대청마루 아래를 오락가락하다가 마침내 술자리에 끼어들더니 제멋대로 상석에 앉았다. 광문은 옷이 다 떨어져 차림새가 볼품없었으나 그의 앞을 막아서는 이가 없어 의기양양했다. 눈자위가 짓무르고 눈곱이 덕지덕지한 데다가 술에 취한 척 트림을 해 대며 머리털은 부스스하고

---

[7] 국왕의 신변 보호, 왕궁의 수비 등을 맡아 보는 부대로 내금위(內禁衛), 겸사복(兼司僕), 우림위(羽林衛) 기병이다. 영조 31년(1755) 이후 용호영(龍虎營)으로 명칭이 바뀌었다.
[8] 각전은 국왕이 머무는 대전(大殿), 왕비가 머무는 중궁전(中宮殿), 대비가 머무는 대비전(大妃殿) 등을 가리킨다. 여기에 소속된 별감은 왕과 왕비, 대비의 수비와 심부름을 맡았다.
[9] 청지기[廳直]는 겸종(傔從) 또는 겸인(傔人)으로 부마와 같은 벌열 양반집과 부호가의 잡다한 업무와 사적 심부름을 맡아 보던 일종의 가신이다. 이상의 직업군은 기방과 술집 등 한양 유흥가를 주름잡았다.
[10] 밀양 출신의 실존 인물이다. 영조 시대 한양의 대표적 기생이자 검무를 전국적으로 유행하게 만든 유명한 춤꾼이다.

꽁지머리를 하고 있었다. 자리에 앉은 이들이 모두 어안이 벙벙하여 광문에게 눈을 꿈쩍이며 쫓아내려 했다. 광문은 더 앞으로 나와 무릎을 쳐서 박자를 맞추고 콧노래를 흥얼거렸다. 운심이 그제야 일어나 옷을 갈아입고 광문을 위해 검무를 추었다. 좌중이 모두 마음껏 즐기고서 다시 친구가 되어 자리를 떴다.

「광문자전」[11] 뒤에 쓰다[書廣文傳後]

내 나이 열여덟 살 때 심한 병을 앓은 적이 있다. 밤만 되면 집에서 부리던 나이 든 청지기를 불러서 여염집에서 일어난 기이한 사건을 캐물었다. 청지기가 들려준 이야기에는 광문에 얽힌 사건이 많았다. 나도 어릴 적에 광문의 외모를 본 적이 있는데 정말 추하기가 이를 데 없었다. 문장을 잘 지으려고 한창 애쓸 때라서 나는 이 전기를 지어서 여러 어른에게 돌려 보였다. 예스러운 문장이라고 칭찬을 크게 듣고 하루아침에 작가로 인정받았다. 그 무렵 광문은 이미 남쪽 지방으로 내려가서 호남과 영남의 여러 군을 떠돌았다. 광문은 가는 곳마다 명성이 왁자하여 수십 년 동안 더는 서울을 찾지 않았다.

---

11) 박지원은 소설 본문에서는 제목을 「광문자전」이라 썼으나 후기에서는 「광문전」이라 썼다. 의미상 차이는 없다. 광문의 한글 이름이 자갈쇠(者葛衰)이기에 광문 뒤에 자(者)를 덧붙인 듯하다.

바닷가 고을에 한 거지 아이가 있어서 개령현(開寧縣) 수다사(水多寺)[12]에서 구걸하며 끼니를 해결했다. 그 아이는 밤중에 중들이 한가롭게 광문을 화제로 올려 대화하는 소리를 들었다. 모두 광문을 직접 보기라도 한 듯이 흠모하고 감탄하는 것이었다.

그때 거지 아이가 눈물을 흘리니 중들이 이상하게 여겨 까닭을 물었다. 거지 아이는 우물쭈물 망설이다가 자기가 광문의 아들이라고 했다. 중들은 다들 소스라치게 놀랐다. 가끔 아이에게 바가지에 밥을 퍼 줬던 중들은 광문의 아들이라는 말을 듣고는 주발을 깨끗이 씻고 밥을 담아 수저에 나물과 장국을 갖춰서 밥상에 차려 밥을 내왔다.

당시에 영남에는 요사스러운 자가 나타나 남몰래 반역을 꾀한 사건이 일어났다. 그자는 거지 아이가 이처럼 융숭한 대접을 받는 모습을 보고서 그대로 따라 하면 대중을 현혹할 수 있으리라 기대했다. 몰래 아이를 꼬드겨 "네가 나를 삼촌이라 부르면 부귀를 차지할 수 있다."라고 했다. 저는 광문의 동생임을 자처하고 광손(廣孫)이란 이름을 만들어 광문에게 빌붙었다. 어떤 사람이 그를 수상하게 여겨 말했다.

"광문은 자기 성이 뭔지도 모르고, 평생 혼자 산 사람이라 형제도 없고 처자식도 없다. 지금 어디서 다 큰 동생과 장성한 아이가 툭 튀어나오는 거지?"

---

12) 개령현은 현재 경북 김천시와 구미시에 걸쳐 있던 행정 구역이다. 수다사는 현재 구미시 무을면 상송리에 있는 사찰로 신라 문성왕 때 진감국사(眞鑑國師) 혜소(慧昭)가 창건했다.

드디어 조정에 역모 사건으로 고발하니 모두 체포되어 대질 심문을 받았다. 알고 보니 서로가 얼굴도 모르는 처지였다. 그리하여 마침내 요사스러운 자를 죽였고, 거지 아이는 유배를 보냈다. 광문이 옥에서 나오자 늙은이부터 어린 아이까지 모두 가서 구경하느라 한양 시장이 며칠 동안 텅 비었다.[13)]

(옥에서 나온) 광문이 표철주(表鐵柱)[14)]를 보고서 손가락으로 가리키며 물었다.

"너는 사람을 잘 치는 표망동(表望同)이 아니냐?"

"이제는 늙어서 그런 짓 못 한다."

망동은 표철주의 별호였다. 보지 못한 사이에 고생이 많았다고 서로를 위로했다. 광문이 또 표철주에게 물었다.

"영성군(靈城君)[15)] 대감과 풍원군(豐原君)[16)] 대감께서는

---

13) 이 사건은 영조 40년(1764)에 발생한 황당한 실화다. 『추안급국안(推案及鞫案)』과 『영조실록』, 『일성록』에 사건의 과정과 처리가 기록되어 있다. 쉰여덟 살의 광문이 역모 사건에 주모자로 몰려 의금부에 갇혀 조사받았다. 이태정(李太丁)이 경상도에서 광문의 동생이라 자처하고 역모를 꾀했다. 역모에 동참한 자근만(者斤萬)은 또 광문의 아들을 자처했는데 나중에는 역모를 밀고했다. 혐의를 벗은 광문은 함경도 경성으로 귀양 갔다가 풀려났다.
14) 광문과 같은 시대의 실존 인물로 한양의 유명한 왈짜였다. 영조 4년(1728)에 무과에 합격하여 『무신별시문무과방목(戊申別試文武科榜目)』에는 표철주(表哲柱)라는 이름으로 올라 있는데 1701년생이라고 했다.
15) 영조 때의 문신 박문수(朴文秀, 1691~1756)다. 병조 판서를 지냈고, 소론의 영수로 당파를 이끌었다. 암행어사 설화로 유명하다.
16) 영조 때의 문신 조현명(趙顯命, 1690~1752)이다. 영조가 추진한 탕평책을 소론의 영수로서 지원했다. 영의정을 지냈고, 호방한 성품과 처신으로

무탈하신가?"

"두 분 다 세상을 뜨셨어."

"김군경(金君擎)은 지금 무슨 관직에 있는가?"

"용호영(龍虎營) 장수로 있지."

그 말에 광문이 말을 덧붙였다.

"그 아이는 미남자지. 몸집은 비대해도 기생을 겨드랑이에 끼고서 높은 담을 넘었어. 돈을 더러운 흙 버리듯 헤프게 쓰더니 이제 귀인이 돼서 볼 수 없겠구나. 분단(粉丹)이는 어디로 가 있나?"

"벌써 죽었네."

광문이 탄식하며 말했다.

"옛날에 풍원군 대감께서 밤에 기린각(麒麟閣)에서 잔치를 여시고 분단이만 남게 하여 함께 주무셨지. 새벽에 일어나서 대궐로 가실 때 분단이가 촛불을 잡고 있다가 실수하여 담비 가죽 모자를 끄슬리고 두려움에 벌벌 떨었어. 풍원군께서 웃으시고 '네가 부끄러운가 보구나?'라고 하시고 바로 5000문(50냥)을 압수전(壓羞錢)[17]으로 내어 주셨지. 나는 그때 분단이의 머리쓰개와 덧치마를 받쳐 들고서는 난간 아래에서 대령하고 있었는데 어두컴컴하여 까맣게 귀신처럼 서 있었어. 풍원군께서 문을 열어젖히고 침을

유명했다. 박문수와 조현명은 영조 4년(1728) 무신년 이인좌의 난에 공훈을 세워 각각 영성군과 풍원군에 봉해졌다.

17) 부끄러움을 진정시키는 돈이라는 뜻으로 보통 기생에게 주는 화대를 가리킨다.

뱉으시고는 분단이에게 몸을 기댄 채 귓속말로 '저 까맣게 서 있는 건 웬 놈이냐?' 하고 물으셨어. 분단이가 '천하에 누구나 다 안다는 광문이올시다.'라고 답을 올리니 풍원군께서 웃으시며 '이놈이 네 후배(後陪)[18]로구나!'라 하시고는 나를 불러 큰 술잔에 술을 따라 주시고 당신은 홍로주(紅露酒)[19] 일곱 잔을 드신 다음 초헌(軺軒)[20]을 타고 떠나셨네. 다 옛날 일이야. 지금 한양 기생은 누가 가장 유명한가?"

"작은 아기[小阿其]라네."

"조방꾼[21]은 누구고?"

"최박만(崔撲滿)일세."

"아침나절에 상고당(尙古堂)[22] 어른께서 사람을 보내 나를 위로하셨네. 둥그재[23] 아래로 집을 옮겼다고 하시더군. 대청마루 앞에 벽오동 나무가 있는데 늘 그 밑에서 손수 차를

---

18) 벼슬아치나 기생 등의 뒤를 따르며 시중을 드는 하인.
19) 붉은빛이 도는 소주로 서울과 평양의 명주다. 서유구는 『정조지』에서 서울 지역의 내국홍로주(內局紅露酒)와 평양의 감홍로(甘紅露)를 명주로 소개했다.
20) 2품 이상의 고관이 타던 바퀴가 한 개 달린 높은 수레.
21) 기녀를 돕거나 관리하며, 오입쟁이를 연결시켜 주는 중개인으로 조방(助房) 또는 조방(助幇)이라 쓴다.
22) 김광수(金光遂, 1696~1770)의 별호로 영조 때의 저명한 서화가이자 서화 골동 소장자다. 이조 판서 김동필(金東弼)의 아들로 큰 재산을 이용하여 예단의 명사로 활동하며, 이광사 등 서화가 및 예술가와 교유했다.
23) 현재의 서대문구 충정로2가와 냉천동 일대 지명으로 원교(圓嶠)라고도 표기한다.

끓이고 철돌(鐵突)²⁴⁾에게 거문고를 뜯게 한다고 하시던데."

"철돌 형제가 지금 한창 명성이 높지."

"그렇지! 이놈은 김정칠(金鼎七) 아들인데 내가 그 아비와 친했어."

다시 한참을 서글피 있다가 말했다.

"모든 게 다 내가 떠난 뒤에 일어난 일이야."

광문은 머리카락을 자르기는 했으나 그래도 쥐꼬리처럼 머리를 꼬았다. 이는 다 빠지고 입은 합죽이가 돼서 더는 주먹이 드나들지 못한다고 했다. 표철주에게 물었다.

"너도 이제 늙었는데 어떻게 먹고사느냐?"

"집이 가난해져 집주릅이 되었지."

"너도 이제 궁핍은 벗어났구나. 허허! 옛날에는 네 집 재산이 수만 냥이었지. 그때는 너를 황금 투구라고 불렀는데 지금 그 투구는 어디에 있느냐?"

"나는 이제야 세상 물정을 알게 됐네."

광문이 웃으며 말했다.

"재주를 다 배우고 나니 눈이 어두워진 꼴²⁵⁾이로구나."

그 이후 광문의 종적은 알 수 없다.

---

24) 당시 저명한 거문고 연주자로 김철석(金哲石) 또는 철돌(鐵乭)로 표기했다.
25) 오랫동안 애써서 다 배웠으나 한 번도 써먹지 못하게 된 경우를 이르는 속담이다. 기성안혼(技成眼昏)이나 "철들자 망령 난다."라는 속담과 같다. 이덕무는 『열상방언(洌上方言)』에서 "기술 익히자 눈에 백태 낀다."라고 달리 표현했다.

5 양반전(兩班傳)

선비는 하늘이 내린 벼슬이니
선비 마음이 곧 뜻[志][1]이다.
그 뜻을 어떻게 가져야 할까?
권세와 이익을 꾀하지 않아야 하고
영달해도 선비의 본분을 벗어나지 않고
곤궁해도 선비의 본분을 잃지 않아야 한다.
명예와 절의는 지키지 않고
문벌과 지위를 미끼로 써서
조상 덕을 사고팔아 살아간다면
장사꾼과 무엇이 다르겠는가?
이에 「양반전」을 지었다.

---

1) 뜻 지(志)는 선비 사(士)와 마음 심(心) 두 글자를 합한 것으로 볼 수 있다.

양반이란 사족(士族)의 존칭이다. 강원도 정선군에 양반 한 사람이 살았는데 어질고 책 읽기를 좋아했다. 군수가 새로 부임하면 반드시 양반 집에 찾아가서 부임 인사를 드렸다. 그러나 집안이 가난하여 해마다 군에서 대여하는 환곡을 꿔서 끼니를 해결했는데 여러 해를 넘기자 그 수량이 1000섬에 이르렀다. 관찰사가 군현을 순시하다가 환곡의 실태를 점검하고는 크게 분노하여 "어떤 양반 놈이 군량미를 축냈단 말이냐?" 호통치고 양반을 잡아 가두라고 호령했다. 가난 탓에 빌린 환곡을 갚지 못한 양반을 불쌍하게 여겨서 군수는 차마 양반을 옥에 가두지는 못했으나 그렇다고 달리 방도가 없었다.

양반은 낮이고 밤이고 울었으나 뾰족한 방법이 보이지 않았다. 그런 양반을 향해 아내가 욕을 퍼부었다.

"당신은 평생 독서를 좋아하더니 관아의 환곡 빚에는 보탬이 전혀 안 되는구려! 쯧쯧! 양반이라고? 한 푼어치도 안 되는 그놈의 양반!"

같은 동네에는 부자가 살고 있었는데 혼자 이렇게 생각했다.

'양반은 가난해도 항상 존귀하고, 나는 부유해도 항상 천대받지. 말은 감히 타지도 못하고, 양반을 보면 몸을 움츠리고 벌벌 떨며, 기어가서 마당에서 절을 하니, 코로 바닥을 쓸고 무릎으로 기는 꼴이야. 나는 항상 이처럼 치욕스럽게 살아. 지금 저 양반이 가난 탓에 환곡을 갚지 못하고 큰 곤경에 처했어. 양반 신분을 지킬 형편이 전혀 안 돼. 내가 양반 신분을 사서 차지해야겠다.'

마침내 양반 집에 찾아가서 환곡을 대신 갚아 주겠노라고

청하니 양반이 크게 기뻐하고 허락했다. 부자가 즉시 환곡 빚을 관아로 실어 보내니 군수가 몹시 놀라고 수상하게 여겼다. 양반을 위로도 할 겸 환곡을 갚게 된 연유도 캐물을 겸 직접 양반을 찾아갔다. 양반은 벙거지에 잠방이를 입고 길가에 엎드려 소인이라 칭하며 감히 고개를 들어 군수를 쳐다보지도 못했다. 군수가 깜짝 놀라 가마에서 내려 부축해 일으키며 물었다.

"선비님! 어째서 이렇게까지 욕되게 자신을 낮추십니까?"

양반은 한층 더 두려워하며 머리를 조아리고 엎드려 말했다.

"황송합니다. 소인은 욕됨을 자처한 게 아닙니다. 이미 양반 신분을 자진해 팔아서 환곡 빚을 갚았습니다. 한 동네 부자가 바로 양반이 됐습니다. 소인이 어찌 다시금 예전의 양반 칭호를 도용하여 젠체하겠습니까?"

군수가 감탄하고 말했다.

"군자답도다, 부자여! 양반답도다, 부자여! 부유하면서도 인색하지 않으니 의롭구나! 남의 곤경을 급히 해결해 주니 인자하구나! 비천함을 미워하고 존귀함을 흠모하니 지혜롭구나! 이야말로 진정한 양반이로다. 그렇기는 하나 사사로이 신분을 사고팔면서 증서를 작성하지 않았으니 송사가 일어날 빌미가 되렷다. 나와 네가 군민과 약속하여 증인을 세우고 증서를 작성하여 확실하게 해 두자. 군수가 직접 서명하리라!"

그리하여 군수가 관아로 돌아가 군내의 사족과 농부, 장인, 상인을 모두 불러 뜰에 모이게 했다. 부자는 향소(鄕所)[2]의 오른쪽에 앉게 하고 양반은 공형(公兄)[3] 아래에 서게 했다. 그리고 다음 증서를 작성했다.

건륭(乾隆) 10년(1745) 9월 며칠, 위의 명문(明文)[4]은 양반 신분을 값을 쳐서 팔아 환곡 빚을 갚으려는 문서이니 그 값은 벼 1000섬이다.

무릇 양반이란 그 명칭이 여러 가지다. 독서하는 이는 선비라 하고, 벼슬하는 이는 대부(大夫)라 하며, 덕이 있는 이는 군자라 한다. 무반(武班) 관료는 서쪽에 서고, 문반(文班) 관료는 동쪽에 선다. 무반과 문반 둘을 합하여 양반이라 하거니와 네가 하고 싶은 대로 선택하면 된다.

양반은 비루한 일을 끊고 손대지 않으며, 옛사람을 사모하고 뜻을 고상하게 가진다. 오경(五更) 새벽에는 항상 일어나서 유황에 불을 붙여 등잔을 켠다. 눈으로는 코끝을 응시하고, 발꿈치를 모아 꽁무니를 괴고 앉는다. 『동래박의(東萊博議)』[5]를 얼음에 박 밀듯이 줄줄 왼다. 굶주림도 잘 참고 추위도 잘 견뎌서 입으로 가난을 말하지 않는다. 위아래 이를 부딪히고 머리 뒤통수를 손으로 튕기며, 고인 침으로 잘게 양치하고 침을 가득 모아 삼킨다.[6] 옷소매로 휘양을 털어 먼지가 뽀얗게 일어나

---

2) 조선 시대에 지방 수령을 보좌하고 풍속을 바로잡는 등의 일을 수행하던 자치 기구로 좌수(座首)와 별감(別監)의 직책을 두었다.
3) 지방 고을의 세 구실아치인 호장, 이방, 수형리(首刑吏)를 말한다.
4) 조선 시대에 권리를 증명하는 각종 문서를 이른다.
5) 남송(南宋)의 여조겸(呂祖謙)이 편찬한 중국 역사서로 과거 시험을 준비하는 데 필수적인 책으로 널리 읽혔다.
6) 구선도인결(臞仙導引訣)의 여덟 가지 섭생법(攝生法) 가운데 두 가지

게 한다. 세수할 때는 주먹으로 빡빡 밀지 말고, 양치를 잘하여 입냄새가 나지 않도록 한다.

소리를 길게 뽑아 계집종을 부르고, 느릿느릿 걷고 신발을 질질 끈다. 『고문진보(古文眞寶)』7)와 『당시품휘(唐詩品彙)』8)를 깨알같이 베껴 내되 한 줄에 100자를 쓴다. 손은 동전을 쥐지 말고, 쌀값이 얼마인지 묻지 않는다. 여름에도 버선을 벗지 말고, 맨상투로는 밥상에 앉지 말라. 밥 먹기에 앞서 국부터 먹지 말고, 국을 먹되 후루룩 소리를 내지 말라. 젓가락으로 딸그락 소리를 내지 말고, 생파를 먹지 말라.

막걸리를 마시되 수염을 핥지 말고, 담배를 피우되 볼이 움푹 패게 빨지 말라. 화가 치밀어도 아내를 때리지 말고, 화가 나도 발로 그릇을 차지 말라. 자식을 주먹으로 때리지 말고, 종에게 뒈지라는 욕을 퍼붓지 말라. 마소를 꾸짖으면서 판 주인을 욕하지 말라. 병이 들어도 무당을 부르지 말고, 제사에는 중을 불러 제를 올리지 말라. 얼어 죽어도 겻불을 쬐지 말고, 말을 하다가 이 사이로 침을 뱉지 말라. 소를 잡지 말고, 돈내기를 하지 말라.

무릇 이런 갖가지 행위에서 양반 신분에 어긋난 짓을 하면 이 증서를 가지고 관아에 와서 따져서 바로잡을 일이다.

로 조선 후기에 널리 읽힌 『산림경제(山林經濟)』에 수록되어 있다.
7) 송나라의 황견(黃堅)이 편찬한 시문 선집으로 조선에서 한문 문장을 익힐 때 읽는 대표적 선집이었다.
8) 명나라 고병(高棅)이 편찬한 당시(唐詩) 선집으로 조선에서 당시를 익힐 때 읽는 대표적 선집이었다.

성주(城主) 정선 군수　　○○○ 수결(手決)⁹⁾
증인　　좌수(座首)　○○○ 서명(署名)
　　　　별감(別監)¹⁰⁾ ○○○ 서명

작성하고 나서 통인(通引)¹¹⁾이 관인(官印)을 여기저기 찍으니 큰북을 치듯 쾅쾅 소리가 나고, 북두칠성과 삼성(參星)¹²⁾이 어지럽게 벌어진 모양새였다. 호장(戶長)이 증서를 다 읽고 나니 부자가 한참 동안 멍하게 있다가 말했다.
"양반이 고작 요런 것뿐이래요? 저는 양반은 신선과 똑같다고 들었더랬는데 정말 이렇다면 너무 갈취당한 거잖소. 이익을 보도록 증서를 고쳐 주시라요."
그 말에 따라 증서를 다시 작성했다.

하늘이 백성을 내니 그 백성에는 네 부류가 있다. 네 부류 백성 가운데 가장 귀한 백성이 선비이니 양반이라 이름한다. 이롭기가 양반보다 큰 게 없으니 농사도 짓지 않고 장사도 하지 않는다. 글 좀 짓고 역사를 대충 알면, 크게는 문과에 급제하고, 작게는 진사(進士)가 될 수 있다. 문과 급제자는 홍패(紅牌)를 받으니 크기는 두 자 어름이라도 온갖 재물이 다 나와 이야말로 돈 자루다. 진사가 서른이 되면 첫 벼슬에 나가는데 그래

---

9) 도장 대신 공사 문서에 쓴 독특한 자필 부호로 오늘날의 '사인'을 말한다.
10) 좌수와 별감은 수령을 보좌하는 향소의 직임이다.
11) 조선 시대 지방 관아에 소속되어 수령의 잔일을 맡아보던 하급 아전.
12) 겨울철에 북쪽 하늘에서 가장 반짝이는 별자리 이름.

도 이름난 음관(蔭官)[13]이 되고, 일 잘하면 남행(南行)[14]의 우두머리가 된다. 일산 쓰고 바람 쐬니 귀는 희기만 하고, 설렁줄 당겨 지시하니 배는 불룩해진다. 곱게 꾸민 기생의 귀고리가 방 안에 떨어져 있고, 기르는 학의 모이가 뜰에 흩어져 있다. 출세 못 한 선비로 시골에 살아도 마음껏 권세를 부릴 수 있다. 이웃집 소를 끌어다 내 논을 먼저 갈고, 마을 백성을 데려다가 내 밭을 김매게 한다. 그래도 뉘가 감히 나를 업신여기랴? 거역하면 네놈 코에다 잿물을 부으리라. 상투 쥐고 흔들거나 수염 잡아 뽑아도 감히 원망하지 못한다…….

부자가 증서 읽는 중간을 끊고 혀를 내두르며 말하였다.
"그만! 그만! 맹랑하구려! 나를 도적놈으로 만들 셈이우!"
머리를 절레절레 흔들고 자리를 떴다. 부자는 죽을 때까지 다시는 양반이 되겠다는 말을 입에 올리지 않았다.

---

13) 과거 시험에 급제하지 않고서 조상의 공덕에 의하여 맡은 벼슬이나 벼슬아치. 여기서는 문과에 급제하지 않은 처지임을 말한다.
14) 음관과 같은 말이다.

6 김신선전(金神仙傳)

김홍기는 큰 은사라서
명산 여행에 몸을 숨겼다.
세상이 맑든 흐리든 예를 잃지 않았고
남을 해치지도 않았고 재물을 탐내지도 않았다.
이에 「김신선전」을 짓는다.

김 신선은 이름이 홍기(弘基)다.[1] 열여섯 살에 아내를 맞이

---

1) 김홍기는 당시의 실존 인물이다. 이덕무는 『이목구심서(耳目口心書)』 권 3에서 김홍기(金洪器)라 표기하고 자세하게 소개했다. 다음이 전문이다. "김홍기는 수련법을 배운 사람이다. 나이는 쉰 살로 용모가 대단히 맑고 깡말랐다. 평생 여자를 가까이하지 않았으나 아들을 하나 두었으니 한 번 여자와 관계하여 낳은 듯하다. 성품이 산수에 노닐기를 좋아하여 집에 있는

하여 한 번 동침하고서 아들을 낳았는데 그 뒤로 다시는 아내를 가까이하지 않았다. 벽곡(辟穀)²⁾하면서 벽만 바라보고 앉아 수련했다. 수련한 지 여러 해 만에 몸이 홀연히 가벼워졌다. 나라 안의 이름난 산을 두루 노닐었다. 항상 수백 리 길을 걷고 난 뒤에야 머리를 들어 하늘의 해가 어디에 있는지를 살펴보았다. 오 년에 한 번 신발을 갈아 신었고, 험한 곳을 만날수록 걸음이 더 빨라졌다. 언젠가 김 신선이 말했다.

"바지를 걷고 물을 건너고, 배를 타고 강을 건너려니 걸음이 느려진다."

밥을 먹지 않기에 손님으로 찾아오는 김 신선을 아무도 싫어하지 않았다. 겨울에는 솜옷을 입지 않고, 여름에는 부채를 부치지 않으니 드디어 신선이라 불렀다.

내가 예전에 마음이 침울하고 근심 걱정에 시달리는 병을

날이 며칠 되지 않았다. 하루에 수백 리를 걸어도 신발이 새것 같았다. 더위도 땀을 흘리지 않았고 추위도 떨지 않았다. 밥을 몇 숟가락만 먹고도 며칠을 견뎠다. 기름과 장, 물고기, 고기 따위는 먹지 않았다. 언젠가 10문(文)의 동전을 가지고 금강산에 들어가 몇 달을 지내고 돌아왔는데 그래도 몇 문이 남아 있었다. 한밤중에 일어나 앉아 뼈마디를 움직이니 삐걱삐걱 소리가 났다. 명승(名僧)과 노닐기를 좋아했는데 상승(上乘)의 경지에 들어간 스님에 수좌(首左) 담화(曇和)가 있었다. 담화가 전에는 태백산에 머물다가 지금은 성주(星州)로 갔다. 본디 글자를 모르나 불경을 앞에 두고 강론할 때는 훤히 다 알았고, 맨발로 큰 눈 속을 걸어 다녔다. 또 상언선사(尙彦禪師)가 있는데, 그도 대단히 뛰어난 승려다. 지금은 금강산에 머물고 있다. 그래서 김홍기가 금강산에 가서 사귀고 싶었으나 집이 가난하고 처자식에 매여서 뜻을 이루지 못해 한스럽게 여긴다고 한다."

2) 벽곡은 불에 익힌 음식을 먹지 않고 생식(生食)하는 신선 처방의 하나다.

앓았다. 신선의 처방과 술법에 기묘한 효험이 있다는 말을 듣고서 그를 더 만나 보고 싶어졌다. 윤생(尹生)과 신생(申生)을 보내 은밀히 그를 찾아보게 했다. 한양 안에 있는지 탐문했으나 열흘이 지나도 만나지 못했다. 윤생은 이렇게 말했다.

"김홍기는 서학동(西學洞)에 집이 있다고 들었는데 지금 보니 그게 아니고 그의 사촌 아우 집이더군요. 그 집에 처자식을 맡겨 두었기에 아들에게 물었더니 이렇게 말했습니다. '아버지는 보통 한 해에 서너 번 집에 들르십니다. 아버지 친구분이 체부동(體府洞)에 있는데 그분은 술을 좋아하고 노래를 잘 부르는 김 봉사(金奉事)라고 합니다. 누각동(樓閣洞) 김 첨지(金僉知)란 분은 바둑을 좋아하고 그 뒷집의 이만호(李萬戶)라는 분은 거문고를 좋아한답니다. 삼청동(三淸洞) 이만호는 손님을 좋아하고, 미원동(美垣洞) 서초관(徐哨官)과 모교(毛橋) 장 첨사(張僉使), 사복천변(司僕川邊) 지승(池丞)은 누구나 손님을 좋아하고 술 마시기를 즐긴다고 합니다. 이문안[里門內] 조 봉사(趙奉事)도 아버지 친구분인데 그 집에는 이름난 꽃을

＊「김신선전」에는 김신선이 사귄 친구의 집이 스무 군데가 나온다. 이를 1902년경 한양지도(동판본, 국립중앙박물관 소장)에 위치를 표시한다. 1 서학동 2 체부동 3 누각동 4 삼청동 5 미원동[美垣] 6 모전교[毛橋] 7 사복천변(司僕) 8 이문안[里門內] 9 계동 10 창동 11 회현방 12 배오개[梨峴] 13 구리개[銅峴] 14 자수교 15 사동 16 장동 17 대릉동[大貞洞] 18 소릉동[小貞洞] 19 장창교[長橋]. 소설의 지명과 표기가 다른 경우 괄호 안에 밝혀 두었다. 그중 2, 12, 14, 17, 18은 지명을 기재하지 않고 위치만 표시하였다. 동관(董關)은 위치를 확인할 수 없다.

심었다고 합니다. 계동(桂洞) 유 판관(劉判官)은 기이한 책과 오래된 검이 있다고 합니다. 아버지께서는 늘 이분들 사이에서 노시니 뵙고 싶으면 그 몇 집을 찾아가 보세요.'

그래서 길을 나서 그 집을 두루 다니며 탐문해 보았으나 아무 데도 없었습니다. 저물녘에 한 집에 이르렀더니 주인은 거문고를 타고 손님 둘이 말없이 조용히 듣고 있는데 머리는 허옇고 갓을 쓰지 않고 있었습니다. 드디어 김홍기를 찾았다고 생각하여 한참을 서서 기다렸습니다. 연주가 끝나고 앞으로 나가 물어보았습니다.

'감히 여쭤봅니다만 김씨 어른이 뉘신지요?'

주인이 거문고를 내려놓고는 대답했습니다.

'이 자리에는 김씨 성을 가진 사람이 없소마는 누구를 찾으시오?'

'소생이 목욕재계하고 찾아뵙고 있으니 어르신께서는 숨기지 말고 말씀해 주십시오.'

주인은 웃으면서 답했습니다.

'그대는 김홍기를 찾아온 게요? 오지 않았소이다.'

'그렇다면 언제 오시는지 여쭙니다.'

'그이는 머묾에 일정한 거처가 없고, 노닒에 정해진 장소가 없소. 올 때도 미리 약속하지 않고 떠날 때도 뒷기약을 남기지 않소이다. 하루에 두세 번 찾아오는 일도 있으나 오지 않으면 몇 년 동안도 보지 못하오. 요사이는 창동(倉洞)과 회현방(會賢坊)에 주로 있다고 합니다. 또 동관(董關)과 배오개, 구리개, 자수교(慈壽橋), 사동(社洞), 장동(壯洞), 대릉동(大陵洞),

소릉동(小陵洞) 사이를 오가며 놀다가 자고 간 적이 있다더군요. 하지만 집주인이 누군지 이름은 아무도 모르오. 창동만은 이름을 알고 있으니 찾아가 물어보시오.'

드디어 그 집을 찾아가서 김홍기를 탐문했더니 주인이 이렇게 대답했습니다.

'그이는 오지 않은 지 여러 달 됐는걸. 장창교(長暢橋) 임동지(林同知)가 술을 즐겨 마시는데 날마다 김홍기와 술을 겨룬다고 듣기는 했소. 지금은 임동지 집에 있는지 없는지 모르겠소.'

마침내 또 그 집을 찾아갔습니다. 임동지는 나이가 여든 살에 귀가 잘 들리지 않는 사람으로 이렇게 말했습니다.

'쯧쯧! 밤에 술을 진탕 마시고 아침 해가 뜨자 술도 다 깨지 않고 강릉으로 떠났소.'

그 말을 듣고 한참을 멍하니 있다가 물어보았습니다.

'김홍기에게 기이한 점이 있나요?'

'평범한 사람이야. 단지 밥을 먹은 적은 없네.'

'생김새는 어떤가요?'

'키는 7척 남짓 되고 깡마른 체구에 수염이 많네. 눈동자는 파랗고 귀는 길쭉하고 누렇네.'

'술은 얼마나 마시나요?'

'한 잔만 마셔도 취하네. 그러나 한 말을 마셔도 더 취하지는 않지. 언젠가 술에 취해 길가에 쓰러져 누웠을 때 형리가 그를 붙잡아 이레 동안 옥에 가뒀으나 술에서 깨지 않아 하는 수 없이 풀어 준 일이 있네.'

'말주변은 어떤가요?'

'여러 사람이 대화를 나누면 바로 앉은 채로 졸지. 말을 그치면 바로 웃기 시작해 그치지 않네.'
'몸가짐은 어떤가요?'
'조용하기가 참선하는 중 같고, 소박하기가 수절하는 과부 같네.'"

윤생이 한 말을 다 듣고서 나는 힘을 기울여 탐문하지 않았다고 의심을 품었다. 그러나 신생도 수십 군데 집을 탐문하고 다녔으나 어디서도 그를 만나지 못했고, 얻어들은 말도 윤생과 비슷했다. 신생이 들은 말은 이러했다.

"김홍기는 나이가 100여 살로 더불어 노니는 이들은 모두 노인이다."

"그렇지 않다. 김홍기는 나이 열아홉 살에 아내를 얻어 바로 아들을 얻었다. 지금 그 아들이 겨우 약관(弱冠)이니 김홍기의 나이를 따져보면 지금 쉰 살쯤 된다."

"김 신선은 지리산에서 약을 캐다가 절벽에서 떨어졌는데 돌아오지 않은 지 지금 벌써 수십 년째다."

"어두컴컴한 바위 동굴 안에 반짝반짝 빛나는 물건이 있다더라."

"이 노인의 눈빛이다. 산골짜기 안에서 가끔 늘어지게 하품하는 소리가 들린다."

"지금 김홍기는 술이나 잘 마실 뿐 신선술은 따로 없다. 단지 신선이란 이름만 빌려서 다닐 뿐이다."

나는 또 동자 복(福)이[3]를 시켜 사방을 다니며 찾아보게
했으나 끝내 만나지 못했다. 그때가 계미년(1763)이다. 이듬해
가을 나는 동해 바닷가를 여행하여 저물 무렵 단발령(斷髮嶺)
에 올라서 금강산을 멀리 바라보았다. 금강산은 1만 2000개
봉우리가 있다고 하는데 빛이 하얗게 보였다. 산에 들어서니
산에는 단풍나무가 많아 한창 붉게 물들었다. 싸리나무와 가
시나무, 녹나무, 예장(豫章) 나무는 모두 서리를 맞아 노랗게
물들었고, 삼나무와 노송나무는 푸른빛이 더 짙어져 있었다.
또 사철나무가 많았다. 산속의 갖가지 기이한 나무는 모두 잎
사귀가 노랗거나 붉어서 구경하며 즐거웠다. 가마를 메는 중
에게 물어보았다.

"산속에 함께 어울릴 만한 도술을 터득한 중이 있는가?"

"없습니다. 선암(船菴)[4]에는 벽곡하는 사람이 있다고 들었
는데 영남 선비라고 합니다. 그러나 알 수 없습지요. 선암은 길
이 험해서 가 본 사람이 없습니다."

밤중에 나는 장안사(長安寺)에 앉아서 여러 중에게 선암을
물어보았더니 하나같이 가마를 메는 중과 같은 말을 했다.

"벽곡하는 사람은 100일을 다 채우면 떠나야 하는데 지금
얼추 구십여 일이 됐습니다."

나는 대단히 기뻤다. 신선이 아닐까 기대하는 마음이 들었

---

[3] 『과정록(過庭錄)』에서 박지원 집안의 청지기 김오복(金五福)이라 한 사
람이다. 박지원을 지성으로 섬기고 박지원이 죽은 다음 날 죽었다고 한다.
[4] 금강산에 있는 암자로 수미봉 아래에 있다. 깎아지른 벼랑 높은 곳에 자
리를 잡아서 사람의 발길이 닿지 않는다.

다. 그날 밤 즉시 가 보고 싶었다. 이튿날 날이 밝자 진주담(眞珠潭) 아래 앉아서 함께 놀기로 한 이들을 기다렸다. 오래도록 기다렸으나 약속을 어기고 아무도 오지 않았다. 또 강원도 관찰사가 군현을 순시하는 길에 금강산에 들어와 여러 절을 구경하며 머물렀다. 군현의 수령들이 모두 모여들어 차일을 치고 음식을 장만하며 역말을 대령했다. 절을 나가 놀러 갈 때는 따르는 중이 100여 명이었다.

  선암은 길이 끊기고 험준하여 혼자서는 갈 수 없었다. 시험 삼아 영원(靈源)과 백탑(白塔) 사이를 혼자 오가자니 속만 타들어 갔다. 게다가 하늘에서 오래도록 비가 내려 산속에 머문지 엿새가 지나서야 겨우 선암에 갈 수 있었다. 선암은 수미봉(須彌峯) 아래에 있었다. 내원통(內圓通)을 출발하여 20여 리를 가니 큰 바위가 천 길 벼랑으로 깎은 듯이 서 있었다. 길이 끊긴 곳에서는 쇠줄을 부여잡고 공중에 매달려 갔다. 선암에 이르러 보니 뜰은 비어 있고, 새가 지저귀는 소리마저 들리지 않았다. 탁자 위에는 작은 구리 부처가 놓여 있고, 신발 한 켤레만이 남아 있었다. 나는 멍하니 오락가락 바장이다가 선 채로 멀리 바라보았다. 마침내 바위 절벽 아래에 이름을 써 놓고 탄식하며 떠났다. 거기에는 항상 구름 기운이 서려 있었고, 바람이 솔솔 불어왔다.

  "신선[仙]이란 산 사람[山人]이다."[5]라 하는 이도 있고, "산

---

5) 선(仙)을 파자(破字)하면 산인(山人)이 된다.

에 들어가면 신선[仚]이다."[6]라 하는 이도 있다. 또 신선[僊]이
란 나풀나풀 가볍게 날아다니는 사람을 뜻하기도 한다. 그러
니 신선은 벽곡하는 사람이 다가 아니고, 뜻을 펴지 못하고
답답하게 사는 사람이 아닐까?

---

6) 선(仚)을 파자하면 입산(入山)이 된다. 선(仚)과 선(僊)은 모두 선(仙)을
다르게 표현한 글자이다.

7 우상전(虞裳傳)[1]

아름답구나! 저 우상은

예스러운 시문 창작에 큰 힘을 기울였다.

서울에서 예가 사라지면 시골에서 구하는 법[2]

---

1) 「우상전」은 뛰어난 천재의 삶을 재능의 인정과 불인정이란 주제로 구성했다. 이 작품은 이덕무가 1765년에서 1767년 사이에 지은 『이목구심서』 및 1778년에 지은 『청비록(淸脾錄)』 권3 「이우상(李虞裳)」 조와 긴밀한 관련이 있다. 『이목구심서』에는 1763년 이언진과 함께 일본에 다녀온 성대중(成大中)과 서얼 시인인 윤가기(尹可基)로부터 전해 들은 이언진의 작품과 발언, 행적이 풍성하게 실려 「우상전」의 소재로 쓰였다. 서얼 문사인 이덕무, 성대중, 윤가기는 중인 신분의 이언진에 대해 동병상련의 감정을 표했다.
2) 『한서』 「예문지(藝文志)」에 공자가 한 말로 실려 있다. 양반 사대부에게서 뛰어난 문인이 나오지 않으면, 신분이 낮은 우상 이언진 같은 여항인에게서 찾아야 한다는 취지로 쓴 말이다.

누린 삶은 짧았으나 명성은 길게 갈 문인이기에
이에 「우상전」을 지었다.

일본 관백(關白)3)이 새로 즉위하여 나라의 재정을 튼실하게 하고 궁궐과 별장을 증축하며 선박을 수리했다. 여러 지방과 섬에서4) 발군의 실력을 지닌 검객을 훑어 모으고, 탁월하고 기묘한 기예를 뽐내는 재사 및 글씨와 그림, 문학에 뛰어난 재능을 보인 인재를 샅샅이 뒤져서 도읍에 모이게 했다. 그들을 몇 년 동안 훈련시켜 실력을 온전하게 갖춰 놓고 우리에게 사신을 보내 달라고 용감하게 요청하여 책봉 예식을 기다리는 자세를 보였다.

조정에서는 3품 아래 문신 가운데 가장 뛰어난 인재를 뽑아서 세 명의 사신을 일본에 파견했다. 사신의 막료와 빈객은 모두가 대단한 문장 솜씨를 지닌 박학다식한 인물이었다. 천문과 지리, 산수, 점복, 의술, 관상, 무예, 차력의 인재를 비롯하여 관악기와 현악기 연주, 해학과 재담, 춤과 노래, 음주, 바둑과 장기, 말타기와 활쏘기 따위의 기예로 나라 전체에서 명성

---

3) 일본 천황을 보좌하는 섭정(攝政)으로 막부(幕府)의 실제 최고 권력자인 쇼군〔將軍〕을 말한다. 도쿠가와 이에하루(德川家治, 1737~1786)가 1761년 관백에 즉위했다.
4) 원문은 속국제도(屬國諸島)다. 여기서 속국은 일본의 옛 광역 행정 구역 단위다. 보통은 구니(國)로 불렸는데 근세 시기에는 전국의 고키시치도(五畿七道)를 66개의 구니로 구분했고, 보통 섬으로 분류하는 쓰시마국과 이키국을 합하면 68개다. 메이지 시대 초기까지 지방 행정 구역의 기본 단위로 사용되었다.

을 얻은 출중한 이들이 빠짐없이 사신을 따라갔다.

저들은 시와 문장, 글씨와 그림을 특히 소중하게 여겨 조선 사람의 글씨 하나라도 얻으면 양식을 소지하지 않고도 천 리 길을 갈 수 있었다. 사신이 머문 숙소에는 어디나 비췻빛 구리 기와를 얹었고, 섬돌에는 무늬를 새긴 돌을 깔았으며, 기둥과 난간은 붉게 옻칠했고, 휘장 안은 화제(火齊)와 말갈아(靺鞨芽), 슬슬주(瑟瑟珠)5) 따위의 보석으로 장식했다. 식기는 모두 금과 은으로 도금하여 사치스럽고 현란하기 짝이 없었다. 천 리를 가는 동안 곳곳에는 기이하고 교묘한 시설을 벌여 놓았다. 요리사와 마부에게도 평상에 걸터앉아 비자(榧子)나무 물통에 발을 뻗게 한 다음 꽃무늬 적삼을 입은 아이가 발을 씻겨 주었다.

저들은 이렇게 겉으로는 조선 사람을 치켜세워 흠모하고 존경하는 태도를 보였다. 그런데 역관이 범과 표범, 담비 가죽과 인삼처럼 교역을 금지하는 여러 물품을 가져와 몰래 일본의 진귀한 보석과 보검으로 교역했다. 장사꾼처럼 기회를 노려 이익을 추구했고, 죽음도 마다하지 않고 재물을 얻으려 달려들었다. 그러자 왜인은 겉으로는 조선 사람을 공경하면서도 더는 품위 있고 의젓한 사람으로 흠모하지 않았다.

우상은 중국어 역관 신분으로 사신을 수행했다. 다른 역관과 달리 우상만은 문장을 잘 지어 일본에서 명성을 크게 드

---

5) 세 가지 희귀한 보석의 이름이다.

날렸다. 일본의 이름난 승려와 귀족들이 다들 운아(雲我)⁶⁾
선생은 둘도 없는 국사(國士)라고 칭송했다. 오사카 동쪽 지역
에서는 승려는 기녀처럼 처신했고, 사찰은 여관처럼 이용했는
데 도박에 돈을 걸듯이 시문을 달라고 요구했다. 수놓은 종이
와 꽃무늬 시축(詩軸)을 탁자와 책상에 산더미처럼 쌓아 두었
다. 대개는 짓기 어려운 시 제목과 운자(韻字)를 부르며 궁지
로 몰아넣었다. 우상은 급작스럽게 지을 때라도 마치 예전에
지어 놓은 것을 외우듯이 입으로 시를 불러 주었다. 그래도 평
이하고 알맞게 써서 인파가 다 흩어질 때까지 차분했다. 피곤
한 기색도 없었고, 기력이 떨어진 시도 없었다. 그중에서 「바
다를 유람하다[海覽篇]」⁷⁾는 다음과 같다.

    지구 안에는 1만 개 나라가 있어
    바둑알처럼 늘어섰고 별처럼 벌여 있네.
    오월(吳越)⁸⁾ 땅에서는 머리에 상투를 틀고
    인도 땅에서는 머리를 깎아 민머리이고
    제로(齊魯)⁹⁾ 땅에서는 소매 넓은 두루마기 입고

---

6) 이언진의 또 다른 호다.
7) 이언진의 친필 시고 『우상잉복(虞裳剩馥)』(국립한국문학관 소장)과 간본 시집 『송목관신여고(松穆館燼餘稿)』, 이덕무의 『이목구심서』에 「해람편」이 수록되어 있다. 「우상전」에서 빠진 구절을 삼 종의 이본으로 보완했다.
8) 원본에는 우월(于越)로 되어 있는데 오월의 다른 표현이다. 중국 절강성 일대에 사는 소수 민족과 그들이 사는 지역을 가리킨다.
9) 중국 산동성(山東省)에 있던 제나라와 노나라로, 공자와 맹자의 출신 지역이다.

흉노 땅에서는 가죽옷에 털모자 쓰니
어떤 곳은 문명 이뤄 의젓하고 세련되며
어떤 곳은 미개하여 거칠고 소란스럽네.
큰 무리로 나뉘고 끼리끼리 모여서
지상 어디나 이런 나라로 덮여 있네.

일본이라 하는 나라는
큰 바다 파도가 넘실거리는 곳
그 나라 숲에는 해 뜨는 나무가 있고
그 나라 땅에서는 해돋이를 보네.
여인은 무늬가 고운 비단을 짜고
토질은 등자와 귤이 잘 자라네,
물고기는 괴상한 문어가 있고
나무는 기이한 소철 나무가 있네.
그 나라 진산과 풀이 무성한 교외는
구진성(句陳星)[10] 별자리에 배당되었네.
남과 북은 봄과 가을 계절이 다르고
동과 서는 밤낮이 나뉘어 있네.
중앙은 반구형 청동기를 엎어 놓은 꼴로
태곳적부터 쌓인 눈이 영롱하네.[11]
소 떼를 뒤덮을 만치 큰 그늘을 드리운 나무와

---

10) 삼원(三垣) 가운데 자미원(紫微垣)에 딸린 별자리 이름으로 북극에 가깝다.
11) 후지산을 묘사한 대목으로 보인다.

까치 잡는 데나 쓰는 흔한 옥 덩이[12]가
붉은 주사, 금과 주석이랑 함께
곳곳에 있는 산악에서 산출되네.

오사카는 큰 도회지라
진귀한 보물은 용왕의 보물 창고를 털어 놓은 듯[13]
기이한 향으로는 용연향(龍涎香)[14]을 사르고
보석으로는 아홀석(鴉忽石)[15]이 쌓여 있네.
상아는 코끼리 입에서 뺀 것이고
물소 뼈는 머리에 이던 것이네.
페르시아 상인도 눈이 어질어질하겠고
절강(浙江) 시장 상인도 낯빛이 바뀌겠네.[16]

---

12) 환관(桓寬)의 『염철론(鹽鐵論)』에 "곤륜산 주변 사람은 옥 덩이를 던져 까치를 잡는다."라고 했다. 옥 덩이가 흔하디흔하다는 뜻이다.
13) 이본에는 이 구절 다음에 "반짝이는 것은 주제은(朱提銀)이고/ 동글동글한 것은 말갈아(靺鞨芽)며/ 붉은 것 초록 것은/ 화제주(火齊珠)와 슬슬주(瑟瑟珠)이네."가 더 들어 있다.
14) 수컷 향유고래의 배설물로, 고급 향수 재료다. 예로부터 귀한 향으로 유명하다.
15) 아홀석은 아골석(鴉鶻石) 또는 아골석(鴉骨石)으로 표기하며, 사파이어 보석을 가리킨다.
16) 절강은 청나라에서 무역이 활발하고 시장이 발달한 지역이다. 청나라는 해상 무역을 금지하던 정책을 바꿔 1684년 해금(海禁)을 풀어 네 곳에 해관(海關)을 설치했는데 강소성과 절강성, 복건성, 광동성 등지였다. 박제가도 『북학의』에서 「강남 절강 상선과의 통상론[通江南浙江商舶議]」을 써서 절강과 무역을 주장했다. 여러 이본에는 이 구절 다음에 "수레에 싣고 떼 지어 몰려오니/ 거간하는 상인은 천호후(千戶侯)에 맞먹네."가 더 들어 있다.

바다에는 환해(寰海)와 지중해(地中海)가 있어[17]
그 안에는 온갖 생물이 살아 움직이네.
투구게는 등짝에 돛을 펼쳤고[18]
해추(海鰌)는 꼬리에 깃발을 매달았네.[19]
굴 껍데기는 다닥다닥 쌓여 무더기를 이뤘고
거북이는 따개비를 덕지덕지 붙이고 굴에 머무네.

갑자기 산호의 바다로 바뀌어
번쩍번쩍 귓불이 타오르고
갑자기 검푸른 바다로 바뀌어
노을과 구름이 온갖 빛깔 풀어놓았네.
갑자기 수은(水銀) 바다로 바뀌어
만 개의 별이 하늘에 흩어지고
갑자기 큰 염색 가게로 바뀌어
비단 천 필이 번들번들하네.

---

17) 줄리오 알레니가 지은 『직방외기(職方外紀)』 「사해총설(四海總說)」에서 "바다에는 두 가지가 있다. 여러 나라가 에워싸고 있는 바다를 지중해라 하고, 여러 나라를 에워싸고 있는 바다를 환해라 한다."라고 했다.
18) 투구게의 원문은 후어(鱟魚)이다. 투구게는 바다에서 등딱지 위에 켜켜로 올라가 한 자 남짓 높이로 헤엄친다. 마치 돛을 단 모양 같아서 후범(鱟帆)이라고도 한다. 이 내용은 당시에 널리 활용한 일본의 유서 『화한삼재도회(和漢三才圖會)』에서 가져왔다.
19) 해추는 꼬리가 긴 고래를 말한다. 역도원(酈道元)의 『수경주(水經注)』에는 길이가 수천 리로, 바다 밑 굴속에 사는데 굴에 드나들 때마다 밀물과 썰물이 생긴다고 했다.

갑자기 큰 용광로로 바뀌어
다섯 가지 금속의 빛이 함께 솟구치네.
용이 하늘을 가르며 나니
벼락은 천 번을, 번개는 만 번을 치네.[20]
드렁허리와 가리비는
신비롭고 괴상하여 황홀하기 그지없네.

그 나라 백성은 벌거벗은 채 갓을 쓰고
겉은 독충이고 속은 전갈이네.
일을 만나면 죽 끓듯 변덕스럽고
모사를 꾸밀 때면 쥐처럼 영악하네.
이익이 있으면 물여우처럼 독을 쏘고[21]
조금만 뜻에 거슬려도 멧돼지처럼 달려드네.

부녀자는 수다를 너무 떨고
아이들은 잔꾀를 잘 부리네.
조상은 등지면서 귀신에게는 독실하고
살생은 즐기면서 부처에게는 아첨하네.

글씨는 제비 발자국 꼴을 못 벗어나고

---

20) 이본에는 이 구절 다음에 "동쪽 구름 사이로 비늘과 발톱이 번뜩이고/ 서쪽 구름 사이로는 팔다리가 보이네."가 더 들어 있다.
21) 물속에 사는 역(蜮)이란 괴물이 사람 그림자를 보고 모래를 입으로 뿜으면 병에 걸리고, 심하면 죽는다고 한다. 『수신기(搜神記)』에 나온다.

말은 때까치 떠드는 소리를 못 벗어나네.
남녀 관계는 사슴처럼 문란하고[22]
친구끼리는 물고기처럼 떼 지어 다니네.
말소리는 새가 지저귀는 듯하기에
역관도 다 알아듣지 못하네.

풀과 나무가 진귀하고 기이하니
나함(羅含)[23]은 쓴 책을 불태워야 하겠고
많은 물줄기가 곳곳에 뻗어 있어
역도원(酈道元)[24]은 독 안의 하루살이 꼴이 됐네.
바다 생물은 남달리 괴기하여
사급(思及)조차 도설(圖說)을 감추겠고[25]
도검에는 보람[款識]을 새겼으니[26]

---

[22] 『예기』「곡례(曲禮)」에 "저 짐승만은 예법이 없어 부자간에도 사슴처럼 암컷을 공유한다."라고 했다.
[23] 중국 진(晉)나라 문인으로 호남성(湖南省) 일대의 산수와 물산, 고적을 기록한 『상중기(湘中記)』세 권을 지었다. 진귀한 일본의 풀과 나무를 싣지 못해 저술을 불태우려 한다는 뜻이다.
[24] 역도원(?~527)은 북위(北魏)의 지리학자로 중국 하천의 수로(水路)를 체계화하여 서술한 『수경주(水經注)』를 편찬했다.
[25] 사급은 예수회 선교사 줄리오 알레니(艾儒略, Julio Aleni, 1582~1649)의 자(字)다. 명나라 말엽 중국에 들어와 『직방외기(職方外紀)』를 저술했다. 앞에는 마테오 리치의 곤여만국전도(坤輿萬國全圖)를 수록한 뒤 아시아 등 오대주를 설명하고 「사해총설(四海總說)」을 덧붙여 각 대륙의 풍물을 설명했다. 「사해총설」에서 바다 생물과 바다 산물을 설명했다.
[26] 보람은 공인(工人)이 만든 각종 물건에 제작자의 이름과 제작 시기 등을 새긴 표식을 가리키는 옛말이다. 『예기』「월령(月令)」에는 "물건에 공인

도홍경(陶弘景)은 『도검록(刀劍錄)』 속편을 다시 써야겠네.[27]

지구상의 서로 다른 나라와

바다의 크고 작은 섬은

서태(西泰) 이마두(利瑪竇)가

실처럼 그리고 칼처럼 베어서 지도로 그렸네.[28]

못난 내가 이 시를 지어 바치니

말은 몹시 상스러워도 생각은 몹시 진실하네.

이웃과 잘 지내려면 큰 계획 세워야 하니

친선을 유지하고 화합함을 잃지 말아야 하네.

이 시를 읽어 보면, 우상 같은 사람은 이른바 문학으로 나라를 빛낸 문인이라는 칭송을 들을 수 있지 않겠는가? 만력(萬曆)[29] 연간 임진년에 왜국의 풍신수길(豊臣秀吉)이 몰래 군사를 동원하여 우리 조선을 습격하고 우리 도읍 세 곳을 짓밟았다. 우리 늙은이와 어린아이의 코를 베어서 욕을 보

의 이름을 새긴다."라고 규정했다. 이덕무, 박제가 등 북학파 학자들은 중국과 일본에서 물건에 보람을 새기는 풍습을 부러워했다.
27) 도홍경(452~536)은 양(梁)나라의 도사로 사후에 조정에서 정백선생(貞白先生)이란 호를 내려 주었다. 도검을 종류별로 설명한 『고금도검록(古今刀劍錄)』을 저술했고 18세기 학자들에게 널리 읽혔다.
28) 이탈리아 출신 예수회 선교사 마테오 리치(Matteo Ricci, 1552~1610)다. 1582년 마카오에서 이마두란 이름과 서태란 자를 얻었다. 중국에서 선교 활동을 하면서 곤여만국전도를 제작했다.
29) 명나라 황제 신종(神宗)의 연호로 1573년에서 1620년까지의 기간이다.

였고, 삼한 땅에 칠쭉과 동백을 심어 놓았다. 우리 선조 대왕께서 왜군을 피하여 의주에 가서 명나라 천자(天子)에게 전란이 일어났음을 알리니 천자가 크게 놀라 천하의 군사를 동원하여 동쪽으로 가서 구원하게 했다. 대장군 이여송(李如松)과 제독(提督) 진린(陳璘), 마귀(麻貴), 유정(劉綎), 양원(楊元)은 옛날 명장의 풍모가 있었고, 어사(御史) 양호(楊鎬), 만세덕(萬世德), 형개(邢玠)는 문무(文武)의 재능을 겸비했고, 귀신을 놀라게 할 전략을 갖추었다. 병사들은 모두 진봉(秦鳳), 섬서(陝西), 절강(浙江), 운남(雲南), 등주(登州), 귀주(貴州), 내주(萊州) 등지에서 징발한 용맹한 기병과 활 잘 쏘는 사수였다. 대장군이 이끌고 온 사병(私兵) 1000명은 유주(幽州)와 계주(薊州)[30] 출신의 검객이었다. 그러나 끝내는 왜국과 강화를 맺고 가까스로 국경 밖으로 몰아내는 데 그쳤을 뿐이다.

   그로부터 수백 년 사이에 사신의 행차가 여러 차례 에도〔江戶〕에 이르렀다. 삼가 체통을 지키고, 사신 임무만 준엄하게 수행했을 뿐, 일본의 민요와 인물, 험지와 요새의 강하고 약한 형세를 털끝만큼도 파악하지 못하고 빈손으로 갔다 왔다. 우상은 힘으로는 부드러운 붓 한 자루도 들지 못했으나 정수와 진기를 빨아들여 만 리나 떨어진 섬나라의 도읍에서 나무는 시들고 물은 마르게 했다. 붓 한 자루로 산하를 뽑아 버렸다고 해도 되겠다.

---

30) 오늘날의 하북성과 요령성 일대에 있었던 이른바 연운(燕雲) 16주(州) 지역이다.

우상은 이름이 상조(湘藻)³¹⁾다. 일찍이 자기 초상에 다음 시를 지었다.

공봉(供奉) 이백(李白)³²⁾과 업후(鄴侯) 이필(李泌)³³⁾에
이철괴(李鐵拐)³⁴⁾까지 다 합해서 창기(滄起)가 되었네.
옛 시인과 옛 선인(仙人)에
옛 산인(山人)까지 다들 성이 이씨였구나.

이씨는 우상의 성이고, 창기는 우상의 호다.
무릇 선비는 자기를 인정하는 사람에게는 마음을 열고, 자기를 인정하지 않는 사람에게는 마음을 닫는다. 해오라기와 비오리는 새 중에서도 보잘것없는 새다. 그래도 자기 깃털을 아껴서 수면에 제 깃털을 비춰 보고서 하늘로 날아올랐다가는 다시 내려앉는다. 사람이 문장에 솜씨를 지녔다면 어찌 저 새들의 아름다운 깃털 정도에 그치고 말겠는가?
먼 옛날 형가(荊軻)가 검술을 논하던 밤에 갑섭(蓋聶)이 화가 나서 그에게 눈알을 부라렸다. 훗날에는 고점리(高漸離)가 축(筑)을 연주하자 형가가 화답하여 노래를 부르다가 곁에 아

---

31) 이언진 자신이 지은, 또 하나의 이름이다.
32) 당나라의 시선(詩仙) 이백은 한림공봉(翰林供奉)을 지냈다.
33) 이필은 당나라 덕종(德宗) 연간에 재상을 지내고 업후에 봉해졌다. 수만 권의 장서를 소장한 장서가이자 신선술을 익힌 재상으로 널리 알려졌다.
34) 중국 도교의 전설적 팔선(八仙) 가운데 하나로 수나라, 당나라 때의 신선이라 전한다.

무도 없는 듯이 부둥켜안고 눈물을 쏟은 일이 있었다.[35] 한량없이 서로 즐겁게 지내던 순간 뒤이어 눈물을 줄줄 흘린 까닭은 무엇일까? 감정이 북받쳐서 슬픔이 저도 모르게 솟아났으니 그에게 이유를 묻더라도 저도 무슨 까닭에 그렇게 했는지 모를 것이다. 사람은 문장 솜씨를 겨뤄 서로 높고 낮음을 다투니 그것이 시시한 검객의 하찮은 검술 따위와 견주겠는가? 우상은 자기를 인정하는 사람을 만나지 못했을까? 어째서 하는 말에는 슬픔이 그렇게 많을까? 우상은 다음 시를 지은 적이 있다.

닭 머리의 벼슬은 높기가 갓과도 같고
소 턱의 멱미레는 크기가 포대 자루 같지마는
흔한 물건이라 아무도 기이하게 보지 않고
낙타 등에만 깜짝 놀라고 괴상하게 여기네.

자신을 남다른 사람으로 여기는 취지가 아닐 수 없다.
우상은 큰 병이 들어 죽음을 앞에 두고서 자기가 쓴 원고를 모조리 불태우며 "훗날 누가 나를 알아주랴?"라고 했으니 그 심사가 어찌 슬프지 않았겠는가? 공자께서는 "재능을 갖춘

---

35) 형가는 전국 시대 말엽 위(衛)나라 자객으로 연(燕)나라 태자 단(丹)과 모의하여 진시황을 저격했으나 실패했다. 형가가 유차(楡次) 고을에서 갑섭과 검술을 이야기했는데 갑섭이 화가 나서 그에게 눈알을 부라리자 형가는 밖으로 나가 아예 수레를 타고 고을을 떠났다. 형가는 연나라에 가서 고점리 등과 어울려 지냈다. 시장에서 술을 마시다가 고점리가 축을 연주하자 형가가 가락에 맞춰 즐겁게 노래를 불렀다. 이어서 주위 사람은 아랑곳하지 않고 서로 부둥켜안고 울었다. 『사기』 「자객열전」에 나온다.

사람이 나오기가 어찌 어렵지 않으랴?"라고 하셨고, 또 "관중이란 사람의 그릇은 작기도 하다!"라고 하셨다. 제자인 자공(子貢)이 "그릇에 비유하면 저는 어떤 그릇일까요?" 하고 묻자 공자께서는 "너는 곡식을 담는 제사 그릇이니라!"라고 하셨으니 재능을 칭찬하면서도 그릇이 작다고 하셨다.[36)]

그러니 비유하자면 덕은 물건을 담는 그릇이고, 재능은 그릇에 담기는 물건이다. 『시경』에서는 "저 깨끗한 옥돌 술잔에는/ 황금빛 술이 담겨 있네."[37)]라고 했고, 『주역』에서는 "솥에서 다리가 부러지니 공에게는 먹을 밥이 엎어졌네."[38)]라고 했다. 그렇듯이 덕이 있으나 재능이 없으면 덕은 물건 없는 빈 그릇 꼴이 되고, 재능이 있으나 덕이 없으면 재능을 담을 그릇이 없는 꼴이 된다. 그릇이 있다고 해도 깊이가 너무 얕으면 안에 담긴 물건이 쉽게 넘친다.

인간은 하늘과 땅과 나란히 서서 천지인(天地人) 삼재(三才)를 이룬다. 따라서 귀(鬼)와 신(神)이 만나 이뤄진 인간이 재능을 발휘하니[39)] 하늘과 땅은 그 재능을 담는 아주 큰 그릇이 아니겠는가? 저 깔끔하고 까칠한 사람에게는 복이 붙어 있을 데가 없고, 실정을 잘 들추어 내는 사람에게는 남들이 붙지 않는

---

36) 공자의 말은 모두 『논어』에 나온다.
37) 『시경』 「대아(大雅)」 '한록(旱麓)'에 나오는 시구다.
38) 『주역』 「정괘(鼎卦)」 구사(九四)의 효사 구절이다. 이 효사는 대신(大臣)의 자리에 있으면서 인재를 발탁하여 임무를 완수해야 하는데 대신이 그 임무를 감당하지 못하고 국사를 그르침을 말한다.
39) 『예기』 「예운(禮運)」에 "사람은 하늘과 땅의 덕이고, 음과 양의 교합이며, 귀(鬼)와 신(神)의 만남이고, 오행의 빼어난 기운이다."라고 했다.

다. 문장은 천하의 지극한 보물이다. 문장가는 조물주의 동굴에서 심오한 진실을 꺼내고, 실상이 드러나지 않은 상태에서 숨겨진 비밀을 더듬어 파헤쳐 음양의 신비를 누설하기에 귀신은 그에게 분노하고 원망을 품는다. 나무[木]에 재능[才]이 있어 목재[材]가 되면 사람은 베어 가려 하고, 조개[貝]에 재능[才]이 있어 재물[財]이 되면 사람은 뺏어 가려 한다. 그러니 재능[才]이란 글자는 그 모양이 안으로 삐쳤고, 밖으로 삐치지 않았다.[40]

우상은 한 사람의 역관일 뿐이다. 한양에 살면서 명성이 마을 밖으로 퍼진 적이 없고, 의관을 갖춰 입는 명사와 안면을 튼 적이 없다. 하루아침에 바다 밖 만 리나 떨어진 나라에서 명성을 드날렸고, 붕새와 고래, 용과 악어가 득실거리는 소굴을 위태롭게 배를 타고 직접 다녀왔다. 솜씨는 햇볕과 달빛에 목욕한 듯 빛났고, 기운은 무지개와 신기루에 닿을 듯이 뻗쳤다. 그러기에 "물건 간수를 게을리하면 도둑을 불러들인다."[41]라고 했고, "물고기는 연못을 벗어나서는 안 되고, 날카로운 칼을 남에게 보여서는 안 된다."[42]라고 했다. 어찌 경계

---

40) 이 대목은 성대중(成大中)과 이언진이 주고받은 대화에서 나온 말이다. 이덕무의 『청비록(清脾錄)』 권3 「이우상(李虞裳)」 조에서 "성대중이 이언진에게 '자네는 재능이 참 많네만, 재능은 안에 쌓아 두어야 옳고 밖으로 드러내서는 안 되네. 재능[才]이란 글자는 그 모양이 안으로 삐쳤고, 밖으로 삐치지 않았네.'라고 말했다. 그 말에 이언진이 '나무에 재능이 있으면 사람은 베어 가려 하고, 조개에 재능이 있으면 사람은 뺏어 가려 한다. 어찌 두렵지 않겠는가?'라 했다."라는 내용이 보인다.
41) 『주역』 「계사전상(繫辭傳上)」에 나오는 말이다.
42) 『노자』 제36장과 『장자』 「거협(胠篋)」에 나오는 말이다.

하지 않을 수 있으랴?

우상은 승본해(勝本海)⁴³⁾를 지나며 다음 시를 지었다.

왜놈은 맨발에다 꼬락서니 해괴한데
청록빛 윗도리 등에는 별과 달을 그렸구나.
꽃 적삼 입고 문밖으로 달려 나온 계집애들
빗질도 하다 말고 머리를 묶었구나.
아기는 칭얼칭얼 어미 젖을 빨고 있고
어미는 토닥토닥 등을 치니 우는 소리 잦아드네.
갑자기 북을 치며 관인이 다가오니
활불(活佛)인 양 모든 사람 둘러싸고 보는구나.
왜놈 관리는 무릎 꿇고 절하며 보물 바치니
산호와 큰 조개를 소반에 받쳐 오네.
영락없이 벙어리 주인과 손님이 마주 앉은 듯
눈짓으로 말을 하고 붓끝으로 대화하네.
왜놈 관아에는 전원다운 멋이 빛나서
종려와 파란 귤이 마당에 가득하네.

치질이 생겨 배 안에 누워 있을 때 매남(梅南) 스승에게 들은 말을 생각하면서 다음 시를 지었다.⁴⁴⁾

---

43) 나가사키현 이키섬(壹岐島) 최북단에 있는 포구인 승본포(勝本浦)의 앞바다다.
44) 『송목관신여고』에는 '일양의 배 안에서 혜환 선생님 말씀을 떠올리다 [壹陽舟中念惠寰老師言]'라는 제목으로 실려 있다. 혜환(惠寰)은 이언진

공자의 유도(儒道)와 석가의 불교가 있어
세상을 다스리거나 세상을 벗어나니 해와 달의 꼴이지.
서양 선비 예전에 인도를 가 봤더니
과거에도 현재에도 부처가 하나도 없었다지.
유가(儒家)에도 이런 장사꾼이 있어서
붓과 혀를 마구 놀려 괴상한 말을 늘어놨지.
산발하고 뿔이 나서 지옥에 떨어진다 공갈하니
생전에 남을 속인 벌을 마땅히 받으리라.
해독의 불길이 조선 동쪽 나라에도 퍼져서
암자와 사찰이 도회지와 시골에 널려 있네.
섬사람에게 눈을 부라리며 화복으로 겁을 주니
향불 피우고 쌀을 시주하여 그칠 때가 없네.
비유하면 사람 자식이 사람 자식을 때려 죽이고
집에 들어와 부모를 잘 봉양하면 분명히 즐겁지 않은 것 같네.
유가 경전이 하늘에서 문명을 밝히건마는
이 나라 사람들은 눈에 옻칠한 듯 보지 못하네.
해 뜨는 곳이나 해 지는 곳이나 이치는 둘이 아니니
이치를 따르면 성인이고 등지면 흉악한 놈이네.
스승께서 저들을 깨우치라 내게 당부하셨으니
시를 지어 목탁 삼아 대중을 경계하네.[45]

의 스승 이용휴(李用休, 1708~1782)의 호다. 이용휴는 남인(南人) 문단을 대표하는 문인으로 명성이 매우 높았다. 매남은 혜환의 별호로 보인다.
45) 목탁은 금구목설(金口木舌)이다. 고대에는 목탁을 큰길에서 울려 백성들에게 정사를 포고했다. 성인의 가르침을 세상에 널리 알린다는 뜻으로 썼다.

이런 시는 모두 후세에 전할 만하다. 귀국하는 길에 이전에 머물렀던 곳을 다시 지나갔는데 우상이 지은 작품은 벌써 목판에 새겨 출판돼 있었다.

나는 우상과는 살아서는 안면을 트지 못했다. 그러나 우상은 여러 번 사람을 시켜 지은 시를 보여 주면서 "이 사람만은 나를 알아줄 것이다."라고 했다. 나는 장난삼아 그 사람에게 "이건 강남 사는 놈의 간드러진 말투이니[46] 자잘해서 진귀할 게 없네."라고 했다. 우상은 화를 내며 "시골뜨기 작태를 하는 자로군."[47] 하고 받아쳤다. 한참 지나서는 탄식을 뱉으며 "내가 세상에 너무 오래 살았나 보다."라고 하더니 눈물을 줄줄 흘렸다. 우상이 했다는 말을 듣고서 나는 슬퍼했다.

시간이 흘러 우상이 죽었는데 나이는 스물일곱이었다. 집안 사람이 꿈을 꾸어, 신선이 술에 취해 푸른 고래를 타고 가는데 검은 구름이 아래로 드리워졌고 우상은 머리를 풀어 헤친 채로 그 뒤를 따라가는 모습을 보았다. 그로부터 한참 뒤에 우상이 죽었다. 어떤 사람은 "우상이 신선이 되어 하늘로 떠났다."라고 말했다.

슬프다! 나는 일찍부터 속으로는 우상의 재능을 남달리 아

---

46) 원문은 오농세타(吳儂細唾)이다. 오농은 중국 북방 사람이 양자강 이남 오(吳)나라 지역 사람을 비꼰 말이고, 세타는 그들의 간드러진 말투를 비하한 말이다. 오농연어(吳儂軟語)나 오농교어(吳儂嬌語)라고도 한다.
47) 원문은 창부(傖夫)이다. 중국 남방 사람이 중원 사람을 비하한 말이다. 오아(吳兒)와 창부는 남방과 북방 사람이 서로를 비하한 표현인데 나중에는 문예물의 비평 용어로 많이 쓰였다.

겼다. 그러나 남과 다르게 홀로 그의 기운을 꺾었다. 우상이 나이 젊으니 자신을 굽히고 올바른 길을 선택한다면 책을 써서 후세에 이름을 남기리라고 기대했기 때문이다. 이제 와 생각해 보니 우상은 틀림없이 나를, 좋은 평을 들어도 기뻐하기에 부족한 사람으로 여겼으리라.[48]

시를 지어 우상을 애도한 사람[49]이 있었는데 시는 다음과 같다.

오색찬란한 특이한 새가
지붕 용마루에 날아와 앉았네.
많은 이들이 앞다퉈 구경하니
놀라서 날아가 홀연히 자취 감췄네.

까닭 없이 천금을 얻으면
그 집에는 반드시 재앙이 나타나지.
더구나 이처럼 세상에 드문 보물을
오래도록 빌려줄 수 있으랴!

---

48) 한(漢)나라 여태후(呂太后)가 흉노로부터 무례한 말을 듣고 군대를 일으켜 흉노를 치려고 했다. 계포(季布)가 반대하면서 "오랑캐는 짐승과도 같으니 좋은 말을 들어도 기뻐하기에 부족하고, 나쁜 말을 들어도 화내기에 부족하다."라고 했다.『한서』「흉노전(匈奴傳)」에 나온다.
49) 이언진의 스승인 이용휴를 말한다. 이용휴의 문집『탄만집(炭集)』에「이우상만(李虞裳挽)」10수가 실려 있는데 여기에 실린 시는 그중 절반이다.

아담하고 평범한 남자 한 명이지만
죽고 나니 인간 숫자 확 줄어든 느낌일세.
세상 도리와 무관한 사람들은
빗방울처럼 많고 많건마는…….

이 사람 간담은 호박과도 같고
이 사람 안목은 달과도 같았네.
이 사람 팔목에는 귀신이 살고
이 사람 붓끝에는 혀가 붙었지.

남들은 자식에게 가문을 전하나
우상은 자식에게 전하지 않았네.
혈기는 때가 지나면 그치지만
명성은 끝날 때가 없는 법이지.

나는 우상을 본 적이 없는 게 늘 안타까웠다. 게다가 우상이 문장을 불살라 남은 것이 없어져 세상에는 우상을 알아줄 사람이 더욱 드물 테니 안타깝다. 그래서 옛날 책 상자 속에 보관해 둔 것을 꺼내 우상이 이전에 보여 준 문장을 겨우 몇 편 찾았다. 이에 그 문장을 모두 드러내어 우상의 전기를 지었다. 우상에게는 아우가 있는데 그도 문장을 잘한다고 한다. (원주. 이 뒤에는 글이 누락되었다.)

[잃어버린 소설] 역학대도전(易學大盜傳)[1]

세상이 말세로 떨어지니

허상만 높이고 가식만 꾸민다.

선비가 시를 읊고 도굴하여 구슬을 훔치며[2]

도덕을 어지럽히고 정의를 해친다.

---

1) 「역학대도전」은 『방경각외전』에 작품 이름이 전하고, 「자서」에 전기를 쓴 동기를 밝히고 있으나 작품 본문은 사라졌다. 간본 『연암집』에 아들 박종채가 경위를 밝힌 글이 전한다.
2) 『장자』 「외물(外物)」 편에 간교한 선비 이야기가 나온다. 교활한 선비가 "푸르고 푸른 보리가/ 산언덕에 무성하네./ 살아서 베풀지 않은 자가/ 죽어서 어찌 구슬을 입에 물까?"라는 시를 읊으면서 남의 묘를 파헤쳐 시신의 입에 든 구슬을 빼냈다. 배운 것을 이용하여 간교한 짓을 하는 선비를 풍자한 이야기로 박지원의 글에 자주 등장한다.

은사를 흉내 내 빨리 출세하는 짓을[3]
예로부터 더럽게 여겼으니
이에 「역학대도전」을 짓는다.

작품을 잃었다.

나는 외숙 지계공(芝溪公)[4]에게 다음과 같은 말씀을 들었다.
"당시에 선비의 명성을 빌려 권력과 이권을 은밀히 차지하고 기세등등한 사람이 있었다. 자형(姊兄)이 「역학대도전」을 지어 그 사람을 나무랐는데, 소순(蘇洵)의 「변간론(辨姦論)」[5]과 취지가 같다. 나중에 그 사람이 세력을 잃게 되니 자형이 마침내 이 글을 불살라 버렸다. 선견지명이 있다고 자처할 생각이 없어서였다. 앞에 실린 「우상전」에서 뒷부분 문장이 누락되고, 그 뒤에 실린 「봉산학자전」이 빠졌으니 책이 연결된 탓에 함께 잃어버렸다."

---

3) 당나라의 노장용(盧藏用)은 벼슬길이 트이지 않자 종남산(終南山)에 은거했다. 종남산은 장안 가까이에 있어 소문이 궁궐에 쉽게 전해져서 남보다 빨리 부름을 받아 벼슬길에 나갔다. 그래서 "종남산에 은거하는 것이 벼슬길에 나서는 지름길이다.[終南捷徑.]"라는 말이 생겼다.
4) 박지원의 처남 이재성(李在誠, 1751~1809)을 말한다.
5) 소순은 송나라의 문인으로 당송 팔대가의 한 사람이다. 「변간론」은 간신을 분간하는 내용의 글로 왕안석(王安石)을 간악한 소인배라고 비판했다.

아들 종간(宗侃)[6]이 삼가 쓰다.

---

6) 박지원의 아들 박종채(朴宗采)로 종간은 초명(初名)이다. 박종채가 지은 박지원 전기집『과정록』에는『방경각외전』의 편찬 과정과 동기에 관한 이재성의 언급이 자세하게 실려 있다.

[잃어버린 소설] 봉산학자전(鳳山學者傳)[1]

"집 안에서 효도하고 집 밖에서 공손하다면
배우지 않았어도 배웠다고 해야 한다."[2]
공자의 이 말씀에는 과장이 조금 있으나
위선적인 학자를 깨우칠 만하다.
공명선(公明宣)은 글을 읽지 않았어도
삼 년 내내 공부를 잘 배웠다고 한다.[3]

---

1) 「봉산학자전」은 『방경각외전』에 작품 이름이 전하고, 「자서」에 전기를 쓴 동기를 밝히고 있으나 작품 본문은 사라졌다. 간본 『연암집』에는 이 글 뒤에 아들 박종채가 『방경각외전』을 베껴 전하는 경위를 밝힌 글이 붙어 있다.
2) 『논어』 「학이(學而)」 편에 나오는 말이다.
3) 공명선은 증자(曾子)의 제자인데 삼 년 동안 문하에 있으면서 글공부를 하지 않았다. 증자가 그 이유를 물으니 공명선이 글은 배우지 않았으나 스

농부가 들판에서 밭을 갈면서
아내를 손님같이 공경한다면
눈으로는 글자 한 줄 몰라도
잘 배운 사람이라 할 만하다.
이에 「봉산학자전」을 짓는다.

작품을 잃었다.

이상 아홉 편의 전기는 모두 선친께서 약관 시절에 지은 글이다. 집에는 소장한 사본이 없어서 항상 남에게 얻어 보았다. 선친께서는 예전에 이들 전기를 없애 버리라고 하시며 이렇게 말씀하셨다.

"이 전기는 내가 젊을 때 작가가 되는 데 뜻을 두어 글 짓는 법을 익히려고 지어 본 것이다. 아직도 간혹 이 전기를 칭송하여 말하는 이들이 있으니 나는 그게 몹시 부끄럽다."

못난 우리 형제는 선친의 말씀을 받들고 싶기는 했으나 사람들이 전해 읽는 것을 막을 도리가 없었다. 옛날에 외숙 지계공에게 어떻게 하면 좋을지 문의했더니, 외숙께서는 이렇게 말씀하셨다.

"돌아가신 자형이 지은 글에는 본디 전아(典雅)하고 무게 있는 작품이 많다. 이런 작품은 사실상 문필의 여기(餘技)에

승의 행동 하나하나를 보고 배워서 공부를 열심히 했노라고 대답했다. 증자가 그의 말을 인정했다. 『설원(說苑)』과 『소학(小學)』에 나온다.

지나지 않으니 있어도 그만 없어도 그만이다. 더구나 젊은 시절에 지은 것이 아니냐? 또 예로부터 문장가에게는 본디 이런 유희의 작품이 있으니 굳이 버릴 것까지는 없다. 다만 「양반전」 한 편은 상스럽고 속된 말이 많으니 이것이 작은 흠이다. 그래도 이 글은 사실 왕포(王褒)의 「동약(僮約)」4)을 본떠서 지었으니만큼 의의가 없다고 할 수 없다."

못난 우리 형제가 감히 망령되게 넣고 빼고 할 수 없어서 별집(別集)의 끝에 붙여 수록한다.

아들 종간이 삼가 쓰다.

---

4) 왕포는 전한(前漢)의 작가다. 『동약』은 노비 계약을 다룬 글로 기원전 59년에 지었다. 왕포가 사천(泗川) 지역에 가서 양혜(楊惠)라는 과부의 집에 들렀다. 그 집에서 술 심부름을 거부하는 양혜의 노비 편료(便了)를 사서 노비가 해야 할 많은 일을 자세하게 쓰고, 이를 어겼을 경우의 벌칙을 기록했다.

2부

『열하일기(熱河日記)』의 소설

1 호질(虎叱)[1]

(앞 대목 생략)
대청 벽 위에는 기이한 글 한 편이 걸렸는데 새하얀 종이에 작은 글씨로 쓰여 있었다. 액자를 만들어 글을 붙여 놓

---

[1] 호질(虎叱)은 '범이 꾸짖다' 또는 '범이 호통치다'라는 뜻으로 번역된다. 『열하일기』「관내정사(關內程史)」의 7월 28일 일기에 수록되어 있다. 이날의 일기 가운데 "범은 슬기롭고……" 앞에 '호질'이란 제목을 붙이고 「호질」 본문을 전재했다. 「관내정사」는 7월 24일부터 8월 4일까지의 여행 일기로 요동의 산해관에서 북경에 이르는 여정을 기록했다. 7월 28일 저녁 옥전현(玉田縣)에 도착하여 성안에 들어가 심유붕(沈由朋)이란 상인의 집에서 음악을 들은 일을 기록했는데 그 집 벽에서 「호질」이란 기이한 글을 보고 베꼈다. 「호질」의 본문 앞에 있는 심유붕의 집에서 글을 발견하고 베끼는 과정을 설명한 대목부터 번역했다. 「호질」은 중국인 무명씨(無名氏)의 작품이라고 박지원 스스로 밝혔으나 김택영(金澤榮)이 『중편연암집』에서 여러 근거를 들어 박지원이 지은이임을 밝혔다.

앉는데 액자가 가로로 벽 전체에 걸쳐 있었다. 글씨가 또 정교하고도 아름다웠다. 벽에 바짝 다가서서 한번 읽어 보니 절세의 기이한 글이라 평가할 수준이었다. 나는 앉았던 자리로 돌아와 "벽 위에 걸어 놓은 글은 누가 지은 것인가요?" 하고 물었다. 주인은 "누가 지은 작품인지 모르겠습니다."라고 대답했다. 정(鄭) 진사가 또 "이 글은 근세의 문장인 듯하니 주인 선생께서 지은 게 아닌가요?"라고 물었다. 심유붕이 "저는 글을 잘 모르고요, 작자의 성명도 없습니다. 학식이 천박하니 아는 게 없습니다."라고 대꾸했다. 나는 또 "그렇다면 어디에서 이 글을 얻었소?"라고 물었다.

"접때 계주(薊州) 장날에 장터에서 사 왔답니다."

"베껴 가도 좋은가요?"

심유붕은 머리를 끄덕이며 "괜찮아요."라고 대답했다. 종이를 들고 다시 오마고 약속하고서 저녁밥을 먹은 뒤 정 진사와 함께 다시 갔더니 대청에는 벌써 촛불 두 개가 켜 있었다. 내가 벽에 다가가 액자를 풀어 내리려고 하자 심유붕이 심부름꾼을 불러서 조심스럽게 내리라고 했다. 내가 다시 "이 글은 선생께서 지은 게 아닌가요?"라고 물었더니 심유붕은 머리를 내두르며 말했다.

"저 환한 촛불이 저를 보증할 겁니다. 저는 늘 목욕재계하며 부처님을 모시기에 망령된 헛소리를 삼갑니다."

정 진사에게는 중간부터 베껴 달라고 부탁하고서 나는 처음부터 베끼기 시작했다. 심유붕이 물었다.

"선생께서는 이 글을 베껴 무엇 하시려고요?"

"귀국하여 우리나라 사람에게 한번 읽히려고요. 글을 읽으면 배꼽을 잡고 떼굴떼굴 구르면서 웃느라고 입에서는 밥알이 튀어나와 벌처럼 날아다닐 테고, 갓끈은 썩은 새끼줄 잡아당기듯이 툭 끊어질 겁니다."

숙소에 돌아와서 등불을 켜고 살펴보았더니 정 진사가 베낀 부분에는 잘못 쓴 글자와 빠뜨린 구절이 수없이 많아서 문리가 전혀 통하지 않았다. 그래서 내 생각나는 대로 대충 여기저기 때우고 보충하여 작품을 완성했다.

범은 슬기롭고 성스러우며, 문채가 빛나고 무예가 출중하며, 자애롭고 효성스러우며, 지혜롭고 어질며, 웅혼하고 용맹하며, 장쾌하고 사나워서[2] 천하에 맞설 만한 적수가 없다.

그러나 비위(狒胃)는 범을 잡아먹고, 죽우(竹牛)도 범을 잡아먹으며, 박(駮)도 범을 잡아먹는다. 오색의 사자는 큰 나무가 자라는 산 아래 굴에서 범을 잡아먹고, 현백(玆白)은 범을 잡아먹고, 표견(豹犬)은 공중을 날아 범과 표범을 잡아먹고, 황요(黃要)는 범과 표범의 염통을 꺼내 먹는다. 활(猾)은 뼈가 없는 동물로 범과 표범이 잡아서 삼키면 배 속에서 범과 표범의 간을 떼어먹고, 추이(酋耳)는 범을 만나면 찢어서 씹어 먹는다. 하지만 범이 맹용(猛㺏)을 만나면 눈을 감고서 감히 쳐다보지를 못한다. 맹용은 사람을 두려워하지 않으나 범은 무

---

[2] 범의 덕성을 열두 가지로 나열했는데 과거 제왕의 시호와 유사하다. 청나라 황제의 시호와 유사한 덕성이 많다. 이 글에서 범은 황제의 지위를 지닌 존재로 묘사되었다.

서워한다. 범의 위세는 정말 대단하지 않은가?[3]

범이 개를 잡아먹으면 술에 취한 듯하고, 사람을 잡아먹으면 귀신이 달라붙는다. 범이 처음 사람을 잡아먹게 되면 사람의 넋이 굴각(屈閣)이란 창귀(倀鬼)[4]가 된다. 굴각은 범의 겨드랑이에 들러붙어서 범을 안내하여 부엌에 들어가 가마솥의 귀를 핥게 한다. 그러면 집주인은 배가 고파져 아내더러 밤중이라도 부엌에 가서 밥을 짓게 하니 그때 잡아먹는다.

범이 사람을 다시 잡아먹게 되면 사람의 넋이 이올(彛兀)이란 창귀가 된다. 이올은 범의 광대뼈에 들러붙어서 높은 곳에 올라가 사냥꾼의 동정을 살핀다. 골짜기에 설치한 함정이나 덫이 보이면 먼저 가서 함정과 덫을 풀어 놓는다.

범이 세 번째로 사람을 잡아먹게 되면 사람의 넋이 육혼(鬻渾)이란 창귀가 된다. 육혼은 범의 턱에 들러붙어서 알고 지내던 친구의 이름을 많이 일러바쳐 잡아먹게 한다.

범이 창귀를 불러 분부했다.

"하루해가 저무는구나. 어떤 놈을 잡아먹을꼬?"

굴각이 아뢰었다.

"제가 일찌감치 점찍어 둔 게 있지요. 뿔이 달린 길짐승도 아니고 깃털이 난 날짐승도 아닙니다. 머리털 까만 짐승이 눈

---

[3] 비위에서 맹용까지 10종의 동물을 열거했는데 모두 기이한 동물의 이름이다. 청나라 초기의 저명한 문인 왕사정(王士禎)의 『향조필기(香祖筆記)』에 비슷한 내용이 나온다.
[4] 창귀는 범에게 물려 죽은 사람의 혼령으로 범의 종이 되어 곁에 붙어 다니면서 시중을 들고 잡아먹을 것을 안내한다고 한다.

위에 발자국을 남겼는데 왼발 오른발 번갈아 밟은 자국이 듬성듬성 나 있습니다. 꼬리가 머리 뒤꼭지에 붙은 걸 보면5) 제 똥구멍도 가리지 못하는 놈입니다."

이번에는 이올이 아뢰었다.

"동문께에 먹을거리가 있는데요 그 이름이 의원입니다. 입으로는 온갖 약재를 맛봐서 피부와 살이 향기롭습니다. 서문께에도 먹을거리가 있는데요 그 이름이 무당입니다. 온갖 신령에게 아양을 떤답시고 날마다 목욕하여 몸이 깨끗하답니다. 이 두 가지 고기 가운데 한 가지를 골라서 잡수시기 바랍니다."

범이 수염을 치켜세우고 벌컥 화를 내며 말했다.

"의원이란 의심꾼이다. 저도 의심하는 약을 남에게 시험하여 해마다 죽이는 사람이 항상 수만 명이다. 무당이란 무고자이다. 신령에게 무고하여 백성을 미혹하게 하니 해마다 죽이는 사람이 항상 수만 명이다. 수많은 이들의 분노가 뼛골에 사무치고 그 원한이 변하여 금잠(金蠶)6)이란 독벌레가 되었다. 독이 있어 먹을 수 없도다."

이번에는 육혼이 아뢰었다.

"저 숲속에 먹을 만한 살코기가 있답니다. 어진 염통과 의로운 쓸개를 가지고 있고, 충성심을 안고 고결함을 품었으며,

---

5) 머리를 뒤로 길게 땋아 늘인 변발로 청나라 남자의 머리 모양을 비꼰 것이다.
6) 『박물지(博物志)』에 "남방 사람이 금잠을 기르는데, 촉금(蜀錦)을 먹이고, 그 똥을 받아 음식에 두면 그 독으로 사람이 죽을 수 있다."라고 했다.

음악을 숭상하고 예를 실천합니다. 입으로는 제자백가(諸子百家)가 한 말씀을 외우고 가슴으로는 만물의 이치를 다 꿰뚫고 있어서 큰 덕을 지닌 선비로 불리고 있답니다. 등살은 두툼하고 몸집은 풍만하며 다섯 가지 맛이 다 갖춰져 있습니다."

범이 듣고서 눈썹을 치켜뜨고 침을 흘리면서 하늘을 우러러 큰 소리로 웃으면서 분부했다.

"짐도 들은 적이 있노라! 자세히 듣고 싶도다."7)

창귀가 번갈아 가면서 그 고기를 추천하여 말했다.

"한번은 음(陰)이 되고 한번은 양(陽)이 되는 것을 도(道)라고 하는데 선비가 그 도를 꿰뚫고 있고, 오행(五行)8)이 서로를 낳고, 육기(六氣)9)가 서로를 베풀어 주는데 선비가 잘 이끌고 있습니다. 이보다 더 맛이 좋은 음식은 어디에도 없습니다."

범이 언짢게 낯을 붉히고 표정을 바꾸더니 기분이 나빠져서 말했다.

"음양(陰陽)이란 것은 하나의 기운이 늘어났다 줄어들었다 하는 것이거늘 둘로 나눠 놓았으니 선비 고기는 잡스럽겠구

---

7) 원문은 "朕聞, 如何."로 『서경』 「요전」을 패러디한 문장이다. 요임금이 왕위를 물려줄 인물이 누구인지 물으니 신하들이 순임금을 천거했다. 이에 요임금이 "옳구나! 나도 들은 적이 있노라! 자세히 듣고 싶도다.[兪! 予聞, 如何.]"라고 말했다.
8) 우주 만물을 이루는 다섯 가지 요소로 목, 화, 토, 금, 수를 말한다.
9) 음양의 여섯 가지 기운으로 추위, 더위, 건조함, 습기, 바람, 불을 말한다.

나. 오행은 제자리가 정해져 있어 누가 누구를 낳는 성질이 아니거늘 지금 억지로 어미와 자식처럼 서로 낳는다고 해 놨고, 짠맛과 신맛 등 다섯 가지 맛으로 나눠서 배당해 놨다. 고기 맛이 순수하지 않겠구나. 육기는 저 스스로 운행하여 누가 베풀거나 이끌어 주지 않아도 되거늘 지금 망령되게 줄인다느니 늘인다느니 하여 제가 세운 공적을 사사로이 드러냈도다.[10] 선비란 먹을거리는 뻣뻣하고 억세니 체하거나 구역질이 나서 소화가 잘되지 않겠구나."

정(鄭)나라의 한 고을에 벼슬하기를 즐기지 않는 선비가 있었으니 북곽 선생(北郭先生)이라 했다. 나이는 마흔으로 손수 교정한 책이 만 권에 이르고, 아홉 가지 경서의 의리를 상세히 설명하여 다시 1만 5000권의 책을 저술했다. 천자가 그 의로움을 아름답게 여기고 제후들이 그 이름을 흠모했다.

고을 동쪽에는 용모가 아름다우나 일찍 과부가 된 여인이 있었으니 동리자(東里子)라 했다. 천자가 여인의 절개를 아름답게 여기고 제후들이 여인의 현숙함을 흠모하여 몇 리의 마을을 둘러싸고 '동리 과부의 집'이라 봉해 주었다.

---

10) 창귀가 말한 음양오행설은 한대(漢代) 이래 유학자의 상식이고, 그에 대한 범의 비판은 박지원의 주장을 대변한다. 박지원은 안의 현감 재직 때 지은 「홍범우익서(洪範羽翼序)」에서 오행을 어머니와 아들 관계로 만들어 서로 낳아 준다는 오행상생(五行相生)의 주장과, 오행을 자연과 인간의 다양한 현상에 도식적으로 적용하는 통념을 강하게 비판했다. 박제가도 진상본『북학의』「오행을 잃고 버렸다'는 데 대한 생각」에서 비슷한 주장을 했다.

동리자는 절개를 잘 지킨 과부였다. 그러나 아들 다섯을 두었는데 아들마다 성이 달랐다. 아들 다섯이 서로에게 이렇게 말했다.

냇물 북쪽에는 새벽닭이 울고
냇물 남쪽에는 샛별이 반짝이네.[11]
방 안에서 소리가 들리는데
북곽 선생과 어쩜 그리 흡사할까?

다섯 형제가 번갈아 문틈으로 안을 엿보니 동리자가 북곽 선생에게 이렇게 부탁하고 있었다.
"선생의 덕망을 오래도록 흠모하던 터이니 오늘 밤에는 선생의 글 읽는 소리를 듣고 싶습니다."
북곽 선생이 옷깃을 가다듬고 꼿꼿하게 앉아서 시를 지어 읊었다.

원앙새는 병풍에 있고
반딧불은 반짝반짝하네.
가마솥과 세발솥은

---

[11] 『시경』「정풍(鄭風)」 '여왈계명(女曰鷄鳴)'에 "여자가 닭이 울었다 하거늘/ 남자는 아침이 아직 어둡다 하네./ '당신은 일어나 밤인지 보세요./ 샛별이 반짝이고 있어요.[女曰鷄鳴, 士曰昧旦. 子興視夜, 明星有爛.]'"를 패러디했다. 남녀가 함께 밤을 보내고 새벽에 이른 밀회 장면을, 음란하다는 평을 듣는 「정풍」의 시구로 패러디했다.

누구를 본떠 만들었을까?

　시를 읊고 나서 "이 시는 흥(興)[12]이로다."라고 말했다. 다섯 아들은 서로들 의견을 말했다.
　"『예기(禮記)』에는 '큰일이 없으면 과부의 문에는 들어가지 않는다.'[13]라고 했지. 북곽 선생은 어진 분이니 설마⋯⋯."
　"내가 들으니, 이 고을에 성문이 무너져 여우가 굴을 파고 산다고 하던데⋯⋯."
　"내가 들으니, 여우가 천년 묵으면 환술을 부려 사람 모양을 한다는 거야. 북곽 선생으로 변신한 여우가 아닐까?"
　형제는 상의하여 말했다.
　"내가 들으니 여우의 갓을 얻은 사람은 천금의 부자가 된다고 해. 여우의 신발을 얻은 사람은 대낮에 형체를 숨길 수 있고. 여우의 꼬리를 얻은 사람은 아첨을 아주 잘해 사람들이 즐거워한대. 이 여우를 죽여서 나눠 가지면 좋겠다."
　마침내 아들 다섯이 힘을 합쳐 여우를 포위하여 덮쳤다. 북곽선생은 화들짝 놀라 도망했는데 남들이 자기를 알아볼까 두려웠다. 정강이를 목 위에 얹고 도깨비 춤을 추고 도깨비처럼 웃으면서 문밖으로 나가서 뛰어 달아났다. 그러다가 들판

---

12) 『시경』 수사법의 하나이다. 다른 사물에 시인의 감정을 기탁하는 방법이다. 원앙새는 남녀의 사랑, 반딧불은 새벽 시간을 뜻한다. 가마솥 구절은 네댓 명의 아들을 어떤 남자와 관계하여 낳았느냐는 의문을 표시한 것이다.
13) 『예기』 「방기(坊記)」에 "집주인이 없거나 큰일이 일어나지 않았으면 과부의 문에는 들어가지 않는다."라고 했다.

의 구덩이에 빠졌는데 구덩이 속에는 똥이 가득 차 있었다. 벽을 부여잡고 기어서 구덩이 밖으로 머리를 내밀고 바라보니 범이 길을 떡하니 막고 있었다. 범은 이맛살을 찌푸리고 구역질을 하면서 코를 쥐고 고개를 외로 돌리고 한숨을 토하며 말했다.

"선비는 냄새가 고약하도다."

북곽 선생이 머리를 조아리고 엉금엉금 기어서 앞으로 다가섰다. 절을 세 번 하고 무릎을 꿇고 고개를 들어 말씀을 올렸다.

"범님의 덕망은 지극히 크십니다. 대인은 범님의 변화를 본받고, 제왕은 범님의 걸음걸이를 배우며, 인간은 범님의 효성스러움을 본받고, 장수는 범님의 위엄을 배웁니다. 신령한 용과 이름을 나란히 하니 바람은 범을 따르고, 구름은 용을 따릅니다.14) 하찮은 세상의 비천한 신하는 감히 범님의 뒤를 따르고자 합니다."

범이 꾸짖어 말했다.

"가까이 오지 말거라! 예전에 내가 들으니 선비[儒]는 아첨꾼[諛]이라 하더니 정말 맞는 말이로다. 네가 평소에는 천하의 나쁜 이름이란 이름은 다 모아서 내게 마구 뒤집어씌우더니 이제는 다급하니까 면전에서 아첨하는구나. 누가 네 말을 믿겠느냐?

무릇 천하의 이치는 하나니라. 범이 악하다면 사람의 본성

---

14) 『주역』 건괘(乾卦) 문언(文言)의 "구름은 용을 따르고, 바람은 범을 좇는다.[雲從龍, 風從虎.]"라는 말에서 나왔다.

도 악하고, 사람의 본성이 착하다면 범의 본성도 착하니라. 네가 하는 천 마디 만 마디 말이 인의예지신(仁義禮智信)을 떠나지 않고, 네가 경계하고 권장하는 윤리가 항상 예의염치(禮義廉恥)에 있다. 그러나 도읍의 길거리에는 코를 베인 사람, 발뒤꿈치 잘린 사람, 얼굴에 먹물을 새긴 사람이 오가는데 모두 인간 사이에 지켜야 할 다섯 가지 오륜(五倫)을 순순히 따르지 않은 자라고 한다. 사정이 그런데도 포승줄과 먹물, 도끼와 톱 같은 형벌 도구를 날마다 대어 주기 바쁘다. 그렇게 형벌을 가해도 악행을 멈추게 하지 못한다.

그러나 범의 나라에는 이런 혹독한 형벌이 아예 처음부터 없다. 그 점을 보면, 범의 본성이 사람의 본성보다 낫지 않으냐? 범은 풀과 나무를 먹지도 않고, 벌레나 물고기를 먹지도 않는다. 도리에 어긋나고 정신을 어지럽히는 술 같은 것을 즐기지도 않고, 새끼를 밴 짐승이나 알을 품은 어미, 작고 하찮은 동물에는 차마 손을 대지 않는다. 산에 들어가서는 노루와 사슴을 사냥하고, 들에서는 말과 소를 사냥한다. 그렇기는 하나 배를 채우려고 못되게 굴거나 먹을거리 가지고 다퉈 본 일이 한 번도 없다. 범의 도리가 광명정대하지 않으냐?

범이 노루와 사슴을 잡아먹으면 너희는 범을 미워하지 않으나 범이 말과 소를 잡아먹으면 사람들은 범을 원수로 삼는다. 노루와 사슴은 사람에게 은덕을 베풀지 않으나 말과 소는 너희에게 은공을 베풀기 때문이 아니겠느냐? 말이 사람을 태우고 좋아하며, 소가 힘을 바쳐 일하건만 그 노력과 정성을 갸륵하게 여기기는커녕 날마다 말과 소를 잡아서 푸줏간과 부억을 가득 채우고, 그것도 모자라 소뿔과 말갈기까지 남기지 않는다. 그러고도 내가 먹을 노루와 사슴까지 침범하여 내가 산에서도 먹을거리가 부족하고 들에서도 끼니를 거르게 만든다. 하늘이 있어 정사를 고루 펼친다면 너는 내 먹잇감이 되어야 할까, 아니면 너를 풀어 줘야 할까?

제 소유가 아닌 물건을 가져가면 도둑이라 하고, 남의 생명을 해치고 물건을 손상하면 도적이라 한다. 너희는 밤낮을 가리지 않고 바쁘게 팔을 휘젓고 눈을 부릅뜨고 다니면서 손으로 온갖 사물을 낚아채 가면서도 부끄러운 줄을 모른다. 심지어 돈을 형이라고 부르고,[15] 장수가 되려고 제 마누라도 죽이니[16] 더는 윤리니 도덕이니 하는 도리를 따질 형편이 아니다. 그런데도 다시 메뚜기에게서는 먹을 곡식을 빼앗고, 누에로부터는 옷가지를 벗겨 가며, 꿀벌을 가로막고 꿀을 훔친다. 심지어 개미 알을 젓으로 담아서 제 조부모에게 제사를 지낸다.[17] 잔인한 짓거리와 각박한 소행을 저지르는 놈 가운데 너

---

15) 진(晉)나라 노포(魯褒)가 금전만능의 세태를 풍자한 「전신론(錢神論)」에서 세상 사람들이 "돈을 형처럼 친하게 여겨 돈의 자를 공방(孔方)이라 했다."라는 구절에서 나온 말이다. 흔히 돈을 익살스럽게 공방형(孔方兄)이라 표현한다.
16) 전국 시대의 명장 오기(吳起)의 행적이다. 제나라가 노나라를 침공했을 때 노나라에서 오기를 장군으로 삼으려다가 그의 아내가 제나라 사람이라 망설였다. 그러자 오기는 아내를 죽이고 장군이 되었다. 『사기』 「오기열전(吳起列傳)」에 나온다.
17) 『예기』 「내칙(內則)」에 "고기를 찧은 포에는 개미 알 젓갈을 곁들인다."라고 했다.

희보다 심한 놈이 누가 있느냐?
 너희는 이치를 말하고 본성을 따지면서 걸핏하면 하늘을 들먹인다. 그런데 하늘이 명령한 기준으로 보면 범도 사람도 만물 가운데 하나의 사물이다. 천지가 만물을 낳은 어짊의 기준으로 논하더라도 범은 메뚜기, 누에, 벌, 개미와도 그렇고, 인간과도 모두 똑같은 축생(畜生)이므로 서로를 해쳐서는 안 된다. 선악의 기준에서 따져 보더라도 벌집과 개미집에서 공공연하게 도적질하고 겁탈하는 짓거리를 자행하니 네놈들이 천지의 큰 도둑놈이 아니겠느냐? 제멋대로 메뚜기가 먹고 누에가 입을 살림 밑천을 빼앗고 훔쳐 내니 네놈들이 인의(仁義)의 큰 도적놈이 아니겠느냐?
 범은 표범을 잡아먹은 적이 한 번도 없으니 비슷한 동족에게는 그런 짓을 차마 하지 못해서다. 범이 노루와 사슴을 잡아먹은 숫자를 헤아려 보면 사람이 노루와 사슴을 잡아먹은 숫자보다 많지 않고, 범이 말과 소를 잡아먹은 숫자를 헤아려 보면 사람이 말과 소를 잡아먹은 숫자보다 많지 않다. 또 범이 사람을 잡아먹은 숫자를 헤아려 보면 사람끼리 서로 잡아먹은 숫자보다 많지 않다. 지난해 관중(關中) 땅에서 큰 가뭄이 발생하여 백성들이 서로 잡아먹은 숫자가 몇만 명이다. 몇 해 전에 산동(山東) 땅에서 큰 홍수가 발생하여 백성들이 서로 잡아먹은 숫자가 또 몇만 명이다. 하지만 서로 잡아먹은 숫자가 많기로는 춘추(春秋) 시대 세상만 하겠느냐? 춘추 시대에는 덕을 펼친다고 일으킨 전쟁이 열일곱 차례이고, 원수를 갚는다고 일으킨 전쟁이 서른 번이다. 사람이 흘린 피가 천 리에

내를 이뤘고, 100만 명의 시체가 쌓여 있었다.

　그러나 범이 사는 세상에서는 홍수도 모르고 가뭄도 모르기에 하늘을 원망함이 없고, 원수도 잊고 은혜를 베푼 이도 잊기에 다른 짐승과 다툼이 없다. 운명을 알고 순리대로 살아가기에 무당이나 의원의 간사한 꼬임에 넘어가지 않고, 생긴 모양대로 처신하며 본성을 지켜 살기에 세속의 이익에 물들지 않는다. 이것이 범이 슬기롭고 성스러운 까닭이다. 범의 얼룩덜룩한 무늬를 한 점만 엿보아도 천하에 아름다운 문채(文彩)가 무엇인지를 충분히 볼 수 있고, 크고 작은 무기를 잡지 않고 단지 날카로운 발톱과 어금니만 써도 천하에 무예를 빛낼 수 있다. 범과 원숭이를 조각한 청동기로는 천하에 효도를 두루 권장하고,[18] 하루에 한 번만 사냥하여도 까마귀 솔개 땅강아지 개미들과 함께 남은 고기를 나눠 먹으니 이보다 더 어질기가 어렵다. 남을 헐뜯는 놈을 잡아먹지 않고,[19] 불구자나 병자를 잡아먹지 않으며, 상복 입은 상주를 잡아먹지 않으니 이보다 더 의롭기가 어렵다.

　그러나 너희의 먹성은 어질지 못하다! 덫과 함정만으로도 부족하여 새 그물과 노루 그물, 후릿그물, 들그물, 덮치기 그물, 삼태 그물 따위까지 만들었다. 처음 그물을 짠 놈이 천하에 재앙

---

[18] 『서경』「익직(益稷)」의 종이(宗彝)에 대한 주석에서 "범과 원숭이를 조각한 청동기로 효도를 권장하는 뜻을 취하였다."라고 했다.
[19] 『시경』「항백(巷伯)」에서 "남을 헐뜯는 자를 잡아다가/ 승냥이나 범에게 던져 주리./ 승냥이나 범이 더럽다고 안 먹거든/ 머나먼 북극에 던져 주리."라고 했다.

의 씨앗을 왕창 뿌려 놓았다. 여기에다 돗바늘과 양지창, 팔모 대창, 도끼, 세모 창, 삼지창, 양날 창, 단창, 장창이란 무기를 만들었다. 또 화포란 무기가 있어서 폭발하면 소리는 큰 산을 무너뜨리고, 불은 음양을 누설하여 우레와 벼락보다 더 무섭다.

이렇게 하고도 부족하게 여겨 잔악한 성질을 부린다. 부드러운 털을 입으로 빨고 아교로 붙여서 붓끝을 만들면 대추씨 같은 모양에 길이가 한 치도 안 된다. 그 털을 오징어 먹물에 담가 여기저기 사방을 공격하고 찔러 댄다. 굽은 붓은 창같고, 날카로운 붓은 칼 같고, 뾰족한 붓은 장검 같고, 갈라진 붓은 삼지창 같고, 곧은 붓은 화살 같고, 팽팽한 붓은 활 같다. 이 무기를 한번 휘두르면 온갖 귀신이 밤에 곡성을 터뜨린다.[20] 서로를 잡아먹는 잔혹함이 너희 인간보다 심한 게 누가 있느냐?"

북곽 선생이 자리를 피하여 다시 엎드리고 주춤주춤하면서 두 번 절을 올리고는 거듭거듭 머리를 조아리며 말씀을 올렸다.

"경전에도 나오듯이, '비록 악인이라도 목욕재계한다면 상

---

20) 이 대목은 글과 언론으로 남을 공격하여 죽이는 인간의 행태를 비판하고 처음 문자를 만든 창힐(蒼頡)에게 원죄를 물었다. 『회남자(淮南子)』 「본경훈(本經訓)」에서 "옛날 창힐이 글자를 만들자 하늘에서 곡식이 내리고 귀신이 밤에 곡을 하였다."라고 했다. 『행계잡록』 등 초고본에는 이 대목 뒤에 있는 원문 30자를 먹으로 삭제했다. 하지만 일본 동양문고와 미국 버클리 대학 도서관 소장 『연휘(燕彙)』에는 "이렇게 하고도 부족하게 여겨 포악한 짓을 자행한다. 혹은 노래를 부르며 죽이고, 혹은 곡을 하며 죽이고, 혹은 떼를 지어 쳐다보아 죽이고, 혹은 웃음 속에 칼을 숨긴다."라는 내용이 그대로 실려 있다.

제님에게 제사 지낼 수 있다.'²¹⁾라고 하였습니다. 하찮은 세상의 비천한 신하가 감히 범님의 뒤를 따르고자 합니다."

숨을 죽이고서 가만히 귀를 기울였으나 한참을 기다려도 아무 말이 없었다. 황송하고 두려워서 손을 맞잡고 머리를 조아리다가 고개를 들어 살펴보니 동쪽 하늘은 환하게 밝았고, 범은 벌써 자리를 떠서 보이지 않았다. 이른 아침 밭을 갈러 나온 농부가 보고서 물었다.

"선생님! 아침 일찍 들판에서 누구에게 절을 하십니까?"

북곽 선생이 대답했다.

"내가 이렇게 들었네.

하늘이 아무리 높다고 해도
감히 몸을 굽히지 않을 수 없고
땅이 아무리 두텁다고 해도
감히 조심하여 걷지 않을 수 없다."²²⁾

연암은 이렇게 말한다.

이 작품이 지은이의 성명은 없으나 근세의 중국 사람이 슬픔과 분노가 치밀어 지은 글로 보인다. 세상의 운수가 길고 긴 어둠에 빠져서 오랑캐의 재앙이 짐승의 재앙보다 더 심해졌다.

---

21) 『맹자』「이루하(離婁下)」장에서 "서시(西施)도 깨끗하지 않은 옷을 입으면 사람들이 코를 막고 지나가고, 비록 악인이라도 목욕재계를 하면 상제님에게 제사 지낼 수 있다."라고 했다.
22) 『시경』「정월(正月)」에 나오는 시구이다.

부끄러움을 모르는 선비가 글귀를 주워 엮어서 여우처럼 낭세의 권력자에 아첨하고 있으니 남의 무덤을 도굴하여 진주를 챙기는 간교한 유생 꼴이라, 이리와 늑대조차도 잡아먹지 않으리라. 이제 위의 글을 읽어 보니 이치에 어긋난 말이 많아서 『장자』의 「거협(胠篋)」편, 「도척(盜跖)」편과 취지가 같다.[23]

그러나[24] 천하의 뜻있는 선비라면 어찌 하루인들 중국을 잊을 수 있으랴? 지금 청나라가 중국을 지배한 뒤 겨우 네 명의 황제를 거쳤으나 황제가 문무를 겸비하고 장수하여 100년 동안 태평을 구가하고 사해(四海)가 평화를 누리고 있으니 한나라와 당나라 시절에도 없던 성황이다. 저들이 천하를 완전히 태평하게 만들고 기반을 잘 닦아 세력을 뿌리내리려는 의지를 살펴보면 아마도 하늘이 작심하고 내려 준 제왕일 것이다.

옛날에는 하늘이 제왕을 임명하는 의중을 인간에게 자상하게 알려 준다고 했는데 그 말에 의문을 품은 제자가 맹자에게 질문했다. 맹자가 하늘의 의중을 정확하게 체득하여 "하늘

---

23) 『장자』에 나오는 편명으로 공자학파의 무리를 비판하고 노자의 학설을 천명했다. 두 편에서는 유가의 성인과 제왕은 나라를 훔친 큰 도둑으로 인의도덕이 도둑질의 도구라고 하여 유가를 비판했다.
24) 초고본인 『행계잡록』 등의 사본에서는 이 대목 뒤에 있는 원문 50자를 먹으로 지웠다. 하지만 『연휘』에는 지워진 부분에 "당시에 수수께끼 같은 말을 써서 은밀한 뜻을 붙였으니 대개 범[虎]과 오랑캐[胡]는 발음이 비슷하고, 범[虎]과 황제[帝]는 글자가 비슷하기 때문이다. '동쪽 하늘은 환하게 밝았고, 범은 벌써 자리를 떴다.'라는 말은 명나라 홍무제가 제후의 조회를 받아 천하를 맑고 밝게 하자 원나라 황제가 북쪽으로 달아난 사실을 말한 듯하다."라는 내용이 그대로 실려 있다.

은 사람에게 말씀으로 알려 주지 않고 행동과 사업으로 알려 준다."라고 대답하셨다.25) 내가 『맹자』의 글을 읽다가 이 대목에 이르러 큰 의문이 들었다. 이제 감히 묻고자 한다. "행동과 사업으로 알려 준다."라고 했는데 오랑캐 제도로 중원의 제도를 바꾼 일은 천하에는 크나큰 치욕이니 백성의 극심한 억울함은 어쩌면 좋은가? 제물(祭物)의 향기로움과 비린내는 제사를 바치는 이의 덕에 따르는데 온갖 신령이 흠향하는 제물에서는 지금 향기가 날까, 비린내가 날까?

따라서 사람이 처한 환경으로 살피자면 중국과 오랑캐 사이에는 참으로 차별이 있다. 그러나 하늘이 내린 말씀으로 살피자면 은나라의 모자나 주나라의 면류관은 제각기 당시의 제도를 따랐을 뿐이다. 청나라 사람이 쓰는 붉은 모자만을 의심하여 인정하지 말아야 하는가? 이에 따라 "하늘의 뜻이 정해지면 사람을 이기지만 사람이 많아지면 하늘을 이긴다."26) 라는 주장이 그 사이에 나온다. 그러자 인간과 하늘의 일이 서로 긴밀하게 관련돼 있다는 이치27)는 도리어 뒤로 물러나

---

25) 『맹자』「만장상(萬章上)」편에 나오는 내용으로 여기서 제자는 만장(萬章)이다.
26) 『사기』「오자서열전(伍子胥列傳)」에 나오는 말이다.
27) 이는 한나라 무제 때의 정치사상가 동중서(董仲舒)가 주장한 천인감응설(天人感應說)을 가리킨다. 하늘과 인간은 서로 교감하여 제왕이 정치를 잘하면 하늘이 상서로운 징조를 내려 주고, 정치를 잘못하면 재앙을 내린다고 주장했다. 맹자와 동중서의 주장은 하늘은 결국 올바른 선택을 하게 되어 오랑캐를 배제하고 중화를 선택한다는 믿음을 말했다. 그러나 역사상 현실은 그렇지 않다. 만주족의 청나라가 부강하고 융성한 상태를 계속 이어

고 제왕은 기운과 운수를 타고난다는 주장을 따르고 있다. 예전 맹자의 말씀에 비춰서 입증하고자 하다가 잘 맞지 않으면 곧잘 천지의 기운과 운수 탓에 이렇게 되었다고 말한다. 오호라! 이것이 진정 기운과 운수 탓이겠는가?

아! 명나라 제왕의 은택은 벌써 다 고갈되었다. 중국의 선비가 스스로 변발의 제도를 따른 지도 100년이란 오랜 시간이 흘렀다. 그런데도 자나 깨나 가슴을 치면서 명나라 황실을 그리워하니 무슨 까닭일까? 중국을 차마 잊지 못하기 때문이다.

청나라가 자신을 지키기 위한 책략도 엉성하기만 하다. 과거에 오랑캐 출신 제왕이 중국을 배우다가 끝에 가서는 쇠망한 역사를 교훈 삼아서 철제 비석에 경계하는 글을 새겨 전정(箭亭)28)에 파묻었다. 자기의 의복과 모자를 부끄럽게 여긴다고 언제나 말은 하면서도 강약의 형세가 그 복장을 지키는 데 달려 있다고 여전히 생각하니 어쩌면 그리 어리석은가?

문왕(文王)의 책략과 무왕(武王)의 무공으로도 주나라 마지막 왕의 쇠망을 구원하지 못했거늘 구차하게 의복과 모자 같은 말단의 일로 강성하기를 추구하다니 될 일인가? 정말 의복과 모자가 전투에 편리하다면 북방의 오랑캐나 서방의 오랑캐가 입는 의복과 모자는 전투에 편리하지 않단 말인가?

가자 이를 설명할 길이 없어졌다. 그에 따라 천지의 기운과 운수로 설명하려는 시도가 등장했다.
28) 청나라 황제와 황족이 말타기와 활쏘기를 연습한 건물로 자금성에 보존되어 있다. 건물 옆에는 무예를 숭상한 만주족 황실의 근본을 잊지 말자는 취지의 비석이 있다.

무력을 써서 서방과 북방의 다른 오랑캐에게 거꾸로 중국의 옛 의복 제도를 답습하도록 한다면 비로소 천하에서 홀로 강성한 나라가 될 것이다. 천하 사람을 치욕스러운 땅에 가둬 놓고는 그들에게 선전하기를 "잠시 너희들의 수치스러움을 참고서 나를 따르면 강한 나라가 될 것이다."라고 회유하니 그렇게 하면 강한 나라가 될지 나는 모르겠다.

신시(新市)와 녹림(綠林) 사이에서 적미군(赤眉軍)이 눈썹을 붉게 칠하고,[29] 황건적(黃巾賊)이 노란 두건을 쓰고 조정의 군대와 구별하여 반란을 일으킨 사건[30]은 일어나지 않을지 모른다. 그러나 어리석은 백성 한 사람이 모자를 벗어젖혀 땅바닥에 내동댕이치고 반란을 일으킨다면 청나라 황제는 가만히 앉아 있다가 천하를 잃을 수 있다. 예전에는 자부하면서 강성하게 만들어 준다고 믿었던 의복과 모자가 이제는 거꾸로 망해 가는 나라를 구원할 겨를도 없게 될 것이다. 그런 취지로 경계하는 글을 비석에 새겨 묻어 후세에 교훈을 남기려 했으니 어찌 그릇된 처사가 아니랴?

작품에는 본래 제목이 없었으나 이제 작품 가운데 호질(虎叱)이란 두 글자를 취하여 제목으로 삼고 중국이 맑아지기를 기다린다.

---

29) 적미군은 한나라 말엽 신(新)나라에서 발생한 농민 반란군으로 이들의 거점이 신시와 그 북쪽에 있는 녹림이었다.
30) 황건적은 동한(東漢) 말엽 장각(張角)이 주도하여 일으킨 농민 반란군으로 동한의 몰락을 초래하고 삼국 시대를 열었다. 이들은 노란 두건을 써서 조정의 군대와 구별했다.

2 허생(許生)

옥갑야화(玉匣夜話)[1]

일행이 열하(熱河)에서 북경으로 되돌아오는 길에 옥갑(玉匣)[2]에 이르렀다. 밤에 비장, 역관과 더불어 침상을 이어서 함께 자면서 이야기를 나누었다.

---

1) 『연암집』 권14 『열하일기』에 수록되어 있다. 『열하일기』 일재본(一齋本)에는 「옥갑야화」가 「진덕재야화(進德齋夜話)」라는 제목으로 되어 있다. 진덕재는 박지원이 열하(熱河)에 있는 동안 비장 역관과 함께 묵은 태학(太學)의 건물 이름이다. 「옥갑야화」는 비장 역관과 주고받은 홍순언 이야기를 비롯한 일곱 개의 일화로 구성되어 있다. 역관이 북경을 오가며 무역하고 치부하는 상행위와 치부담(致富譚)이 공통의 주제다. 마지막에 나오는 일화가 허생 이야기이다.
2) 옥갑은 석갑(石匣)을 가리킨다. 밀운현(密雲縣) 동북부에 있는 성곽으로 열하에서 북경으로 가는 도중에 있다. 만리장성 고북구(古北口)로 나가는 요충지이자 밀운현 일대의 상업 중심지였다.

옛날에 북경은 풍속이 순박하고 인정이 두터워서 역관이 1만 금의 큰돈도 빌릴 수 있었다. 지금은 저들이 사기 치는 짓거리를 능사로 아는데 그 속사정을 들여다보면 우리나라 사람이 먼저 불러일으킨 점이 있다.

삼십 년 전에 있었던 일이다. 역관 한 명이 빈손으로 북경에 들어갔다가 귀국할 무렵 단골 주인을 보고서 눈물을 흘렸다. 주인이 이상하게 여겨 까닭을 물으니 역관이 이렇게 대답했다.

"압록강을 건너서 들어올 때 다른 사람의 은을 몰래 가져왔는데 그 일이 들통나서 내 물건까지 관청에 몰수당했습니다. 이제 빈손으로 귀국하면 살아갈 길이 막막하기에 차라리 귀국하지 않는 게 낫습니다."

칼을 빼서 자살하려고 하니 주인이 화들짝 놀라 부둥켜안고 칼을 뺏었다. 그러고 나서 물었다.

"몰수당한 은이 얼마인가요?"

"3000냥이랍니다."

단골이 위로하며 말했다.

"대장부는 몸이 없어질 것만을 걱정해야지[3] 은이 없어진 것을 걱정할 필요가 있나요? 이제 죽어서 귀국하지 않는다면 앞으로 처자식은 어떻게 하나요? 내가 당신에게 1만 금을 빌려줄 테니 오 년 동안 장사를 잘해 보시오. 1만 금을

---

[3] 『노자』 13장의 "우리에게 큰 걱정이 있는 까닭은 우리에게 몸이 있기 때문이다. 만약 우리에게 몸이 없어진다면, 무슨 걱정이 있겠는가?"라는 말에서 나왔다.

다시 얻게 될 테니 그러면 본전은 내게 돌려주시오."

역관은 1만 금을 얻고서 물건을 대량으로 사들여 귀국했다. 당시에는 그런 속사정을 아는 사람이 없어서 다들 그 재주를 신통하게 여겼다. 오 년이 흘러 역관은 마침내 거부가 되었다. 이에 자진하여 사역원(司譯院)4)에서 이름을 빼내어 다시는 북경에 들어가지 않았다. 오랜 시간이 흘러 친한 친구로서 북경에 들어가는 역관에게 은밀하게 부탁했다.

"북경 시장에서 아무개 단골을 만나게 될 텐데 그러면 틀림없이 내 안부를 물을 걸세. 온 집안식구가 역병을 만나서 다 죽었다고 말해 주게."

친구가 거짓말을 하기 어렵다며 몹시 난처해하니 역관이 말했다.

"그냥 이렇게만 말해 주고 돌아오게. 내 자네에게 반드시 100금을 주겠네."

친구가 북경에 갔더니 아니나 다를까 아무개 단골을 만났다. 단골이 역관의 안부를 물어서 부탁받은 대로 대답했다. 단골은 얼굴을 감싸 안고서 크게 통곡하고 눈물을 비 오듯이 흘리며 말했다.

"하늘이시여? 하늘이시여? 착한 사람의 집안에 어떻게 이렇듯 참혹한 재앙을 내린단 말입니까?"

그리고는 100금을 주며 부탁했다.

"역관의 처자식까지 다 죽었으니 명복을 빌어 줄 사람이

---

4) 조선 시대에 통역에 관한 사무를 맡아보던 관아.

아무도 없겠군요. 바라건대 그대가 귀국하면 나를 대신하여 50금으로는 제수품을 장만하여 제사상을 차려주고, 50금으로는 재(齋)를 올려서 명복을 빌어 주기 바랍니다."

친구는 어안이 벙벙했다. 그러나 이미 거짓말을 뱉어 놓은지라 결국에는 100금을 받아서 귀국했다. 귀국하여 보니 그 역관은 집안 전체가 역병을 만나 죽어 버려 아무도 남아 있지 않았다. 친구는 크게 놀라고 두려워서 100금을 모조리 털어 단골을 대신하여 재를 올려 주었다. 친구는 생을 마치도록 다시는 북경에 가지 않고 말했다.

"나는 그 단골을 다시 볼 면목이 없다."

어떤 사람은 근세의 이름난 역관인 지중추부사 이추(李樞)5) 이야기를 들려주었다. 이추는 평소 입에서 돈을 말한 적이 한 번도 없었다. 북경을 출입한 지 사십여 년 동안 손으로 은을 만져 본 일 없이 점잖은 군자의 풍모를 지켰다.

어떤 사람은 당성군(唐城君) 홍순언(洪純彦)6) 이야기를

---

5) 숙종 영조 때의 만주어 역관이다. 서른세 번이나 북경에 가서 외교에 큰 공을 세워 숭록대부(崇祿大夫)의 품계를 받고 지중추부사(知中樞府事)가 되었다. 다만 청나라의 총신 김상명(金尙明)과 연줄이 있어 뇌물을 주고받은 일로 조사를 받기도 했다.
6) 홍순언(1530~1598)은 선조 연간의 중국어 역관으로 종계변무(宗系辨誣)와 원군 요청의 외교에 크게 공헌하여 당릉군(唐陵君)에 봉해졌다. 당성군은 당릉군의 오류이다. 「옥갑야화」에 나오는 홍순언 이야기는 허구이나 조선 후기 수많은 야담과 필기에는 실화로 등장했다.

들려주었다. 홍순언은 만력(萬曆) 연간의 이름난 통역관이었다. 홍순언이 북경에 들어가 기생집에서 논 적이 있었다. 기녀를 사는 값을 미모에 따라 매겼는데 1000금을 부르는 여자가 있었다. 홍순언이 1000금으로 하룻밤 데리고 잘 여자를 골랐다. 그 여자는 열여섯 살로 미모가 빼어났는데 홍순언을 보고서는 눈물을 흘리며 말했다.

"소첩이 높은 값을 부른 까닭이 있답니다. 천하 사람은 너나없이 쩨쩨하여 1000금을 기꺼이 내던져 여자를 살 남자가 없으리라 생각하여 잠깐 사이에 벌어질 치욕을 하루 이틀이라도 모면해 보려 하였지요. 그렇게 하여 기생집의 바보 같은 주인을 속여 볼 속셈이었고요. 하나는 천하의 의롭고 기개 있는 남자가 소첩을 여기에서 빼내어 소실로 삼기를 바랐습니다. 소첩이 기생집에 들어온 지 닷새가 돼도 1000금을 들고 찾아오는 남자가 없더니 오늘에야 요행히 의롭고 기개 있는 그런 남자를 만났습니다. 그러나 공께서는 타국 사람이라 법으로는 소첩을 데리고 귀국할 수 없고, 소첩은 몸을 한번 더럽히면 다시는 깨끗하게 되돌릴 수 없답니다."

그 말을 듣고서 홍순언은 몹시 불쌍하게 여겨 여자가 기생집에 들어오게 된 사연을 물었다. 여자가 대답했다.

"소첩은 남경(南京)의 호부시랑(戶部侍郞) 아무개의 딸입니다. 가산을 몰수당하고 뇌물액까지 추징당하여 기생집에 제 몸을 팔아서 아버지의 목숨을 건지고자 하였습니다."

홍순언은 깜짝 놀라 말하였다.

"나는 그런 사연이 있는 줄 까마득히 몰랐소. 이제 당신을 풀어 줄 테니 몸값으로 얼마를 치르면 되오?"

여자가 대답하였다.

"2000금입니다."

홍순언은 바로 몸값을 치러 주고는 그 여자와 헤어졌다. 여자는 은혜를 베푼 아버지라고 칭송하며 수없이 절을 하고 떠났다. 그 뒤로 홍순언은 그 일을 조금도 마음에 담아 두지 않았다.

홍순언이 언젠가 또 중국에 들어갔다. 길을 가는 도중에 사람들이 홍순언이 왔느냐고 자주 물어서 괴이하게 여겼다. 북경에 가까이 이르자 길옆에 차일을 성대하게 차려 놓고서 홍순언을 맞아들이고는 말했다.

"저희 병부 상서(兵部尙書) 석씨(石氏) 어르신께서 받들어 모셔 오라고 하셨습니다."

저택에 이르자 병부 상서 석성(石星)[7]이 그를 맞아들여 절을 하고 말했다.

"은혜를 베푼 장인 어르신! 잘 오셨습니다. 어르신의 딸이 어르신을 기다린 지 오래되었습니다."

드디어 손을 붙잡고서 내실로 들어갔다. 한 부인이 옷을 화려하게 차려입고서 마루 아래에서 절을 올렸다. 홍순언은 황공하여 어찌할 바를 몰랐다. 병부 상서가 웃으며 말했다.

---

7) 명나라의 문신(1538~1597)으로 만력제에게 중용되어 임진왜란 시기에 병부 상서를 지냈다. 임진왜란이 일어나자 조선 파병을 강력하게 주장했다. 나중에는 일본군의 화의를 수용했다가 일본군이 재침하자 그 책임을 지고 옥에 갇혀 죽었다.

"장인 어르신께서는 오래되어 딸도 잊으셨습니까?"

홍순언은 그제야 부인이 바로 기생집에서 몸값을 치러 풀어 준 여자임을 알아보았다. 여자는 기생집에서 풀려나 바로 석성에게 시집가서 재취(再娶) 부인이 되었다. 석성이 귀하게 됐어도 부인은 여전히 손수 비단을 짰는데 모든 비단에 보은(報恩)이란 두 글자를 수놓았다. 홍순언이 귀국할 때 보은 글자를 수놓은 비단 및 다른 비단과 금은보화를 바리바리 싸서 보냈는데 그 수량을 헤아릴 수 없었다.[8] 임진년에 왜구가 조선을 침범했을 때 석성이 병부 상서로 재직하면서 출병을 힘써 주장했다. 석성이 본래 조선 사람을 의롭게 여긴 때문이었다.

어떤 사람은 조선 상인에게 익숙한 단골 주인 정세태(鄭世泰)[9] 이야기를 들려주었다. 정세태는 부유하기가 북경에서 으뜸이었다. 정세태가 죽고 난 뒤 가산을 탕진하여 다시는 재기할 수 없게 되었다. 정세태는 겨우 손자 아이 하나만 두었다. 그 손자가 남자 중에서도 빼어나게 잘생겨서 어린 나이에 연희패에게 팔려 나갔다. 정세태가 한창 활동할 때 점원으로 일하던 임가(林哥)란 이가 있었는데 이제는 거부가 되었다. 연희패가 놀이하는 곳에서 임가는 잘생긴 남

---

[8] 이 일로 홍순언의 저택이 있던 서울 중구 을지로 1가 일대를 보은단동(報恩緞洞) 또는 미장동(美墻洞)이라 불렀다.
[9] 숙종 시대에 조선의 역관이 상대했던 북경의 단골 상인으로 유명했다. 여러 연행록(燕行錄)에서 그의 부유함을 기록했다.

자 하나가 재주를 부리는 것을 구경했다. 그 모습을 속으로 흠모하다가 그 남자가 정세태 집안의 아이라는 말을 듣고서 서로 부둥켜안고 울었다. 마침내 1000금을 주어 연희패에서 빼내어 함께 집으로 돌아와 집안사람에게 경계하고 당부하였다.

"잘 돌봐 주어라. 이 사람은 내 옛 주인의 손자이니 연희패 출신이라고 천시하여서는 안 된다."

그 아이가 성장하자 가진 재산 절반을 나눠 주어 옛 가업을 잇게 했다. 그 손자는 살결이 하얗고 윤기가 있었으며, 용모가 아름다웠다. 하는 일 없이 오로지 종이 연을 날리면서 북경 안에서 놀기만 즐겼다고 한다.

옛날에는 상품을 매매할 때 포장을 뜯어서 점검하거나 확인하지 않았다. 북경에서 포장한 그대로 돌아와도 상품 장부와 대조해 보면 조금도 차이가 나거나 오류가 없었다. 흰 털모자를 포장하여 국내로 보낸 일이 있었는데 오류가 발생하여 귀국하여 포장을 뜯어 보니 모두 베로 만든 흰색 모자였다. 미리 점검해 보지 않은 것을 후회했다. 공교롭게 정축년(1757)에 두 번의 국상이 치러져[10] 도리어 털모자보다 곱절의 값을 받게 되었다. 그러나 저들의 상행위가 예전과 같지 않은 조짐이 보였다. 근래에는 상품을 직접 포장하고 단

---

10) 영조 33년인 1757년에는 4월에 영조의 왕비 정성왕후(貞聖王后) 서씨(徐氏)의 국상이 있었고, 5월에는 숙종의 계비 인원왕후(仁元王后) 김씨(金氏)의 국상이 있었다.

골 주인이 포장하여 보내도록 맡겨 두지 않는다고 한다.

어떤 사람이 변승업(卞承業)[11] 이야기를 들려주었다. 변승업이 병에 걸리자 그동안 장사로 불린 재산 전부를 살펴보려고 여러 점원을 모이게 한 뒤에 장부를 합해 계산해 보니 모두 은전(銀錢) 50여만 냥이었다. 아들이 변승업에게 말했다.

"돈을 거두었다가 다시 빌려주기가 번거롭고, 오래 빌려주다 보면 돈이 축나기도 하니 이번 기회에 다 거둬들이면 어떨까요?"

변승업이 듣고서 화를 크게 내고 말하였다.

"이것은 도성 안 만 가구의 목숨이 걸린 돈이다. 어찌 하루아침에 끊어 버리겠느냐? 서둘러 돌려주거라!"

변승업이 나이가 든 뒤로는 자손을 경계하여 말했다.

"내가 모셨던 정승 판서 가운데 국론을 손아귀에 쥐고서

---

11) 변승업(1623~1709)은 본관이 밀양으로 1645년 역과(譯科)에 급제하여 일본어 역관을 지냈다. 부친은 역관 변응성(卞應星)이다. 정태화(鄭太和)의 손자인 정각선(鄭覺先)의 필기 『두릉만필(杜陵漫筆)』 권4에는 앞서 나온 역관 이추(李樞)와 변승업을 주제로 주고받는 이야기가 실려 있다. 정각선이 "여항의 부자로는 지금 누구를 말하느냐?"라고 물으니 이추는 이렇게 대답했다. "백정(白丁) 김중현(金重賢)과 역관 변승업이 서로 어슷비슷합니다. 비단옷 입고 좋은 음식 먹으며 의식주에 온갖 사치를 끝없이 부릴 재산이 있습니다만 성품이 인색하여 벼 낟알을 헤아려서 밥을 하고, 땔나무를 저울에 재어 보고 불을 때며, 겨우 묵은 솜으로 만든 두루마기나 입고, 부추나물이나 김치를 먹습니다. 나이가 들어서는 착한 마음이 싹터서 귀한 손님을 만나면 막걸리 한잔을 대접합니다. 자신이 누리는 생활이 비천한 자들의 가난한 생활보다 도리어 못합니다."

가산을 불린 이들이 많았으나 삼대를 유지한 이는 거의 없다. 나라 안에서 치부하는 이들이 우리 집에서 나가고 들어오는 돈으로 이자의 높낮이를 정하니 이것도 국론이다. 재산을 흩어 버리지 않으면 앞으로 재앙이 닥칠 것이다."

그래서 그 자손이 번성하기는 하나 가난하게 사는 사람이 많다. 변승업이 늙은 뒤에 재산을 많이 흩어 버렸기 때문이다.

나도 윤영(尹映) 이야기를 들려주었다.[12] 윤영이란 사람이 일찍이 변승업의 부유함을 말하면서 그의 재물에는 유래가 있다고 말해 주었다. [변승업의 조부 때는 재산이 수만 냥에 지나지 않았다. 일찍이 허씨 성의 선비로부터 은전 10만 냥을 얻어서 드디어][13] 부유함이 나라에서 으뜸이 되었으나 변승업 대에 이르러서는 조금 줄어들었다. 조부가 부를 막 일으킬 때는 부를 일굴 큰 운수가 있었다. 허생의 일을 보면 기이한 점이 있다. 허생은 끝내 자기 이름을 말하지 않아서 세상에는 그 이름을 아는 사람이 없다고 한다. 윤영이 전해 준 이야기는 다음과 같다.

---

12) 이 문장이 『행계집』, 『잡록하』 등에는 지워져 있다. 허생 이야기가 남에게 들은 것이지 박지원이 한 것이 아니라고 발뺌하기 위한 필사자의 의도가 스며 있다. 허생 이야기를 지도층 인사 일부에서 매우 듣기 불편하게 받아들였기 때문이다.
13) 저본을 비롯한 다수의 사본에는 "변승업의 조부…… 드디어"의 내용이 빠져 있다. 일재본 『행계집』 등에는 이 내용이 들어 있고, 문맥상 더 적합하여 보충했다.

허생[14]

허생은 남산 바로 밑의 먹절골[15]에 사는 사람이다. 집 앞 우물가에는 늙은 살구나무[16]가 서 있고, 사립문이 그 나무를 바라보고 나 있었다. 문 안에는 초가집 몇 칸이 비바람을 가리지도 못한 채 있었다. 그러나 허생은 글 읽기를 좋아했고, 아내는 삯바느질로 입에 풀칠했다. 어느 날 아내는 굶주림을 견디지 못하고 울면서 하소연했다.

"당신은 한평생 과거를 보러 가지 않으면서 글은 읽어 무엇에 쓰려고 해요?"

---

14) 저본에는 제목이 없다. '허생'은 「옥갑야화」의 여러 일화 가운데 하나로 본디 독립된 제목이 없다. 다만 「옥갑야화」의 중심이 '허생 일화'이므로 이 책에서는 '허생'이란 제목을 '허생 일화'의 시작 부분에 따로 붙여 구분했다. 이전에는 흔히 '허생전'으로 불렸다. 일본 교토 대학교 도서관에는 필사 단행본 『허생전』이 있고, 일본 도쿄 대학교 오구라 문고 소장 언해본 『연암열하일기』와 규장각 소장 『담총외기』에는 「허생원전」이 있어 제목이 각기 다르다.

15) 원문은 묵적동(墨積洞)이다. 현재의 서울 중구 묵정동으로 수표동, 장교동, 을지로2가에 걸쳐 있던 마을이다. 먹절골, 묵절골, 묵사동, 묵동으로도 불렸다. 유본예(柳本藝, 1777~1842)가 지은 『한경지략(漢京識略)』 「각동조(各洞條)」에서는 "먹절골에는 동악(東岳) 이안눌(李安訥)의 고택이 있고, 동산에는 시단(詩壇)이 있다. (……) 또 옛날에 허생이란 이가 있어 이 동에 은거했다. 집이 가난했으나 독서하기를 좋아했고, 자못 기이한 행적을 남겨 연암이 그의 전기를 지었다."라고 기록했다. 허생을 실존 인물로 간주하여 썼다.

16) 대부분 번역서에서는 살구나무[杏]를 은행나무로 옮겼다. 언해본 『연암열하일기』, 「허생원전」에서 살구나무로 옮겼고, 글자와 정황상 살구나무가 옳다.

허생이 웃으면서 말하였다.
"내가 글을 읽고는 있으나 아직 충분하지 않소."
아내가 말하였다.
"공인(工人) 일이라도 하면 되잖소."
허생이 대답했다.
"공인 일은 평소에 배워 두지 못했으니 어쩌겠소."
아내가 다시 말했다.
"그럼 장사라도 하면 되잖소."
허생이 다시 대답했다.
"장사는 본전이 없으니 어쩌겠소."
아내는 화가 나서 욕을 퍼부었다.
"밤낮으로 글을 읽더니만 '어쩌겠소'만 배웠구려. 공인 노릇도 못 하겠다, 장사도 못 하겠다 하니 도적질은 어째서 못 하오."
허생은 그제야 책을 덮고 자리에서 일어나며 말했다.
"아깝구나! 내가 글을 읽기 시작하며 본래 십 년을 기약했고 이제 겨우 칠 년이거늘……."
문을 나왔으나 아는 사람이 아무도 없었다. 곧장 운종가(雲從街)[17]로 가서 시장 사람에게 물어보았다.
"한양에서 누가 가장 부자요?"
어떤 사람이 변 씨(卞氏)[18]가 으뜸이라고 일러 주었다. 마

---

17) 한양 도성에 있었던 거리 이름으로 지금의 종로 네거리를 중심으로 육의전(六矣廛) 등 점포와 관공서가 밀집되어 있었다. 당시 가장 변화한 상업 중심지였다.
18) 변 씨는 변승업의 조부다.

침내 변 씨 집을 찾아갔다. 허생은 변 씨를 보고 길게 읍(揖)을 한 다음 말했다.

"내가 집이 가난하여 뭔가 작은 일을 시험해 보려고 하오. 그대에게 1만 냥을 빌리고 싶소."

변 씨가 대답했다.

"좋소."

변 씨는 바로 허생에게 1만 냥을 내주었다. 손님은 끝내 고맙다는 인사도 건네지 않고 훌쩍 가 버렸다. 자제와 손님이 허생을 살펴보니 영락없는 거지였다. 실띠는 여러 곳을 이어서 띠었고, 짚신은 뒤축이 없었으며, 갓은 찌그러지고 도포는 숯 검정인데 코에서는 맑은 콧물이 줄줄 흘렀다. 허생이 간 뒤에 다들 화들짝 놀라서 물었다.

"대인께서는 저 손님을 아십니까?"

"모르네."

"지금 하루아침에 평소 전혀 모르던 사람에게 1만 냥이나 되는 돈을 허술하게 툭 던져 주고서 성명도 묻지 않으시다니 도대체 어쩐 일입니까?"

이에 변 씨가 말하였다.

"이는 너희가 알 수 있는 게 아니다. 무릇 남에게 돈을 빌리러 오는 사람은 반드시 제가 가진 의지를 크게 떠벌리고, 제가 먼저 신용을 잘 지킨다며 떠벌린다. 그러나 부끄러워하고 비굴한 태도가 얼굴에 나타나고, 말을 중언부언 늘어놓는다. 아까 그 손님은 옷차림은 남루하나 말은 간명하고 눈빛은 도도하며, 부끄러워하는 낯빛은 아예 없다. 재물이 없어도 스스로 만족할 사람이 틀림없다. 그가 시험해 보겠다고 한 술책이 작지 않으리니 나도 그를 시험해 볼 생각이다. 돈을 빌려주지 않으면 그만이나 1만 냥을 빌려주기로 한다면 성명을 물어서 무엇 하겠느냐?"

그즈음 허생은 1만 냥을 얻고 나서 집으로 돌아가지 않고 안성으로 내려갔다. 안성이 경기도와 충청도가 만나는 곳이자 삼남으로 가는 길목이라고 여겨 그리로 가서 머물렀다. 대추와 밤, 감, 배, 밀감, 석류, 귤, 유자 따위의 과일을 모두 곱절 값을 주고 사서 저장했다. 허생이 과일을 사재기하자 나라 안에는 잔치를 벌이거나 제사를 치를 과일이 동났다. 얼마 지나지 않아 허생에게 곱절 값을 받은 상인들이 거꾸로 열 배의 값을 가져왔다. 허생은 한숨을 내쉬고 말했다.

"겨우 1만 냥으로 나라의 과일을 쥐락펴락하니 나라 곳간의 깊이를 알 만하구나!"

이어서 칼과 호미, 베, 명주, 면화 따위의 물건을 가지고 제주도로 들어가 말총을 모조리 사들이면서 말했다.

"몇 년 지나지 않아서 온 나라 사람이 머리에 모자를 쓰지 못하리라."

얼마 지나지 않아서 망건값이 열 배까지 폭등했다. 허생이 늙은 사공을 찾아 물어보았다.

"바다 건너에 사람이 살 만한 빈 섬이 혹시 있는가?"

사공이 대답했다.

"있다마다요. 언젠가 풍랑에 휩쓸려 곧장 서쪽으로 사흘 밤낮을 표류하다가 어느 빈 섬에 정박하였지요. 어림짐작에 사문(沙門)과 장기(長崎)19) 사이의 섬인 듯한데, 꽃과 나무는 제 날 대로 피어 우거지고, 온갖 과실은 스스로 익고, 사슴은 떼를 이루고 있고, 물고기는 헤엄치며 사람을 보고도 놀라지 않더군요."

허생이 크게 기뻐서 말했다.

"나를 그리로 안내하면 당신에게 부귀를 함께 누리도록 해 주겠소."

사공이 그 말을 따랐다. 드디어 동풍을 타고 남쪽으로 가서 그 섬에 들어갔다. 허생이 높은 언덕에 올라가서 둘러보고는 아쉬운 표정을 지으며 말했다.

"땅의 크기가 천 리를 채우지 못하니 이런 데서 무슨 큰일을 하리오? 토질은 기름지고 샘물은 좋으니 부자로 살기에는 충분하겠구나."

사공이 물었다.

"섬이 비어 아무도 살지 않거늘 누구와 함께 살려고요?"

허생이 말했다.

"덕이 있는 이에게는 사람이 모여들지. 덕이 없을까 걱정해야지 사람이 없을까 걱정하겠는가?"

---

19) 사문은 마카오, 장기는 나가사키이다. 나가사키는 에도 막부에서 외국 상선과 교역하는 특별 도시로 개방했다. 유득공은 『고운당필기(古芸堂筆記)』에서 서양 사람이 교역하는 동아시아의 대표적 장소로 사문과 장기를 꼽았다. "향산오(香山澳, 마카오)에 왕래하는 서양인을 중국은 번인(番人)이라 하고, 장기도(長崎島)에 정박하는 서양인을 일본은 길리시단이라 부른다."

이때 마침 전라도 변산(邊山)에서 수천 명의 도적 떼가 발생
했다.20) 여러 고을에서 병졸을 징발하여 뒤를 쫓아 토벌에 나
섰으나 잡아들이지 못했다. 도적 떼도 감히 도적질하러 출몰
하지 못해 한창 굶주림에 허덕이고 있었다. 허생이 도적 떼 소
굴에 들어가 우두머리를 설득했다.
"1000명이 1000냥을 털면 나눠 갖는 몫은 얼마나 되는가?"
"한 사람에 한 냥이지요."
허생이 또 물었다.
"너희들은 아내가 있는가?"
"없습죠."
"그럼 논밭은 있는가?"
도적들은 모두 비웃으며 말했다.
"논밭이 있고 아내가 있으면 무엇 하러 생고생하며 도적질
한답니까?"
"정말 그렇다면 아내를 얻고 집을 짓고 소를 사서 밭을 갈
지 않으려는가? 그러면 살면서는 도적놈이란 소리를 듣지 않
고, 집에서는 처자식과 함께 사는 즐거움을 누리리라. 어디를
가든 포졸에게 붙잡힐까 걱정하지 않고, 의식주 걱정 없이 항
상 풍족함을 누리리라."
"누군들 그렇게 살고 싶지 않겠습니까? 돈이 없어서 그럴
뿐인걸요."

---

20) 조선 후기에 부안군 변산 일대에서 활동한 유민(流民) 집단을 변산적
(邊山賊)이라 불렀다. 특히 영조 때 그 세력이 컸고 1728년 일어난 무신란
의 주요한 가담 세력으로 알려졌다.

허생이 웃으며 말하였다.

"너희들은 도적질까지 하면서 어째서 돈이 없다고 걱정하는가? 내가 너희들을 위해 돈을 장만할 테니 내일 바닷가로 나가서 붉은 깃발이 바람에 나부끼는 배가 있는지 살펴보게. 배마다 동전을 가득 싣고 있을 테니 마음껏 가져가도록 하게."

허생이 도적 떼와 약속하고서 자리를 떴다. 도적들은 모두 허생을 미쳤다고 비웃었다. 다음 날 시험 삼아 바닷가에 가 보았더니 허생이 30만 냥의 동전을 배에 싣고 기다리고 있었다. 다들 크게 놀라서 줄지어 절하고 말했다.

"장군님께서는 명령만 내리십시오!"

허생이 말했다.

"힘닿는 대로 짊어지고 가게!"

도적들이 앞다퉈 동전을 등에 짊어졌으나 한 사람이 겨우 100냥도 지지 못했다.[21] 허생이 말했다.

"너희들은 100냥도 짊어지지 못하는 힘으로 무슨 도적질을 한다고 하느냐? 이제 너희는 평민이 되고자 한들 이름이 도적의 장부에 올라 있어서 갈 곳도 없을 것이다. 내가 여기에서 기다릴 테니 제각기 100냥을 가지고 가서 한 사람씩 아내 한 명과 소 한 필을 데리고 오너라!"

도적들이 "예! 잘 알겠습니다."라고 대답하고는 뿔뿔이 흩어져 길을 떠났다. 허생은 2000명이 일 년 동안 먹을 식량을 마

---

21) 당시의 화폐인 상평통보는 동전이었다. 1냥은 100문이니 100냥은 1만 문으로 동전 만 개였다. 1문의 무게가 숙종 당시에는 대략 9그램 정도였으므로 100냥은 90킬로그램 정도의 무게다.

련하고는 그들이 오기를 기다렸다. 도적들이 모여들었는데 뒤처진 이가 아무도 없었다. 드디어 그들을 모두 배에 태우고 빈 섬으로 들어갔다. 허생이 도적 떼를 모조리 데려가자 나라 안에서는 소동이 사라졌다. 이윽고 나무를 베어 집을 짓고, 대나무를 엮어 울타리를 둘렀다. 땅이 지력(地力)을 온전히 보전하고 있어서 파종하는 곡식마다 알이 굵고 무럭무럭 자랐다. 밭을 갈지 않고 김을 매지 않아도 한 줄기에 이삭이 아홉 개나 달렸다. 삼 년 먹을 식량을 남겨 두고 나머지 곡식을 모두 배에 싣고서 장기(長崎)섬에 가서 팔았다. 장기는 일본에 속한 31만 호(戶)가 되는 고을인데 그때 한창 큰 흉년이었다. 드디어 곡식을 풀어 구해 주고 은 100만 냥을 얻었다. 허생은 한숨을 내쉬고 말하였다.

"이제야 내가 조금 시험해 봤구나."

그리하여 남녀 2000명을 모두 불러 모아 놓고 분부했다.

"내가 너희들과 처음 이 섬에 들어와서 우선 부유하게 만들고, 그 뒤에 따로 문자를 만들고 의복 제도를 새로 만들려 했다. 그러나 땅이 좁고 덕이 부족하여 나는 이제 이 섬을 떠나려 한다. 아이가 태어나 숟가락을 잡을 때면 오른손으로 잡도록 가르치고, 하루라도 먼저 태어난 사람에게 양보하여 먼저 밥을 먹게 하라![22]"

---

22) 『예기』「내칙(內則)」에서 "자식을 낳아 음식을 먹을 수 있게 되면 오른손으로 잡도록 가르친다. (……) 여덟 살이 되면 문을 출입하거나 자리에 앉고 음식을 먹을 때 반드시 어른보다 나중에 하게 하여 본격적으로 사양하는 예의를 가르친다."라고 했다.

다른 배를 모두 불태우고서 말했다.

"가지 않으면 오지도 않으리라."

또 은전 50만 냥을 바닷속에 던져 버리고 말했다.

"바닷물이 다 마르면 얻는 자가 나타나겠지. 100만 냥은 나라 안에서도 감당할 곳이 없으니 더구나 작은 섬이야 말해 무엇 하랴!"[23]

글을 아는 사람이 있어서 배에 태우고 함께 섬을 떠나며 말했다.

"이 섬에서 화근을 끊어 버려야지."

그 뒤로 나라 안을 두루 돌아다니며 하소연할 데 없는 가난한 자에게 곡식을 나눠 주었다. 그래도 은전 10만 냥이 남자 허생이 말했다.

"이 돈이면 변 씨에게 보답할 만하렷다."

변 씨를 찾아가서 허생이 말했다.

"그대는 나를 기억하겠소?"

변 씨가 깜짝 놀라 물었다.

"그대의 안색이 조금도 나아지지 않았으니 1만 냥을 탕진한 게 아니오?"

허생이 웃으며 말하였다.

"재물이 있다고 얼굴이 살찌는 것은 그대들의 처신일 뿐이오. 1만 냥이 있은들 도(道)를 살찌우기야 하겠소?"

---

23) 당시 조선에서는 전국 최고의 거부라 해도 100만 냥의 부를 소유하기 힘들었다.

은전 10만 냥을 변 씨에게 주면서 말했다.
"내가 하루아침의 굶주림을 참지 못하여 글 읽기를 마치지 않고 그대에게 1만 냥을 빌렸으니 부끄럽소."
변 씨가 크게 놀라서 벌떡 일어나 절하여 감사함을 표하고 10분의 1 이자만을 더 받겠노라며 사양했다. 허생이 벌컥 화를 내면서 말했다.
"그대는 어찌 나를 한낱 장사치로 여기는가?"
옷자락 떨치고 휙 나가 버렸다. 변 씨가 몰래 그 뒤를 밟아서 멀리서 살펴보았더니 허생은 남산 아래로 향하여 가더니 작은 집으로 쑥 들어갔다. 어떤 늙은 여인이 우물가에서 빨래를 하고 있기에 변 씨가 물어보았다.
"저 작은 집은 뉘 집이오?"
늙은 여인이 대답했다.
"허 생원 댁이랍니다. 가난하기는 해도 글 읽기를 좋아했지요. 어느 날 아침 문을 나서더니 돌아오지 않은 지 벌써 오 년이나 되지요. 안 마님 한 분만이 있는데 떠난 날에 제사를 드린답니다."
변 씨는 그제야 성이 허씨임을 알고서 탄식하고 집으로 돌아왔다. 다음 날 은을 모두 가지고 그 집을 다시 찾아가 돌려주니 허생이 말했다.
"내가 부자가 되고자 했다면 100만 냥을 버리고 10만 냥을 가지겠소? 나는 이제부터 그대의 도움을 받아 살아가겠소. 그대는 가끔 나를 살펴보고서 식구 수를 헤아려 양식이나 보내 주고, 몸을 짐작하여 옷감이나 보내 주시오. 한평생 이렇게 살아간다면 만족하오. 재물로 정신을 괴롭히는 짓을 내가 기꺼이 하겠소?"

변 씨가 갖가지 이유를 들어 허생을 설득했으나 끝내 돌이킬 수 없었다. 그 뒤로부터 변 씨는 허생에게 양식과 옷가지가 떨어졌다고 짐작하면 직접 찾아가서 물건을 대 주었다. 허생은 기쁘게 그 물건을 받아들였다. 다만 수량이 넘치면 "그대는 어째서 내게 재앙을 가져오는가?"라며 언짢아했다. 술을 들고 찾아가면 크게 기뻐하며 둘이서 술잔을 기울이며 마음껏 취했다. 여러 해가 흐르자 둘은 나날이 정이 깊어졌다. 언젠가 변 씨가 허생에게 조용히 물어보았다.

"어떻게 하여 오 년 만에 100만 냥을 벌었나요?"

허생은 말하였다.

"그건 아주 알기 쉬운 일이오. 조선이란 나라는 외국과는 배가 통하지 않고, 나라 안에서는 수레가 다니지 않소. 그 때문에 온갖 물건이 나라 안에서 생산되었다가 나라 안에서 소비되고 마오. 1000냥은 자그마한 자산이라 상품을 전부 사들이기에는 부족하오. 그러나 1000냥을 열 개로 나누면 100냥이 열 개이니 그걸로는 열 가지 상품을 넉넉히 사들일 수 있소. 상품의 비중이 가벼우면 굴리기가 쉬워서 상품 한 가지가 밑지더라도 나머지 상품 아홉 가지에서는 이문을 남길 수 있소. 이것은 통상적으로 이익을 보는 길이자 작은 장사꾼이 하는 거래요.

하지만 1만 냥은 상품 전부를 사들일 수 있는 금액이오. 상품이 수레에 실려 있으면 수레를 통째로 사재기할 수 있고, 상품이 배에 실려 있으면 배째로 사재기할 수 있으며, 상품이 한 고을에 있으면 고을을 통째로 사재기할 수 있소. 마치 그물에 촘촘한 그물코가 있어 물고기를 싹쓸이하여 훑어 내는 것과 같소. 뭍에서 생산되는 상품이 만 가지라면 그중 한 가지 상품을 몰래 사재기하여 거래를 중지시키고, 물에서 생산되는 물고기가 만 가지라면 그중 한 가지 물고기를 몰래 사재기하여 거래를 중지시키며, 의술에 쓰는 약재가 만 가지라면 그중 한 가지 약재를 몰래 사재기하여 거래를 중지시킬 수 있소. 한 가지 상품을 몰래 사재기하여 쟁여 놓으면 모든 장사꾼은 거래할 상품이 고갈될 수밖에 없소. 그러나 이는 백성을 해치는 방법이오. 후세에 일을 맡은 자가 내가 썼던 방법을 다시 쓴다면 반드시 나라를 병들게 할 거요."[24]

변 씨가 또 물어보았다.

"처음에 선생께서는 어떻게 제가 1만 냥을 내어줄 것을 알고 저를 찾아와 돈을 빌려 달라고 하셨습니까?"

허생이 대답했다.

"그대가 내게 돈을 주지 않았을 수도 있소. 그러나 1만 냥을 소유한 인물이라면 누군들 내게 빌려주지 않았겠소? 나는

---

[24] 서유구(徐有榘, 1764~1845)는 『임원경제지』의 가정경제를 다룬 『예규지(倪圭志)』(「화식(貨殖)」 '무천(貿遷)' 항목의 매점매석[榷貨]조)에서 허생이 한 말을 장사하는 방법의 하나로 소개하였다. 다만 "그러나 이는 백성을 병들게 할 거요."를 "이는 대상인이 상품을 매점매석하는 방법이다."로 대체하였다. 박지원은 매점매석 행위에 도덕적 기준을 적용하였으나 서유구는 경영의 한 방법으로 보았다.

내 재주라면 100만 냥 정도는 충분히 벌 수 있다고 생각하오. 다만 운명은 하늘에 달려 있으니 내가 어떻게 속속들이 알아차릴 수 있겠소. 나를 잘 이용할 인물이라면 복을 가진 사람일 테니 반드시 더 큰 부를 얻게 되오. 부는 하늘이 내려 주는 것이니 어떻게 내게 빌려주지 않을 수 있겠소? 1만 냥을 빌리고 난 다음에는 그가 지닌 복에 기대어 움직였기에 벌이는 일마다 성공을 거두었소. 만약 내가 사사로이 하는 일 같으면 일의 성패가 어떻게 되었을지 알 수 없소."

변 씨가 말머리를 돌려 다시 물었다.

"사대부들이 한창 남한산성에서 겪은 치욕을 씻으려고 애쓰고 있으니 지금은 뜻있는 선비가 팔을 걷어붙이고 지혜를 쏟아 낼 좋은 기회입니다. 선생의 재주로 어째서 고생을 자초하며 깊이 숨은 채로 세상을 마치려 합니까?"

허생이 대답했다.

"예로부터 깊이 숨어서 세상을 마친 사람이 한둘이 아니오. 졸수재(拙修齋) 조성기(趙聖期)25)는 적국에 사신으로 보낼 만한 사람이건마는 평생 벼슬 한자리 못하고 베옷 입은 채 늙어 죽었고, 반계(磻溪) 유형원(柳馨遠)26)은 군량미를 조달할 만한

---

25) 조성기(1638~1689)는 숙종 때의 학자로 본관은 임천(林川), 자는 성경(成卿), 호는 졸수재다. 평생 벼슬하지 않고 처사(處士)로 지내면서 학문에 몰두하여 성리학에서 경세학에 이르기까지 큰 안목을 지닌 학자로 존경받았다. 다만 효종 때에 십 대의 나이이므로 상황이 어울리지 않는다. 『응옥당총서』 수록 「허생전」에서는 그 모순됨을 지적하고 인물을 빌려 표현한 것이라고 설명했다.
26) 유형원(1622~1673)은 인조 효종 연간의 학자로 서울에서 태어나 전라

능력을 충분히 갖추었건마는 바닷가 한 모퉁이에서 어영부영 인생을 보내고 말았소. 그런 꼴이니 지금 국정을 맡아 보는 이들이 어떤지 알 만하오. 나는 장사를 잘하는 사람이라 은전을 벌어서 구왕(九王)27)의 모가지를 현상금 걸어 사 올 수도 있소. 그런데도 은전을 바닷속에 던져 버리고 왔으니 은전을 쓸 데가 없기 때문이오."

변 씨는 "후우!" 크게 탄식하고서 돌아갔다. 변 씨는 본디 정승 이완(李浣)28)과 친분이 깊었다. 이 정승은 그때 어영대장(御營大將)으로 있었는데 변 씨에게 이렇게 물어본 적이 있었다.

"여항(閭巷)의 여염집에도 대사를 함께 논할 만한 기이한 재주꾼이 있을까?"

변 씨가 허생이란 사람이 있다고 말하니 이 정승이 크게 놀라며 물었다.

도 부안에 은둔해 저술에 힘썼다. 조선 후기의 대표적 실학자로 손꼽힌다. 본관은 문화(文化), 자는 덕부(德夫), 반계는 호다. 국가와 사회 제도 개혁안을 제시한 『반계수록(磻溪隧錄)』을 저술했다. 『과정록』에서는 박지원이 항상 유형원의 경륜을 칭송하여 통유(通儒)라 했다고 썼다.

27) 구왕(九王)은 청 태조(清太祖)의 제14자인 예충친왕(睿忠親王) 도르곤(多爾袞, 1612~1650)의 별칭이다. 도르곤은 청나라 초기의 황족으로 조선 침략을 주도했고, 북경에 천도하여 중국 전토를 무력으로 평정하여 청나라 건국의 기초를 다졌다. 순치제(順治帝) 때에 국정을 섭정하여 섭정왕(攝政王)에 봉해졌다. 한인(漢人) 관료와 타협하며 중국 지배의 기초를 확립했다.

28) 이완(1602~1674)은 효종 때의 무인으로 병조 판서와 우의정을 지냈다. 효종의 신임을 받아 북벌을 추진했으나 효종의 죽음으로 실현하지 못했다.

"기이하도다! 정말 이런 사람이 있는가? 이름을 뭐라 하는가?"
"소인이 허생과 삼 년을 어울려 지냈으나 끝내 그 이름을 모릅니다."
"이는 기이한 사람이 틀림없네. 자네와 함께 가 보세."
밤이 되어 이 정승이 수행하는 인원을 물리치고 홀로 변 씨와 함께 걸어서 허생의 집을 찾아갔다. 변 씨가 문밖에 정승을 세워 놓고 홀로 먼저 들어가 허생을 만나서 정승이 찾아온 연유를 자세히 말했다. 허생은 들은 체도 하지 않고서 답했다.
"차고 온 술병이나 어서 끌러 보게."
그러고는 둘이서 즐겁게 술을 따라 마셨다. 변 씨는 밖에서 오래도록 서 있는 정승을 민망하게 여겨서 여러 번 말을 꺼내 보았으나 허생은 대꾸가 없었다. 밤이 깊어지자 허생이 "손님을 불러도 좋겠소."라고 했다. 허생은 편한 자세로 앉아서 일어나지도 않았다. 이 정승은 몸 둘 바를 몰라 하다가 나라에서 현자를 찾으려는 취지를 설명했다. 허생은 손사래를 치면서 말했다.
"밤은 짧거늘 말이 늘어져서 듣기에 지루하구먼. 너는 지금 무슨 관직에 있는고?"
"어영대장입니다."
"그렇다면 너는 나라에서 신임하는 신하로군. 내가 와룡 선생(臥龍先生) 제갈량(諸葛亮)29) 같은 분을 소개하고자 하는

---

29) 제갈량(181~234)은 삼국 시대 촉한(蜀漢)의 정치가로 자는 공명(孔明)이다. 뛰어난 군사 전략가로, 유비를 도와 촉한을 세웠다. 와룡 선생으로 불리며 은둔한 제갈량의 집을 유비가 세 번이나 찾아간 삼고초려의 고사가 널리 전한다.

데 네가 조정에 요청하여 삼고초려(三顧草廬)할 수 있겠느냐?"
이 정승이 머리를 수그리고 한참을 생각하다가 말했다.
"어렵겠습니다. 그다음 말씀을 듣고자 합니다."
"나는 그다음 말씀은 배운 적이 없다."
이 정승이 꿋꿋하게 묻자 허생이 말했다.
"명나라 장수와 사졸이 옛날 조선에 은혜를 베풀었다고 여겨 그 자손들이 청나라에서 몸을 빼내어 조선을 찾아왔다. 그러나 곳곳을 떠돌며 외롭게 살고 있다. 네가 조정에 요청하여 종실(宗室) 여자를 데려다가 저들에게 시집보내고 훈척(勳戚)과 권세가[30]의 저택을 몰수하여 거처를 만들어 줄 수 있겠느냐?"
이 정승이 또 머리를 수그리고 한참을 생각하다가 말했다.
"어렵겠습니다."
"이것도 어렵고 저것도 어렵다고? 그럼 무슨 일을 할 수 있단 말이냐? 가장 쉬운 일이 있기는 하다만 네가 할 수 있을까?"
"듣고 싶습니다."
"무릇 천하에 대의(大義)를 펼치고자 한다면 그에 앞서 천하의 호걸과 결탁하지 않고서는 뜻을 이룰 수 없다. 또 다른 나라를 정벌하고자 한다면 그에 앞서 첩자를 활용하지 않고서는 성공할 수 없다. 지금 만주가 불쑥 나타나 천하의 주인이 되었다. 저들 스스로 중국과는 친밀하지 않다고 생각하는 터이니 조선이 선수를 쳐서 다른 나라보다 먼저 복종한다면 저

---

30) 일재본에는 김류(金瑬)와 장유(張維)로, 충남대본에는 이귀(李貴)와 김류로 되어 있다. 모두 광해군을 폐위시키고 인조를 옹립한 인조반정의 공신으로 훈척과 권세가를 대표한다.

들이 우리를 믿을 것이다. 당나라 때나 원나라 때 관례대로 젊은 인재를 청나라에 파견하여 학교에 입학하게 하고, 그 나라에서 벼슬하게 하며, 상인이 오가는 것을 금하지 않는다면, 저들은 반드시 친하게 지내려는 뜻으로 알고 허락할 것이다. 나라 안의 젊은 인재를 가려 뽑아서 머리를 깎아 변발하고 만주족 복장을 입혀라. 인재 가운데 군자는 청나라의 외국인을 위한 과거에 응시하게 하고, 상인은 멀리 강남 지역까지 가서 장사하게 한다. 그래서 저들의 허실을 엿보게 하고, 호걸과 결탁하도록 한다면 천하를 도모하고 나라의 치욕도 씻을 수 있다. 만약 명나라 황제의 후손을 구해 보다가 구하지 못한다면 천하의 제후와 힘을 합쳐 하늘에 인재를 추천하여 황제를 세운다. 잘만 되면 대국의 스승이 될 수 있고, 조선으로 물러나더라도 제후국의 우두머리는 될 수 있을 것이다."

이 정승은 낙담하여 말을 이었다.

"사대부가 예법을 굳게 지키니 어느 누가 머리를 깎아 변발하고 만주족 의복을 입으려 하겠습니까?"

허생이 큰 소리로 꾸짖어 말하였다.

"이른바 사대부란 게 도대체 뭐냐? 예맥 오랑캐 땅에 태어난 주제에 자칭 사대부라니 멍청하기 짝이 없구나! 옷가지를 새하얗게 입으니 이야말로 초상을 치르는 복장이다. 머리를 송곳처럼 정수리에 모아 상투를 틀었으니 이야말로 남쪽 오랑캐의 방망이 상투이다. 무얼 가지고 예법이라고 하는 게냐? 옛날 번오기(樊於期)는 원수를 갚으려고 제 머리도 아낌없이 잘랐고,[31] 무령왕(武靈王)은 나라를 강하게 만들려고 흉노의 옷 입기를 부끄러워하지 않았다.[32] 지금 명나라를 위해서 원수를 갚는다고 떠들면서 그래 머리털 하나를 아까워하느냐? 이제 곧 말을 치달리고 검을 부딪치며 창으로 찌르고 활을 당기고 돌을 날리는 전투가 벌어질 텐데, 헐렁한 소매를 바꾸지는 않고 예법이나 지키겠다고? 내가 처음으로 세 가지 방안을 말해 주었거늘 너는 실행할 수 있는 것이 한 가지도 없다고 하면서 제 입으로 신임받는 신하라고? 신임받는 신하가 고작 이 정도냐? 이놈은 베어 버려야 옳다."

좌우를 둘러보며 검을 찾아서 찌르려고 했다. 이 정승은 화들짝 놀라서 벌떡 일어나더니 펄쩍 뛰어 뒷문을 통하여 잽싸게 달아났다. 다음 날 다시 찾아갔더니 집은 벌써 비고 허생은 온데간데없었다.

---

31) 번오기는 전국 말엽의 진나라 장수로 가족이 모두 처형되자 연(燕)나라로 달아났다. 형가(荊軻)가 진시황을 저격하러 떠날 때 원수를 갚기 위하여 자기 머리를 베어 주어 진시황을 만날 수 있게 했다.
32) 무령왕은 전국 중엽의 조(趙)나라 왕이다. 강한 나라를 만들기 위해 북방 흉노족의 복식을 채택하고 기병 위주의 전투법을 익히게 했다.

차수(次修)33)는 말한다. 이 글은 대체로 「규염객전(虬髥客傳)」34)을 바탕으로 「화식전(貨殖傳)」35)을 결합했는데 그 속에는 조헌(趙憲)의 「동환봉사(東還封事)」36)와 유형원(柳馨遠)의 『반계수록』, 이익(李瀷)의 『성호사설(星湖僿說)』37)에서 말하지 못한 내용이 들어 있다. 글의 전개가 특히 시원하고 호탕하며 비감하고 분노에 차 있어 압록강 동쪽에서 몇 편

---

33) 차수는 초정(楚亭) 박제가(朴齊家, 1750~1805)의 자다. 박제가는 1778년 무렵 「장난삼아 왕사정의 '세모회인시' 60수에 차운하여 짓다[戱倣王漁洋歲暮懷人六十首]」 61수를 지었는데 박지원에게는 "연암의 문필은 사마천과 한유를 겸비했으니/ 고금을 종횡하여 깨달음을 얻었네./ 경륜을 마음껏 발휘한 행적을 보니/ 허생이 규염객임을 믿지 않겠는가?[燕巖文筆馬韓兼, 豎古橫今悟字拈. 自是經綸馳騁到, 許生不信是虬髥?]"라고 썼다. 박지원이 북경에 가기 이전인 1778년에 벌써 「허생」을 지어 두었다가 나중에 『열하일기』에 수록했음을 알 수 있고, 박제가가 그 무렵에 글을 읽고 이미 「규염객전」으로 평가했다.
34) 두광정(杜光庭)이 지었다고 전하는 호방한 협객의 활동을 묘사한 전기 소설. 수나라 말엽을 배경으로 하여 이정(李靖)과 홍불기(紅拂妓), 규염객(虬髥客) 등 영웅호걸이 펼치는 활약을 다루었다. 영웅이 외국으로 진출하는 내용이 「허생」과 비슷하다.
35) 사마천(司馬遷)의 『사기』 「화식열전」으로 고대에서 한나라 때까지 상업 활동을 서술했다. 각 지방의 풍속, 물산, 교통, 상업과 역사상 두각을 나타낸 거부의 행적을 기록하여 경제 활동의 가치를 부각했다.
36) 조헌(1544~1592)은 선조 때의 명신으로 1574년 5월에 북경을 여행했다. 명나라 문물제도의 번성함을 관람하고 조선에 반영하기에 알맞은 일 여덟 가지를 먼저 아뢰고 다음에 열여섯 개 조항을 간추려 선조에게 바쳤다. 1622년 안방준(安邦俊)이 두 상소문을 합하여 「동환봉사」를 간행했다.
37) 이익(1681~1763)은 영조 때의 저명한 실학자로 그의 대표적 저술이 『성호사설』이다. 조선 후기 실학을 대표하는 방대한 저술에서 천문과 지리, 정치와 제도, 사회와 경제, 학문과 사상, 인물과 사건 등 다방면에 걸쳐 조선 사회를 비판적으로 분석하고 대안을 제시했다.

안 되는 문장이다.[38]

후기[39]

어떤 사람은 이렇게 말한다.

허생은 명나라 유민이다. 숭정(崇禎) 황제가 자결하여 명나라가 망한 갑신년(甲申年, 1644) 이후에 조선으로 건너와서 거주한 명나라 사람이 많았다. 혹시 허생이 그중 한 명이라면 성씨도 허씨가 아닐 것이다.

세상에서는 다음 이야기가 전해 온다.

판서 조계원(趙啓遠)[40]이 경상도 감사가 되어 군현을 순시하는 길에 청송에 이르렀다. 길옆에 중 둘이 포개어 누워 있어서 선도하던 수행원이 이르러 꾸짖어도 피하지 않고 채찍을 내리쳐도 일어나지 않았다. 여럿이서 잡아끌어도 꿈쩍하지 않았다. 조 공이 이르러 가마를 멈추고 중에게 무엇 하느냐고 물었다. 중은 일어나 앉기는 했으나 더욱 도도하게 흘겨보며 한참을 있다가 말했다.

---

38) 이 평문이 저본에는 실리지 않았으나 여러 종의 필사본에 수록되어 보충했다.
39) 저본을 비롯하여 다수의 초고본에 수록되었다.
40) 조계원(1592~1670)은 병자호란 때 유장(儒將)으로 천거되었고 심양에 볼모로 간 소현세자를 보필했다. 북벌론에 앞장선 관료의 한 사람이다. 효종 3년(1652)에 경상도 관찰사가 되었고, 이후 형조 판서를 지냈다.

"너는 허세를 부리고 권력에 추종하여 감사 자리를 꿰 찼거늘 구차하게 그러느냐?"

조 공이 중을 살펴보니 하나는 붉은 얼굴에 둥글었고, 하나는 검은 얼굴에 기름했다. 말투가 꽤 평범치 않았다. 가마에서 내려 대화를 나누려고 했더니 중이 말했다.

"수행원을 물리치고 나를 따라오라."

조 공이 따라서 몇 리를 걸어가니 숨이 차고 땀이 그치지 않고 흘렀다. 잠깐 쉬어 가자고 했더니 중이 욕을 했다.

"너는 평상시 많은 사람이 있는 데서 항상 큰소리를 치더군. 직접 갑옷을 입고 날랜 칼을 잡고서 선봉에 서서 명나라를 위해 복수하고 조선의 치욕을 씻겠다고 말이야. 이제 고작 몇 리를 걸었을 뿐이거늘 한 걸음에 열 번을 헐떡이고 다섯 걸음에 세 번을 쉬니 그래서야 요동의 드넓은 벌판을 달릴 수 있겠느냐?"

어떤 바위 아래 이르니 나무에 걸쳐서 지은 집이 있었고, 땔나무를 쌓아 놓고 그 위에서 앉고 누웠다. 목이 말라서 물을 달라고 하니 중이 말했다.

"이 사람은 귀한 신분이라 배가 고프기도 하겠군."

황정(黃精)[41]으로 만든 떡을 꺼내 주고, 또 솔잎을 가루 내어 계곡물에 섞어서 내주었다. 조 공이 이맛살을 찌푸리며 마시지 못하니 중은 다시 큰 소리로 욕을 했다.

"요동 벌판은 물이 멀리에 있어 목이 마르면 말 오줌도

---

41) 죽대의 뿌리로 한약재로 쓰인다.

먹어야 한다."

중은 서로를 붙잡고서 "손 장군님! 손 장군님!" 부르며 통곡했다. 그러고는 조 공에게 물었다.

"오삼계(吳三桂)가 운남(雲南)에서 군사를 일으켜 강소(江蘇)와 절강(浙江) 지방에 소동이 난 사실[42]을 너는 알고 있느냐?"

"미처 듣지 못했습니다."

중은 탄식을 토하며 말했다.

"감사라는 자가 천하에 이렇게 큰 사건이 일어났는데도 듣지도 못하고 알지도 못하고 있구나. 큰소리만 치고 관직을 차지한 거야."

조 공이 중에게 "스님들은 누구시오?"고 물었더니 중이 답했다.

"굳이 물을 것 없다. 세상에는 나를 아는 자가 틀림없이 있을 테니 말이야. 너는 잠깐 앉아서 나를 기다리거라. 스승님을 모시고 함께 올 텐데 너한테 할 말이 있다."

둘이 함께 일어나 깊은 산중으로 들어갔다. 조금 있으니 해가 졌는데 중은 오래돼도 돌아오지 않았다. 조 공은 중이 돌아오기만을 기다리는데 밤이 깊어져 풀숲이 움직

---

42) 오삼계(1612~1678)는 명나라의 장수로 명나라가 망할 때 청나라에 협력했고, 1657년에는 운남성을 점령하여 영력제(永曆帝)를 생포했다. 세력을 확장한 이후 광동(廣東)의 상가희(尙可喜), 복주(福州)의 경중명(耿仲明)과 함께 삼번(三藩)이라 불렸는데 1673년에 청나라에 반기를 들고 난을 일으켰으나 패하여 멸망했다. 이것이 청나라 초기에 발생한 삼번의 난이다.

이고 바람이 울면서 범이 다투는 소리가 들렸다. 너무 두려운 나머지 조 공은 까무러칠 지경이었다. 이윽고 수행원 무리가 햇불을 밝혀 들고 감사를 찾아 이르렀다. 조 공은 낭패하여 산골짜기를 벗어났다.

오랜 시간이 흘러도 조 공은 한가롭게 있을 때면 항상 가슴이 답답하고 한스러웠다. 나중에 조 공이 우암(尤菴) 송시열(宋時烈)43) 선생에게 사연을 말하고 그 중이 누구인지 물었더니 선생은 이렇게 말했다.

"이들은 명나라 말엽의 총병관(總兵官)44)인 듯하네."

"저에게 꼭 너니 나니 얕잡아 부른 것은 무엇 때문인지요?"

"조선의 승려가 아님을 밝히려는 뜻이겠지. 땔나무를 쌓아 놓은 것은 와신상담(臥薪嘗膽)의 뜻이네."

"통곡하면서 반드시 손 장군님을 부른 것은 무엇인지요?"

"태학사(太學士) 손승종(孫承宗)45)을 말한 듯하네. 손승종이 일찍이 병부상서로 산해관(山海關)에서 군대를 지

---

43) 송시열(1607~1689)은 효종 숙종 때의 문신이자 학자로 자는 영보(英甫), 우암은 호다. 효종 숙종 시대에 서인 노론 당파의 영수로서 효종의 북벌 정책을 보좌했다.
44) 명나라 군사 요직의 하나로 변방 방어를 위해 총병 제도를 도입했다. 요동 지역에 요동총병관이 최고 사령관이었고, 그 아래에 부장(部將), 참장(參將), 유격(遊擊) 등의 직책이 설치되었다.
45) 손승종(1563~1638)은 명나라 말기의 관료로 병부 상서와 동각태학사(東閣太學士)의 고위직을 역임했다. 요동에서 군사 활동을 했고, 벼슬에서 물러난 뒤 청나라 군대와 싸우다 순국했다.

휘한 적이 있었으니 두 사람은 손승종 휘하에 있던 부하인
듯하네."

허생의 일화 뒤에 쓰다[書許生事後][46]

나는 스무 살 때 봉원사(奉元寺)[47]에서 글을 읽었다.
어떤 손님 하나가 있었는데 소식(小食)을 하고, 밤잠을 자
지 않으면서 도인법(導引法)[48]을 익혔다. 해가 중천에 뜨
면 으레 벽에 몸을 기대고 앉아서 잠깐 눈을 붙이고 용호
교(龍虎交)[49]를 수련했다. 나이가 상당히 들어 보여서 나
는 공경하는 태도로 대했다. 노인은 때때로 나에게 허생
이야기와 염시도(廉時道),[50] 배시황(裵是晃),[51] 완흥군 부

---

46) 저본에는 실리지 않았으나 『연암집초고보유9』(총서14)에는 수록되었
다. 일재본, 다백운루본 등 몇 종의 필사본에는 제목 없이 수록되었기에 보
충했다.
47) 서울 서대문구 봉원동 안산에 있는 절로 태고종의 총본산이다. 18세기
이래 왕실의 보호를 받아 사세가 확장되면서 한양 근교의 대표적 사찰로 거
듭났다.
48) 도교에서 장수하고 신선이 되기 위한 양생법을 말한다.
49) 도교의 수련법 가운데 하나로 사시(巳時)와 오시(午時)에 모든 생각을
끊고 수면 상태로 들어가는 수행이다.
50) 숙종조 남인의 영수인 허적(許積)의 충직한 청지기로 길에서 말값 100
냥을 주워 주인에게 돌려주고, 여인과 기이한 인연을 맺었다. 김경천(金敬
天, 1675~1765)이 1716년에 지은 한문 소설 「염승전(廉丞傳)」의 주인공으
로 후대에 야담과 소설에서 자주 다뤄졌다.
51) 효종 때 청군과 함께 러시아 군대를 공격한 나선정벌(羅禪征伐)에 참

인(完興君夫人)⁵²⁾ 이야기를 들려주었다. 몇만 글자에 이르는 이야기를 여러 날 동안 끊임없이 말했는데 야릇하고 기이하고 괴상하고 변화무쌍하여 어느 이야기나 들음 직했다. 당시에 자기 성명을 윤영(尹映)이라 했으니 병자년(1756) 겨울의 일이었다.

그 뒤로 계사년(1773) 봄에 관서 땅을 여행하여 성천의 비류강(沸流江)에서 배를 띄워 십이봉(十二峯)⁵³⁾ 아래에 이르렀다. 작은 암자가 있었는데 윤영이 홀로 중 한 사람과 거처하고 있었다. 나를 보고서 뛸 듯이 기뻐하여 그동안 고생이나 하지 않았는지 물었다. 그사이에 십팔 년이 흘렀으나 용모는 더 늙지 않아서 여든이 넘어 보였으나 걸음걸이가 나는 듯했다. 내가 허생에게는 한두 가지 모순되는 사연이 있다고 물었더니 노인은 바로 설명해 주었다. 마치 어제 겪은 일인 듯 또렷하게 말해 주었다. 그리고는 이렇게

여한 군인이다. 신류(申瀏) 장군이 기록한 『북정일록(北征日錄)』이 전하는데 박지원은 『양매시화(楊梅詩話)』에 그 내용을 줄여서 수록했다. 그의 활약을 다룬 소설 『배시황전』 등 다양한 기록이 전한다.
52) 완흥군은 최기남(崔起南, 1559~1619), 이유징(李幼澄, 1562~1593), 이섭(1664~1692) 등이 있다. 부인의 행적이 흥미를 끄는 경우는 최기남의 부인 전주 유씨(全州柳氏)로 남편을 대신하여 생계를 책임지고 곤궁한 사람을 구휼했다. 어렸을 때 거미줄에 걸린 벌레를 구해 주었더니 꿈에 벌레가 나타나 십 년 뒤에 큰 경사가 있을 것이라고 알려 주었다. 나중에 과연 남편이 문과에 급제했고 아들 최명길(崔鳴吉) 등이 재상이 되었다. 신흠(申欽)이 지은 「최영흥묘지명(崔永興墓誌銘)」에 나온다.
53) 현재의 평안남도 성천군에 있는 명승지로 관서 팔경의 하나다. 비류강을 따라 열두 개 봉우리가 솟아 있어 성천십이봉 또는 무산십이봉이라 한다.

덧붙였다.

"자네는 예전에 한유(韓愈)[54]의 글을 읽었으니 이제는 익숙하겠지."

또 뒤를 이어 말했다.

"자네가 예전에 허생의 전기를 쓰고 싶다고 했으니 이제는 다 지었겠군."

나는 아직 짓지 못했노라고 말하고 사과했다. 말을 나누는 사이에 나는 그를 윤(尹) 노인이라 불렀다. 그랬더니 노인이 말했다.

"내 성은 현(玄)[55]이지 윤이 아닐세. 자네가 잘못 알았네."

나는 깜짝 놀라서 이름을 물었더니 노인은 "내 이름은 색(嗇)일세."라고 했다. 그래서 나는 따져 물었다.

"어르신의 성명은 윤영이 아닌지요. 이제 무슨 이유로 현색이라 하시나요?"

그러자 노인은 크게 화를 내어 말했다.

"자네가 잘못 알아 놓고서 남더러 성명을 고쳤다고 하는 건가!"

나는 다시 따지려 했으나 노인이 사뭇 화를 더 내며 검은 눈동자를 이글거렸다. 나는 그제야 노인이 우리와는 길이 다른 사람임을 알아차렸다. 폐족(廢族)일 수도 있고, 아

---

54) 당나라의 문인이자 시인이다. 문체를 개혁한 고문(古文) 운동을 일으켜 당대 이후 중국 산문 문체의 표준을 확립했다. 당송 팔대가의 우두머리다.
55) 현(玄)이 일재본 등에는 신(辛)으로 되어 있다. 청나라 강희제의 이름이 현엽(玄燁)이기 때문에 기휘(忌諱)하여 비슷한 글자로 바꾼 것이다.

니면 삿된 도나 이단을 따르며 사람을 피하여 자취를 숨기는 무리일 수도 있으나 어느 게 맞는지는 알 수 없었다. 내가 문을 닫고 떠나는데 뒤에서 노인이 혀를 끌끌 차며 말하는 소리가 들렸다.

"허생의 아내는 참 가여워. 다시 밥을 굶는 처지이니……."

또 광주(廣州) 신일사(神一寺)[56]에는 한 노인이 머물고 있었는데 삿갓 이 생원(李生員)이라고 했다. 나이는 아흔이 넘었으나 범을 맨손으로 잡을 만큼 힘이 셌고, 바둑과 장기를 잘 두었다. 가끔 우리나라 옛일을 이야기할 때는 활력이 펄펄 넘쳤다. 그 노인의 이름을 아는 사람이 없었으나 나이와 생김새를 들어 보니 윤영과 흡사했다. 나는 한번 만나 보려고 했으나 뜻을 이루지 못했다.

세상에는 본디 이름을 감추고 몸을 숨기며 세상을 희롱하고 비웃으며 사는 이들이 있다. 그러니 허생 같은 사람이 없다고 의심할 수 있을까? 평계(平谿)[57]의 눈 내리는 밤에[58] 술을 조금 마시고 붓을 잡고 사연을 적는다. 연암이 쓰다.

---

56) 『여지도서』에는 광주부(廣州府) 관아 동쪽 30리에 신일사(新日寺)가 있다고 했다. 현재의 영장산에 있었던 사찰로 지금은 없어졌다. 한자 표기는 다르다.
57) 평계(平溪)는 현재의 종로구 평동 일대로 평동(平洞), 거평동(居平洞)으로 불렸다. 조선 시대에는 서대문 밖의 반송방(盤松坊)에 속했다. 평계는 처남 이재성의 집으로 『과정록』에는 1780년 이후 이 집에 머물렀다고 했다.
58) "눈 내리는 밤에[雪夜]"가 일재본 등에는 "국화 아래[菊下]"로 되어 있다.

3부

『연상각선본(煙湘閣選本)』의 소설

1 발승암기(髮僧菴記)[1]

　내가 강원도 금강산을 유람할 적에 골짜기 어귀를 들어서 자마자 고금의 많은 사람이 바위에 새겨 놓은 이름이 보였다. 큰 글자를 바위 깊이 파 놓아서 작은 틈이 한 군데도 남아 있

---

1) 발승암(髮僧菴)은 김홍연(金弘淵)의 호이다. 김홍연은 개성 사람으로 본관은 웅천(熊川)이다. 1740년에 무과에 급제했다. 발승암은 머리를 기른 스님이 사는 암자란 뜻인데, 머리를 깎지 않은 일반인이 집이 없어서 사찰에 머물고 있음을 자조적으로 표현했다. 효종 연간의 시인 두곡(杜谷) 홍우정(洪宇定, 1595~1656)이 읊은 "대명 천하에 집 없는 나그네요/ 태백산 산중에 머리 기른 중이로다.[大明天下無家客, 太白山中有髮僧.]"라는 비분강개한 지사의 삶을 노래한 시구에서 가져왔다. 이 시구는 대단히 유명하여 이옥의 희곡「동상기(東床記)」첫머리에도 등장한다. 대한 제국기의 문인 김택영은 개성 출신 명사의 삶을 기록한『숭양기구전(崧陽耆舊傳)』에서「김홍연전(金弘淵傳)」을 쓰고 박지원의 글을 언급했다. 또 1917년에 출간한『중편연암집』에 이 글을 뽑아 수록하고 문장을 호평했다.

지 않았다. 그 모양이 마치 공연을 구경하는 사람들이 어깨를 포개고 서 있고, 도회지 근교 공동묘지에 무덤이 올망졸망 늘어선 것 같았다. 예전에 새긴 이름이 이끼에 되덮이기가 무섭게 벌써 새로 새겨 붉은 먹물을 채운 이름이 선명했다. 벼랑이 무너지고 바위가 갈라진 천 길 낭떠러지에는 날아가는 새 그림자도 끊어졌는데 홀로 김홍연 세 글자만이 뚜렷했다. 나는 이상한 생각이 들어 혼잣말로 중얼거렸다.

'예로부터 관찰사는 그 위세가 사람의 생사를 좌지우지하였고, 봉래(蓬萊) 양사언(楊士彦)[2]은 기이한 풍경을 좋아하여 발자취가 이르지 않은 곳이 없었지. 그런 사람도 저런 곳에는 이름을 남기지 못하였다. 저런 데 이름을 새겨 놓은 자는 도대체 누구이길래 각자공(刻字工)[3]에게 다람쥐나 원숭이처럼 목숨을 걸도록 한단 말인가?'

그 뒤로 나는 나라 안의 명산을 두루 여행하여 남쪽으로는 속리산과 가야산을, 서쪽으로는 천마산과 묘향산을 올랐다. 외지고 깊숙한 곳에 이르러서는 사람의 발길이 닿지 않은 곳까지 다 찾아보았노라고 우쭐했다. 그러나 거기서도 항상 김홍연이 새겨 놓은 이름을 마주치자 분통이 치밀어 "웬 놈의 김홍연이 감히 이렇듯이 당돌하단 말이냐?"라고 욕을 퍼부었다.

틈만 나면 명산을 여행하는 사람도 큰 위험을 무릅쓰거나 갖은 어려움을 헤쳐 나가지 않고서는 기이하고 빼어난 절경을

---

2) 양사언(1517~1584)은 조선 중기의 명필로 산수를 사랑하여 포천 금수정 등에 발자취가 남아 있다.
3) 비석이나 바위에 글자를 새겨 넣는 기술자.

만날 수 없다. 나는 평소 예전에 여행한 행적을 돌이켜 생각할 때마다 등골이 오싹해지면서 후회하곤 했다. 그렇더라도 다시 산을 오르면 여전히 예전의 경계심을 허물고 험준한 바위를 밟아 오르고 으슥하고 깊은 계곡을 내려다보며 썩은 잔도(棧道)와 부서진 사다리에 몸을 의지했다. 이따금 천지신명에게 속으로 기도하면서 몸 성히 돌아가지 못할까 봐 두려움에 후들후들 떨곤 했다. 그런데 그곳에는 늘 붉은 주사(朱砂)를 채워 넣어 사슴 정강이처럼 큰 글자가 늙은 나무 등걸과 해묵은 칡넝쿨 사이에 보일락말락 엉켜 있었다. 그 이름은 영락없이 김홍연 세 글자였다. 그때는 거꾸로 곤경에 빠져 위태로운 순간 옛 친구를 만나기라도 한 듯이 반가웠다. 그 덕분에 힘을 더 내어 무릎으로는 기고 손으로는 부여잡고서 앞서거니 뒤서거니 나아갔다.

김홍연을 평소부터 잘 아는 사람이 있어서 내게 그의 행적을 말해 주었다.

"김홍연은 다름 아닌 왈짜[4]라오. 왈짜란 여항에서 세상 물정 모르고 허랑방탕하게 사는 이들을 부르는 말이니 이른바 검객이나 협객의 부류라오. 김홍연이 한창 젊은 시절에는 말타기와 활쏘기를 잘하여 무과에 급제하였소. 힘이 장사라 맨손으로 범을 잡았고, 기생 둘을 겨드랑이에 끼고서 몇 길 높이 담을 넘었소. 녹록하게 벼슬자리를 구할 뜻이 없었고, 집

---

[4] 원문은 활자(闊者)이다. 화류계에서 호협하게 노는 사람을 가리키는 말이다.

이 본래 큰 부자라서 재물을 오물 버리듯이 마구 썼소. 고금의 법첩과 명화, 명검, 거문고, 골동품, 기이한 화훼 등을 수집하였는데 마음에 쏙 드는 물건을 만나면 천금을 아끼지 않았소. 준마와 이름난 매를 항상 곁에 두었소. 지금은 늙어서 머리가 허옇게 세었는데 호주머니에 송곳과 끌을 넣고서 명산을 두루 놀러 다닌다오. 벌써 제주도로 들어가 한라산을 한 번 올랐고, 백두산을 두 번이나 올랐는데 간 데마다 바위에 이름을 제 손으로 새겨서 이런 사람이 있다는 것을 후세에 알리려 한다오."

그 말을 듣고 내가 물었다.

"이 사람이 누구요?"

"김홍연이오."

"당신이 말한 김홍연은 누구요?"

"자(字)가 대심(大深)이오."

"대심이란 자는 누구요?"

"이 사람은 호가 발승암이오."

"당신이 말한 발승암이란 자는 누구요?"

대화를 주고받던 이가 대꾸할 말이 없어졌기에 나는 웃으며 말했다.

"옛날에 사마상여(司馬相如)는 무시공(無是公)과 오유 선생(烏有先生)이란 있지도 않은 사람을 만들어서 상대방에게 트집을 잡아 따지기도 하였소.[5] 지금 내가 당신과 고색창연한

---

5) 사마상여는 한(漢)나라의 문인이다. 사마상여는 「자허부(子虛賦)」에서 자허(子虛), 오유 선생, 무시공이라는 가공의 인물 세 명을 설정하여 문답을 전개했다. 오유(烏有)는 '어디에 있겠느냐'는 뜻이고, 무시(無是)는 '이런

절벽 아래, 흐르는 물 사이에서 우연히 만나 서로 묻고 답하고 있소. 나중에 돌이켜 생각해 보면 모두가 오유 선생일 텐데 이른바 발승암이란 자가 어디에 있겠소?"

그 사람이 낯빛을 붉히고 발끈 화를 내며 말했다.

"내가 있지도 않은 잠꼬대 같은 이야기를 꾸며 말하겠소? 정말 이런 사람이 실제로 있소."

나는 소리 내어 웃고서 말했다.

"당신은 너무 고지식하구려. 옛날에 양자운(揚子雲)이 「진나라는 학정을, 신나라는 선정을 베풀었다[劇秦美新]」란 글을 지었는데[6] 왕안석(王安石)은 곡자운(谷子雲)이 지었지 양자운이 짓지 않았다고 확신하면서 양자운을 옹호하였소. 그랬더니 소식(蘇軾)이 '한나라 수도 장안(長安)에 양자운이란 사람이 정말 있었는지 없었는지 모르겠다.'라고 했소.[7] 저 두 자운(子雲)의 문장은 당세에 찬란하게 빛났고, 역사서의 전기

사람 없다'라는 뜻이다. 실제로 존재하지 않는 가공의 인물을 말한다.

6) 양자운은 양웅(揚雄, 기원전 53년~기원후 18년)으로 자운은 자(字)이다. 한나라 제위(帝位)를 찬탈하여 신(新)나라를 세운 왕망(王莽)에게 굴복했다. 왕망에게 아첨하여 글을 지어 바쳤다.

7) 곡자운은 한나라 말엽의 학자 곡영(谷永)이다. 동시대 사람인 양웅과 자를 같이 써서 혼동된다. 왕안석은 상식을 깨뜨리는 주장을 잘하여 왕망에게 굴복한 변절자라는 평을 듣는 양웅을 적극적으로 옹호했다. 그 주장을 소식이 기지를 발휘하여 비판했다. 소식은 「양웅을 논한 왕심보에게 보낸 답서[答王深甫論揚雄書]」에서도 왕안석의 논리를 비판했다. 한편, 「발승암기」를 「양반전」 등과 함께 소설 선집 『속제해지(續齊諧志)』에 수록한 오현상(吳顯相)은 「양웅의 일을 쓰다[書揚雄事]」를 지어 양웅을 옹호했다. 이 글은 같은 선집에 수록되었다.

에도 이름을 남겼으나 그래도 후세의 논객들이 이렇듯이 의심을 품었소. 그러니 깊은 산중 궁벽한 골짜기에 부질없는 이름을 써 놓은들 바람에 삭고 비에 갈라져 100년을 넘기지 못하고 갈려서 없어질 이름이야 말해 무엇 하겠소?"
그 사람도 소리 내어 웃고서 떠나갔다.
그로부터 아홉 해가 흘러서 나는 김홍연을 평양에서 만났다. 어떤 사람이 등지고 선 사람을 손가락으로 가리키며 "이 사람이 김홍연이오."라고 말했다. 나는 그의 자를 불러서 "대심! 그대는 발승암이 아니오?"라고 물었다. 김홍연이 머리를 돌려 유심히 살펴보더니 물었다.
"그대는 나를 어떻게 아시오?"
내가 대답했다.
"금강산 만폭동에서부터 그대를 벌써 알고 있었소. 그대의 집은 어디에 있소? 옛날에 소장했던 물건을 아직도 많이 가지고 있소?"
김홍연은 낙심한 투로 대답했다.
"집이 가난해져 다 팔아 치웠소."
"어째서 발승암이라 했소?"
"불행히도 병을 앓아 불구자가 된 데다 몸은 늙고 아내가 없소. 늘 사찰에 의지하여 지내는 처지라서 그렇게 이름 지었소."
말투와 행동거지를 살펴보니 예전의 버릇과 기상이 아직도 남아 있었다. 젊은 시절의 모습을 보지 못한 것이 아쉬웠다.
하루는 내가 머물고 있는 숙소로 찾아와 부탁했다.
"나는 늙어서 곧 죽게 될 텐데 마음은 벌써 죽은 거나 다름 없소. 머리털이 남아 있기는 하지만 머무는 곳은 언제나 중이 사는 절이오. 바라건대 선생의 문장에 의탁하여 이름을 전하고 싶소이다."

늙어서도 잊지 못하고 여전히 뜻이 남아 있는 김홍연을 보고 나는 마음이 슬펐다. 드디어 옛날에 산에서 여행객과 주고받은 대화를 글로 써서 그에게 주었다. 그를 위해 다음 게송(偈頌)을 지어 주었다.

까마귀는 온갖 새가 까맣다고 믿고
백로는 다른 새가 희지 않음을 이상하게 본다.
흰 것과 검은 것이 서로 제가 옳다고 하니
하늘은 틀림없이 판정하기를 싫어하리라.
사람은 누구나 두 개의 눈을 가졌으나
한쪽 눈을 잃어도 볼 수는 있다.
꼭 두 개의 눈이 있어야 보는가?
외눈박이 나라도 있다.
두 개의 눈도 오히려 적다고 여겨
이마에 눈 하나가 더 있기도 하다.
더구나 관음보살이 또 있어서
형상을 바꿔 눈이 천 개나 된다.
천 개의 눈을 가진들 어디에 쓰랴?
장님도 검은빛은 볼 수 있네.
김홍연은 큰 병에 걸린 뒤로는
부처에 의지하여 살고 있네.

돈을 많이 쌓아 두고 쓰지 않으면
가난한 거지랑 다를 게 뭐람.
중생은 제각각 살면 그만이니
억지로 남을 본떠 살 것 없네.
대심은 뭇사람과 크게 다르니
그렇기에 이상한 눈으로 보는 거지.

이름나기를 간절하게 좋아하여 외물에 의탁하여 사라지지 않을 이름을 도모하는 세상 사람을 깨우쳤다. 이 글을 보는 사람 가운데 망연자실하지 않을 자가 없으리라.

붓은 춤추고 먹은 펄쩍펄쩍 뛴다. 『시경』에서 "북을 둥둥 치니/ 펄펄 뛰며 칼을 휘두르네."[8]라는 구절이 이런 글을 말하지 않을까?

게송의 문장은 특히 원만하고 깨우침이 있으며, 경계하고 계발함이 있다.

「영감게(靈感偈)」와 「나한찬(羅漢贊)」,[9] 사이에 놓아두면 어느 것이 옛것이고 어느 것이 오늘날 것인지 모르리라.[10]

---

8) 『시경』의 「패풍(邶風)」 '격고(擊鼓)'의 한 구절이다.
9) 두 편 모두 소식(蘇軾)이 지은 글로 불교적 문체와 내용을 가지고 있다. 「영감게」는 「영감관음게(靈感觀音偈)」의 축약이고, 「나한찬」은 「십팔대아라한송(十八大阿羅漢頌)」의 축약이다.
10) 이상 4개의 글은 「발승암기」에 대한 평문인데 평자가 누구인지는 알 수 없다.

2 열녀함양박씨전(烈女咸陽朴氏傳)[1]

제(齊)나라 사람이 "열녀는 남편을 두 사람 얻지 않는다."[2] 라고 했는데『시경』「백주(柏舟)」편에서 그런 열녀를 찬미했다.[3] 그러나 우리나라는 법전에서 "개가한 여인의 자손에게

---

1) 『연암집』권1, 『연상각선본』에 실려 있다. 제목이 사본에 따라 달라서 「열녀전(烈女傳)」, 「박열부전(朴烈婦傳)」, 「열녀함양박씨전병서(烈女咸陽朴氏傳幷序)」 등으로 되어 있다. 이 소설은 사본이 많이 전하고 사본에 따라 글자와 문구의 차이가 많고, 지워진 구절도 여럿이다. 교감을 거쳐 뜻에서 크게 차이 나는 것은 주석으로 밝혔다.
2) 제나라는 전국 시대 산동 지역에 있던 나라이고, 제나라 사람은 왕촉(王蠋)이다. 제나라를 침공하여 항복을 권유한 연(燕)나라 장수에게 왕촉은 "충신은 두 임금을 섬기지 않고, 열녀는 남편을 두 사람 얻지 않는다."라고 말하고 목을 매어 자결했다. 『사기』「전단열전(田單列傳)」에 나온다.
3) 「백주」는 『시경』'용풍(鄘風)'에 속한 작품이다. 위(衛)나라 태자 공백(共伯)의 아내인 공강(共姜)이 남편이 죽은 뒤에 재가하지 않은 정절을 찬미

는 정직(正職)을 주지 않는다."라고 아예 규정해 놓고 있다.[4] 이 규정이 어찌 일반 가정과 평범한 백성을 대상으로 만들었으랴?[5] 우리 왕조가 400년을 이어 오면서 오래도록 베풀어 온 조정의 교화에 백성들이 푹 젖었다. 신분이 귀하고 천하고를 가리지 않고, 집안이 미천하고 현달하고를 따지지 않고 과부가 되면 수절하지 않는 여인이 없어서 마침내 풍속으로 굳어졌다. 옛날에 열녀라고 부른 여인은 오늘날 과부에게 딱 들어맞는다.

시골 농가의 젊은 며느리나 도회지 골목의 청상과부는 부모가 재가하라고 억지로 권하지도 않고, 자손에게 벼슬을 주지 않는 남부끄러운 일이 일어나지도 않는다.[6] 그런데도 과

했다. 『연암초고』 「열녀전」에는 이 뒤에 "모든 사람에게 강요할 수 있는 것이 아니다."라는 글이 지워져 있다.
4) 『경국대전』 이전(吏典) 경관직(京官職) 조에 "실행(失行)한 부녀와 재가한 여인의 소생은 동반(東班)과 서반(西班)의 직책에 서용(敍用)하지 못한다. 증손에 이르러서야 비로소 허용한다."라고 규정했다. 이 규정은 이후 『속대전(續大典)』과 『대전통편(大典通編)』에도 유지되었다.
5) 『면양잡록8』, 『백척오동각집』(한중연 소장)에는 이 문장이 "이것은 의관을 갖춰 입는 사족에게 적용되었지 일반 가정이나 평범한 백성은 법의 적용 대상에 들어 있지 않았다. 그러나"로 되어 있다. 『연암초고』와 『담총외기』 「열녀전」에는 이 뒤에 "그러니 의관을 갖춰 입는 사족(士族)이 진실로 시서(詩書)를 익히고 예의를 지키는 데서 나온다."라는 내용이 더 들어 있다.
6) 『면양잡록 8』, 『백척오동각집(百尺梧桐閣集)』(한중연 소장)에는 "자손에게 ……않는다."가 "강제로 폭행하거나 뜻하지 않은 일이 발생할 걱정도 없다."로 되어 있다.

부로 수절하는 것만으로는 부족하게 여겨 흔히 한낮의 촛불처럼 희미한 목숨을 스스로 끊고서 남편을 따라 밤처럼 어두운 무덤 속에 들어가기를 소원한다. 물에 빠져 죽든 불에 타서 죽든 독약을 마시든 목을 매든 낙원으로 가는 길을 걸어가듯 목숨을 버리니 열녀는 열녀로되 너무 지나친 처사가 아닐까?

옛날에 이름난 벼슬아치 형제가 있었는데 요직에 진출하려는 어떤 사람을 막고자 하여 어머니 앞에서 상의했다. 그 어머니가 무슨 허물이 있다고 남의 벼슬길을 막으려 하느냐고 물었다. 형제가 이렇게 대답했다.
"그의 조상 가운데 과부가 있었는데 처신을 두고 세상에서 쑥덕쑥덕 상당히 시끄럽습니다."
어머니가 깜짝 놀라 물었다.
"규방에서 벌어진 일일 텐데 어떻게 알았단 말이냐?"
"바람결에 소문이 들립니다."
"바람은 소리가 있기는 하나 형체가 없다. 눈으로 보려 해도 보이는 게 없고, 손으로 잡으려 해도 잡히는 게 없다. 허공에서 생겨나 만물을 들떠 요동치게 한다. 어째서 형체가 없는 일을 가지고 들떠 요동치는 속에서 남을 논박하는 게냐? 게다가 너희는 과부의 자식이 아니냐? 아니 과부의 자식이 과부를 논할 수 있느냐? 게 좀 앉거라! 내가 너희에게 보여 줄 게 있다."
어머니는 품속에서 동전 하나를 꺼내 보여 주고 물었다.

"동전에 윤곽이 남아 있느냐?"
"없습니다."
"동전에 문자가 남아 있느냐?"
"없습니다."
어머니는 눈물을 흘리고 이렇게 말을 이었다.
"이것은 네 어미가 죽음을 참아 낸 부적이란다. 십 년 동안 손으로 만지작거려서 윤곽도 문자도 다 갈려 없어졌다. 무릇 사람의 혈기는 음양에 뿌리내리고, 정욕은 혈기에 모여 있으며, 그리움은 외로움에서 생겨나고, 슬픔은 그리움에서 일어난다.
과부란 외롭게 지내면서 슬픔이 극심한 사람이다. 혈기가 때때로 왕성해지면 과부라고 욕정이 없겠느냐? 가물거리는 호롱불 아래 제 그림자만 마주 보고 홀로 밤을 지새우면 새벽은 징그럽게도 밝아 오지 않는다. 거기에 추녀 끝에서 빗방울이 똑똑 떨어지거나, 창 너머 달이 하얀 빛을 흘려보내거나, 나뭇잎 하나 뜨락 위를 구르거나, 짝 잃은 기러기가 저 하늘로 울고 가기도 한다. 멀리서 들려오던 닭 우는 소리도 사라지고, 나이 어린 계집종은 아랑곳하지 않고 코를 골고 있다. 눈이 말똥말똥 잠들지 못할 때 누구에게 고충을 하소연하겠느냐?
그때 나는 이 동전을 꺼내 굴린단다. 동전은 방 안을 두루 더듬는데 둥글둥글하기에 잘도 구르다가 문지방에 걸려 멈춘다. 나는 동전을 찾아서 다시 굴리는데 밤마다 늘 대여섯 번을 굴리면 날이 어느새 개어 있었다. 십 년 사이에 해가 갈수록 굴리는 횟수가 줄어들더라. 십 년 뒤에는 닷새 만에 한 번

굴렸고, 열흘 만에 한 번 굴렸다. 혈기가 쇠약해진 이후로는 다시는 동전을 굴리지 않았다. 그래도 나는 이 동전을 열 겹으로 꽁꽁 싸매서 이십여 년 동안 소중히 간직하고 있으니 그동안 견디도록 도와준 공을 잊지 않고, 때때로 꺼내 보고 자신을 경계하려고 하기 때문이다."

마침내 형제와 어머니는 서로를 부둥켜안고 눈물을 흘렸다.

군자들이 이 이야기를 듣고서 "이 여인이야말로 열녀라고 해야 하겠다."라고 했다. 아! 이렇게나 고통스럽게 절개를 지키고 깨끗하게 처신했는데도 당세에는 세상에 알려지지 못했고 나중에는 이름이 사라져 전해지지 않는다. 도대체 왜 그럴까? 절의를 지켜 개가하지 않는 과부의 처신이 나라 전체에 통용되는 일상의 관례이기 때문에 목숨을 끊는 일이 일어나지 않으면 과부에게는 남다른 절개를 드러낼 방법이 없다.7)

내가 안의(安義) 현감8)이 되어 정사를 보기 시작한 이듬해 계축년(1793) 어느 달 어느 날이었다. 먼동이 틀 무렵 잠에서 설핏 깼는데 대청 앞에서 몇 사람이 숨을 죽이고 소곤소곤 말하는 소리가 들리더니 이어서 탄식을 토하며 슬퍼하는

---

7) 『면양잡록8』(총서12) 「박열부전(朴烈婦傳)」에는 이 뒤에 "꼭 몸을 훼손하여 무덤으로 따라가 함양 임술증의 아내처럼 해야만 열녀라고 할 수 있을까?"라는 내용이 지워져 있다. 박 씨의 죽음을 긍정하지 않는 글쓴이의 시각이 드러난 대목이라 나중에 지웠다.
8) 안의현은 현재 경상남도 함양군 안의면 일대의 옛 지명으로 본디 안음현(安陰縣)이었으나 영조 때 안의현으로 개명했다.

소리가 들려왔다. 다급히 알려야 할 일이 있으나 잠든 나를 깨우기 망설이는 눈치였다. 나는 일부러 큰 소리로 물었다.
"닭이 울었느냐?"
좌우에서 대답했다.
"벌써 서너 번 울었습니다."
"밖에 무슨 일이 있느냐?"
"통인(通引) 박상효(朴相孝)에게는 함양(咸陽)에 시집가서 일찍 과부가 된 조카딸이 있는데요 그 조카딸이 남편의 삼년상을 마치고 독약을 마셔서 숨이 끊어질 듯하답니다. 빨리 와서 구해 달라고 급한 연락이 왔습니다만, 상효가 마침 당번을 서고 있어서 감히 허락 없이 갈 수 없어서요. 황공하옵니다."
나는 어서 빨리 가 보라고 분부했다. 시간이 꽤 지난 뒤에 물어보았다.
"함양의 과부가 소생했다더냐?"
"벌써 죽었다고 들었습니다."
나는 길게 한숨을 내쉬고 말했다.
"그 여인은 열녀로구나!"
다시 여러 아전을 불러 모아 놓고 자세히 물어보았더니 아전이 말했다.
"함양에 열녀가 났다고 하지만 본래는 안의현 사람입니다."
"여인은 지금 나이가 몇이고, 함양의 누구에게 시집갔으며, 어려서부터 품행은 어떠했는지 너희들 가운데 아는 자가 있느냐?"
함양군 아전이 한숨을 쉬고 앞으로 나와 말했다.

"박씨 여인은 집안이 대대로 안의현 아전이었습니다. 그 아버지는 박상일(朴相一)로 일찍 사망하여 딸 하나만을 남겼는데 어미조차 일찍 죽었습니다. 여인은 어려서부터 조부모가 양육했는데 손녀로서 도리를 정성껏 하였습니다. 나이 열아홉이 되어서 함양 사람 임술증(林述曾)의 아내가 되었는데 시집도 대대로 함양군의 아전이었습니다. 술증은 평소 몸이 허약하여 한번 혼례를 올린 뒤로 집으로 돌아가서 반년도 채 살지 못하고 죽었습니다. 여인은 남편의 초상을 예를 다하여 치렀고, 시부모를 며느리 도리대로 정성껏 모셔서 두 고을의 친척과 이웃들이 모두 어질다고 칭찬이 자자하였답니다. 이제 와 보니 과연 틀린 말이 아닙니다."

늙은 아전 하나가 비감한 말투로 말했다.

"여인이 시집가기 몇 달 전에는 술증의 병이 뼛속까지 침투하여 사람 구실 할 가망이 전혀 없었는데요, 혼약을 물리라고 권하는 이가 있었다고 합니다. 조부모가 여인에게 넌지시 타일렀으나 여인은 묵묵부답이었습니다. 혼례일이 임박하여 여인 집에서 사람을 보내 술증을 살펴보게 하였더니 술증이 외모는 잘생겼으나 허로(虛勞)[9] 증세로 기침을 자주 하였고, 버섯처럼 서 있고 그림자가 걸어가는 듯하였답니다. 집안에서는 크게 두려워하여 다른 중매쟁이를 부르려 하였으나 여인이 정색하고 '저번에 재봉한 옷은 누구 몸에 맞춰 지었고, 또 누가

---

9) 기침이 자주 나고 피가 섞인 가래를 뱉거나 각혈하면서 몸이 점차 여위는 병증이다.

입을 옷이라고 했나요? 저는 처음 지은 옷을 지키렵니다.'라고 하였습니다. 집안에서 여인의 뜻을 알아차리고 마침내 사위를 맞아들였습니다. 첫날밤을 치렀다고는 하지만 사실은 밤새 빈 옷만 지켰다고 합니다."

얼마 뒤 함양 군수 윤광석(尹光碩)[10]이 밤에 이상한 꿈을 꾸고서 느낀 바가 있어 열부전(烈婦傳)을 지었고, 산청(山淸) 현감 이면제(李勉齊)[11]도 여인을 위해 전기를 지었으며, 거창 (居昌)의 신돈항(愼敦恒)은 글을 잘 짓는 선비인데 여인을 위 하여 절의를 지킨 자초지종을 엮어 글을 지었다.[12] 여인은 속으로 '나이 어린 과부가 세상에 오래 머물게 되면, 너무 오 래 친척들이 불쌍히 여기는 신세가 되거나 이웃 마을에서 망 령되게 넘겨짚는 처지를 벗어나지 못할 테니 차라리 이 몸이 빨리 죽어 없어지는 게 나으리라.'라고 생각하지 않았을까?

---

10) 윤광석(1747~1799)은 소론으로 1791년에서 1795년까지 함양 군수를 지내며 비슷한 시기에 안의 현감을 지낸 박지원과 교유했다.『연암집』에는 그의 부탁으로 지은「함양군학사루기(咸陽郡學士樓記)」등의 글이 실려 있다.
11) 이면제는 1793년에서 1796년까지 산청 현감을 지냈다.
12) 신돈항(1743~1809)은 거창의 아전 집안 후예로 학문과 문학에 뛰어나 문집을 남겼다. 이덕무가 함양군 사근역찰방(沙斤驛察訪)에 재임할 때 지은『한죽당섭필(寒竹堂涉筆)』에서 그의 학문과 품행을 호평했다.『유상곡 수정집(流觴曲水亭集)』에는 윤광석의「열부박씨전(烈婦朴氏傳)」, 이면제 의「박열부전(朴烈婦傳)」, 신돈항의「열부박씨행록(烈婦朴氏行錄)」이 모 두 필사되어 한 곳에 모아졌다. 이들 외에도 이학전(李學傳), 윤광안(尹光 顏), 정덕제(鄭德濟), 응윤(應允) 등이 박씨의 전기를 지었다. 또『면양잡 록』권8「박열부전」에는 이 문장 뒤에 그녀의 성품은 "효성과 의리를 유독 많이 갖고 있었다."라는 내용이 추가되어 있다.

아! 상복을 입고서 죽기를 참은 것은 장례를 치르기 위해서요, 장례를 치르고 나서 죽기를 참은 것은 소상(小祥)이 남아 있어서요, 소상을 치르고 죽기를 참은 것은 대상(大祥)이 남아 있어서다. 대상을 치르고 상례 절차가 다 끝나자 남편이 죽은 한날한시에 따라 죽었다. 처음 먹은 뜻을 끝내 실행에 옮겼으니 어찌 열녀가 아니랴?

원문

1부 『방경각외전(放璚閣外傳)』의 소설 원문

1 馬駔傳

友居倫季, 匪厥疎卑. 如土於行, 寄王四時. 親義別叙, 非信奚爲. 常若不常, 友迺正之. 所以居後, 迺殿統斯. 三狂相友, 遯世流離. 論厥譏誚, 若見鬚眉. 於是述馬駔.

馬駔·舍儈, 擊掌擬指, 管仲·蘇秦, 鷄狗馬牛之血信矣. 微聞別離, 抛䪏裂帨, 回燈向壁, 垂頭呑聲, 信妾矣. 吐肝瀝膽, 握手證心, 信友矣. 然而界準[音㦤]隔扇. 左右瞬目, 駔儈之術也. 動蕩危辭, 餂情投忌, 脅強制弱, 散同合異, 覇者·說士捭闔之權也.

昔者有病心而使妻煎藥, 多寡不適, 怒而使妾, 多寡恒適. 甚宜其妾, 穴牕窺之, 多則損地, 寡則添水, 此其所以取適之道也. 故附耳低聲, 非至言也; 戒囑勿洩, 非深交也; 訟情淺深, 非盛友也.

宋旭·趙闒拖·張德弘, 相與論交於廣通橋上. 闒拖曰:"吾朝日鼓瓢行丐, 入于布廛, 有登樓而貿布者, 擇布而舐之, 暎空而視之, 價則在口, 讓其先呼. 旣而兩相忘布, 布人忽然望遠山, 謠其出雲. 其人負手逍遙, 壁上觀畫."

宋旭曰:"汝得交態, 而於道則未也."德弘曰:"傀儡垂帷, 爲引繩也."宋旭曰:"汝得交面, 而於道則未也. 夫君子之交三, 所以處之者五, 而吾未能一焉. 故行年三十, 無一友焉. 雖然, 其道則吾昔者竊聞之矣. 臂不外信, 把酒盃也."

德弘曰: "然. 詩固有之. '鳴鶴在陰, 其子和之, 我有好爵, 吾與爾靡之', 其斯之謂歟?" 宋旭曰: "爾可與言友矣. 吾向者告其一, 爾知其二者矣. 夫[1]天下之所趨者勢也, 所共謀者名與利也. 盃不與口謀, 而臂自屈者, 應至之勢也. 相和以鳴, 非名乎? 夫好爵利也, 然而趨之者多則勢分, 謀之者衆則名利無功. 故君子諱言此三者久矣, 吾故隱而告汝, 汝則知之.

汝與人交, 無譽其善, 譽其成善, 倦然不靈矣. 毋醒其所未及, 將行而及之, 憮然失矣. 稠人廣衆, 無稱人第一, 第一則無上, 一座索然沮矣. 故處交有術, 將欲譽之, 莫如顯責, 將欲示歡, 怒而明之. 將欲親之, 注意若植, 回身若羞. 使人欲吾信也, 設疑而待之. 夫烈士多悲, 美人多淚, 故英雄善泣者, 所以動人. 夫此五術者, 君子之微權, 而處世之達道也."

䎞拖問於德弘曰: "夫宋子之言, 陳義謷牙, 廋辭也, 吾不知也."

德弘曰: "汝奚足以知之. 夫聲其善而責之, 譽莫揚焉. 夫怒生於愛, 情出於譴, 家人不厭時嗃嗃也. 夫已親而逾疎, 親孰踰之; 已信而尙疑, 信孰密焉. 酒闌夜深, 衆人皆睡, 默然相視, 倚其餘醉, 動其悲思, 未有不悽然而感者矣. 故交莫貴乎相知, 樂莫極乎相感, 狷者解其慍, 忮者平其怨, 莫疾乎泣. 吾與人交, 未嘗不欲泣, 泣而淚不下. 故行于國中三十有一年矣, 未有友焉."

䎞拖曰: "然則忠而處交, 義而得友, 何如?"

---

[1] 夫가 저본에는 없으나 『연암초고』에는 들어 있다.

德弘唾面而罵之曰: "鄙鄙哉! 爾之言之也. 此亦言乎哉! 汝聽之! 夫貧者多所望, 故慕義無窮, 何則? 視天莫莫, 猶思其雨粟, 聞人咳聲, 延頸三尺. 夫積財者, 不恥其名名, 所以絶人之望我也. 夫賤者, 無所惜, 故忠不辭難, 何則? 水涉不褰, 衣弊袴也. 乘車者, 靴加坒套, 猶恐沾泥, 履底尙愛, 而況於身乎? 故忠義者, 貧賤者之常事, 而非所論於富貴耳."

鬭拖愀然變乎色曰: "吾寧無友於世, 不能爲君子之交." 於是相與毀冠裂衣, 垢面蓬髮, 帶索而歌於市.

滑稽先生友情論曰, 續木, 吾知其膠魚肺也; 接鐵, 吾知其鎔鵬砂也. 附鹿馬之皮, 莫緻乎糊粳飯. 至於交也, 介然有閒. 燕越之遠也非閒也, 山川閒之非閒也, 促膝聯席非接也, 拍肩摻袂非合也. 有閒於其閒, 衛鞅張皇, 孝公時睡, 應侯不怒, 蔡澤嚌喑. 故出而讓之, 必有其人也; 宣言怒之, 必有其人也. 趙勝公子爲之紹介, 夫成安侯常山王, 其交無閒. 故一有閒焉, 莫能爲之閒焉. 故可愛非閒, 可畏非閒, 詔由閒合, 讒由閒離. 故善交人者, 先事其閒, 不善交人者, 無所事閒.

夫直則迕矣, 不委曲而就之, 不宛轉而爲之, 一言而不合, 非人離之, 己自阻也. 故鄙諺有之曰: '伐樹伐樹! 十斫無蹶.' 與其媚於奧, 寧媚於竈.' 其此之謂歟! 故導諛有術, 飭躬修容, 發言愷悌, 澹泊名利, 無意交遊, 以自獻媚, 此上詔也. 其次讜言款款, 以顯其情, 善事其閒, 以通其意, 此中詔也. 穿馬蹄, 弊薦席, 仰唇吻, 俟顔色, 所言則善之, 所行則美之, 初聞則喜, 久則反厭, 厭則鄙之, 乃疑其玩己也, 此下詔也.

夫管仲九合諸侯, 蘇秦從約六國, 可謂天下之大交矣. 然而宋旭·闟拖, 乞食於道, 德弘狂歌於市, 猶不爲馬駔之術, 而况君子而讀書者乎!

2 穢德先生傳

士累口腹, 百行餒缺. 鼎食鼎烹, 不誠饕餮. 嚴自食糞, 迹穢口潔. 於是述穢德先生.

蟬橘子有友曰穢德先生, 在宗本塔東, 日負里中糞, 以爲業. 里中皆稱嚴行首, 行首者, 役夫老者之稱也, 嚴其姓也. 子牧[2] 問乎蟬橘子曰:"昔者, 吾聞友於夫子曰:'不室而妻, 匪氣之弟', 友如此其重也. 世之名士大夫, 願從足下遊於下風者多矣, 夫子無所取焉. 夫嚴行首者, 里中之賤人役夫, 下流之處而恥辱之行也. 夫子亟稱其德曰先生, 若將納交而請友焉, 弟子甚羞之, 請辭於門."

蟬橘子笑曰:"居! 吾語若友. 里諺有之曰, '醫無自藥, 巫不己舞.' 人皆有己所自善而人不知, 懇然若求聞過. 徒譽則近諂而無味, 專短則近訐而非情. 於是泛濫乎其所未善, 逍遙而不中, 雖大責不怒, 不當其所忌也. 偶然及其所自善, 比物而射其覆, 中心感之, 若爬癢焉. 爬癢有道, 拊背無近腋, 摩膺毋侵項, 成說

---

[2] 子牧이『연암초고』에는 洛書로 되어 있다. 아래도 같다.

於空而美自歸, 躍然曰知, 如是而友, 可乎?"

子牧掩耳卻走曰:"此夫子敎我以市井之事·傭僕之役耳."

蟬橘子曰:"然則子之所羞者, 果在此而不在彼也. 夫市交以利, 面交以諂. 故雖有至懽, 三求則無不踈; 雖有宿怨, 三與則無不親. 故以利則難繼, 以諂則不久. 夫大交不面, 盛友不親, 但交之以心而友之以德, 是爲道義之交. 上友千古而不爲遙, 相居萬里而不爲踈.

彼嚴行首者, 未嘗求知於吾, 吾常欲譽之而不厭也. 其飯也頓頓, 其行也伈伈, 其睡也昏昏, 其笑也訶訶, 其居也若愚. 築土覆藁而圭其竇, 入則蝦脊, 眠則狗喙. 朝日熙熙然起, 荷畚入里中除溷. 歲九月天雨霜, 十月薄氷, 圊人餘乾·皁馬通·閑牛下·塒落鷄·狗鵝矢·笠豨苓·左盤龍·翫月砂·白丁香, 取之如珠玉. 不傷於廉, 獨專其利, 而不害於義, 貪多而務得, 人不謂其不讓. 唾掌揮鍬, 磬腰傴傴, 若禽鳥之啄也. 雖文章之觀, 非其志也; 雖鍾皷之樂, 不顧也.

夫富貴者, 人之所同願也, 非慕而可得, 故不羨也. 譽之而不加榮, 毁之而不加辱. 枉十里蘿蔔, 箭串菁, 石郊茄蓏·水瓠·胡瓠, 延禧宮苦椒·蒜韭·葱薤, 靑坡水芹, 利泰仁土卵, 田用上上, 皆取嚴氏糞, 膏沃衍饒. 歲致錢六千, 朝而一盂飯, 意氣充充然, 及日之夕, 又一盂矣. 人勸之肉則辭曰:'下咽則蔬肉同飽矣, 奚以味爲.'勸之衣則辭曰:'衣廣袖不閑於體, 衣新不能負塗矣.'歲元日朝, 始笠帶衣屨, 遍拜其隣里, 還乃衣故衣, 復荷畚入里中. 如嚴行首者, 豈非所謂穢其德而大隱於世者耶?

傳曰:'素富貴, 行乎富貴; 素貧賤, 行乎貧賤.'夫素也者, 定也.『詩』云:'夙夜在公,寔命不同,'命也者,分也.夫天生萬民,各有定分,命之素矣,何怨之有?食蝦䱉,思雞子,衣葛,羨衣絎,天下從此大亂,黔首地奮,田畝荒矣.陳勝·吳廣·項籍之徒,其志豈安於鋤耰者耶?『易』曰:'負且乘,致寇至.'其此之謂也!故苟非其義,雖萬鍾之祿,有不潔者耳;不力而致財,雖埒富素封,有臭其名矣.故人之大往,飲珠飯玉,明其潔也.

夫嚴行首,負糞擔溷以自食,可謂至不潔矣.然而其所以取食者至馨香.其處身也至鄙汙,而其守義也至抗高,推其志也,雖萬鍾可知也.繇是觀之,潔者有不潔,而穢者不穢耳.故吾於口體之養有至不堪者,未嘗不思其不如我者,至於嚴行首,無不堪矣.苟其心無穿窬之志,未嘗不思嚴行首,推以大之,可以至聖人矣.

故夫士也窮居,達於面目,恥也;既得志也,施於四體,恥也.其視嚴行首,有不忸怩者,幾希矣.故吾於嚴行首,師之云乎,豈敢友之云乎?故吾於嚴行首,不敢名之,而號曰穢德先生."

3 閔翁傳

閔翁蝗人,學道猶龍.託諷滑稽,翫世不恭.書壁自憤,可警惰慵.於是述閔翁.

閔翁者,南陽人也.戊申軍興,從征功授僉使,後家居,遂不復仕.翁幼警悟聰紿,獨慕古人奇節偉跡,慷慨發憤,每讀其一傳,未嘗不歎息泣下也.七歲大書其壁曰:'項槖為師,'十二書'甘羅

爲將,' 十三書'外黃兒遊說,' 十八益書'去病出祈連,' 二十四書 '項籍渡江.' 至四十, 益無所成名, 乃大書曰: '孟子不動心.' 年年 書益不倦, 壁盡黑. 及年七十, 其妻嘲曰: "翁今年畫烏未?" 翁喜 曰: "若疾磨墨!" 遂大書曰: '范增好奇計.' 其妻益恚曰: "計雖 奇, 將幾時施乎?" 翁笑曰: "昔呂尙八十鷹揚, 今翁視呂尙猶少 弱弟耳."

歲癸酉·甲戌之間, 余年十七八, 病久困劣, 留好聲歌書畵古 釖琴彝器諸雜物, 益致客, 俳[3]諧古譚, 慰心萬方, 無所開其 幽鬱. 有言閔翁奇士, 工歌曲, 善譚辨, 俶恎譎恢, 聽者人無不 爽然意豁也.

余聞甚喜, 請與俱至. 翁來而余方與人樂, 翁不爲禮, 熟視 管者, 批其頰大罵曰: "主人懽, 汝何怒也?" 余驚問其故, 翁曰: "彼瞋目而盛氣, 匪怒而何?" 余大笑, 翁曰: "豈獨管者怒也, 笛 者反面若啼, 缶者嚬若愁, 一座默然若大恐, 僮僕忌諱笑語, 樂 不可爲歡也." 余遂立撤去, 延翁坐.

翁殊短小, 白眉覆眼, 自言名有信, 年七十三, 因問余: "君何 病? 病頭乎?" 曰: "不!" 曰: "病腹乎?" 曰: "不!" 曰: "然則君不病 也." 遂闢戶揭牖, 風來颼然, 余意稍豁, 甚異昔者也.

謂翁: "吾特厭食, 夜失睡, 是爲病也." 翁起賀, 余驚曰: "翁何 賀也?" 曰: "君家貧, 幸厭食, 財可羨也. 不寐則兼夜, 幸倍年. 財羨而年倍, 壽且富也." 須臾飯至, 余呻嚬不擧, 揀物而嗅, 翁 忽大怒, 欲起去. 余驚問: "翁何怒去也?" 翁曰: "君招客, 不爲

---

3) 『연암초고』에는 誹로 되어 있다.

具, 獨自先飯, 非禮也.” 余謝留翁, 且促爲具食. 翁不辭讓, 腕肘呈袒, 匙箸磊落, 余不覺口津, 心鼻開張, 乃飯如舊.

夜翁闔眼端坐, 余要與語, 翁益閉口, 余殊無聊. 久之, 翁忽起, 剔燭謂曰: “吾年少時, 過眼輒誦, 今老矣, 與君約生平所未見書, 各默涉三再乃誦, 若錯一字, 罰如契誓.” 余侮其老曰: “諾!” 卽抽架上『周禮』, 翁拈「考工」, 余得「春官」. 小閒, 翁呼曰: “吾已誦.” 余未及下一遍, 驚止: “翁且居!” 翁語侵頗困, 而余益不能誦, 思睡乃睡. 天旣明, 問翁: “能記宿誦乎?” 翁笑曰: “吾未嘗誦.”

嘗與翁夜語, 翁弄罵坐客, 人莫能難. 有欲窮翁者, 問: “翁見鬼乎?” 曰: “見之.” “鬼何在?” 翁瞠目熟視, 有一客坐燈後, 遂大呼曰: “鬼在彼.” 客怒詰翁, 翁曰: “夫明則爲人, 幽則爲鬼. 今子[4]處暗而視明, 匿形而伺人, 豈非鬼乎!” 一座皆笑.

又問: “翁見仙乎?” 曰: “見之.” “仙何在?” 曰: “家貧者仙耳. 富者常戀世, 貧者常厭世, 厭世者非仙耶?” “翁能見長年者乎?” 曰: “見之. 吾朝日入林中, 蟾與兎爭長. 兎謂蟾曰: ‘吾與彭祖同年, 若乃晩生也.’ 蟾俛首而泣, 兎驚問曰: ‘若乃若[5]悲也.’ 蟾曰: ‘吾與東家孺子同年, 孺子五歲乃知讀書. 生于木德, 肇紀攝提, 迭王更帝, 統絶王春, 純成一曆. 乃閏于秦, 歷漢閱唐, 暮朝宋明, 窮事更變. 可喜可驚, 吊死送往, 支離于今. 然而耳目聰明, 齒髮日長, 長年者乃莫如孺子, 而彭祖乃八百歲夭夭, 閱世

---

4) 子가 저본에는 者로 되어 있으나 『연암초고』를 따라 수정했다. 문맥상 子가 맞다.
5) 이본에는 何로 되어 있다.

不多, 更事未久, 吾是以悲耳.' 兔乃再拜郤走曰: '若乃大父行也.' 由是觀之, 讀書多者, 最壽耳."

"翁能見味之至者乎?"曰: "見之·月之下弦, 潮落步土, 耕而爲田, 蔑其斥鹵, 粗爲水晶, 纖爲素金, 百味齊和, 孰爲不鹽."皆曰: "善! 然不死藥, 翁必不見也." 翁笑曰: "此吾朝夕常餌者, 惡得而不知? 大堅松盤, 甘露其零, 入地千年, 化爲茯靈. 蓼伯羅產, 形端色紅, 四體俱備, 雙紒如童. 枸杞千歲, 見人則吠, 吾嘗餌之, 不復飮食者, 蓋百日. 喘喘然將死, 鄰媼來視歎曰: '子病饑也. 昔神農氏嘗百草, 始播五穀. 夫效疾爲藥, 療饑爲食, 非五穀, 將不治.' 遂飯稻粱而餌之, 得以不死, 不死藥, 莫如飯. 吾朝一盂, 夕一盂, 今已七十餘年矣."

翁嘗支離其辭, 遷就而爲之, 莫不曲中, 內含譏諷, 蓋辯士也. 客索問, 無以復詰, 乃忿然曰: "翁亦見畏乎?" 翁默然良久, 忽厲聲曰: "可畏者, 莫吾若也. 吾右目爲龍, 左目爲虎, 舌下藏斧, 彎臂如弓. 念則赤子, 差爲夷戎, 不戒則將自噉自齮自戕自伐. 是以聖人克己復禮, 閑邪存誠, 未嘗不自畏也." 語數十難, 皆辨捷如響, 竟莫能窮. 自贊自譽, 嘲傲旁人, 人皆絶倒, 而翁顔色不變.

或言: "海西蝗官, 督民捕之." 翁問: "捕蝗何爲?" 曰: "是虫也, 小於眠蠶, 色斑而毛, 飛則爲螟, 緣則爲蟊, 害我稼穡, 號爲滅穀, 故將捕而瘞之耳." 翁曰: "此小虫, 不足憂. 吾見鍾樓塡道者皆蝗耳. 長皆七尺餘, 頭黔目熒, 口大運拳, 咿啞偶旅, 蹠接尻連, 損稼殘穀, 無如是曹. 我欲捕之, 恨無大匏." 左右皆大恐, 若眞有是虫然.

一日翁來, 余望而爲隱曰: "春帖子狁啼." 翁笑曰: "春帖子, 榜門之文, 乃吾姓也. 狁老犬, 乃辱我也. 啼則厭聞, 吾齒齔, 音嵲兀也. 雖然, 君若畏狁, 莫如去犬; 若又厭啼, 且塞其口. 夫帝者造化也, 尨者大物也. 著帝傅尨, 化而爲大, 其惟龍乎! 君非能辱我也, 乃反善贊我也."

明年翁死. 翁雖恢奇俶蕩, 性介直樂善·明於易, 好老子之言, 於書蓋無所不窺云. 二子皆登武科, 未官. 今年秋, 余又益病, 而閔翁不可見, 遂著其與余爲隱俳[6]諏, 言談譏諷, 爲「閔翁傳」, 歲丁丑秋也.

余誄閔翁曰: '嗚呼閔翁! 可怪可奇, 可驚可愕, 可喜可怒, 而又可憎. 壁上烏, 未化鷹. 翁蓋有志士, 竟老死莫施. 我爲作傳, 嗚呼死未曾.'

4 廣文者傳

廣文窮丐, 聲聞過情. 非好名者, 猶不免刑. 矧復盜竊, 要假以爭. 於是述廣文.

廣文者, 丐者也. 嘗行乞鍾樓市道中, 群丐兒, 推文作牌頭, 使守窠. 一日天寒雨雪, 群兒相與出丐, 一兒病不從. 旣而兒寒專纍欷, 聲甚悲·文甚憐之, 身行丐得食, 將食病兒, 兒業已死.

---

6) 『연암초고』에는 誹로 되어 있다.

群兒返, 乃疑文殺之, 相與搏逐文. 文夜匍匐入里中舍, 驚舍中犬, 舍主得文縛之. 文呼曰: "吾避仇, 非敢爲盜, 如翁不信, 朝日辨於市." 辭甚樸,[7] 舍主心知廣文非盜賊, 曉縱之. 文辭謝, 請弊席而去. 舍主終已恠之, 踵其後, 望見群丐兒曳一尸, 至水標橋, 投尸橋下. 文匿橋中, 裹以弊席, 潛負去, 埋之西郊之墦間, 且哭且語. 於是舍主執詰文, 文於是盡告其前所爲及昨所以狀·舍主心義文, 與文歸家, 予文衣, 厚遇文, 竟薦文藥肆富人作傭保.

久之, 富人出門, 數數顧, 還復入室, 視其扃, 出門而去, 意殊怏怏·旣還大驚, 熟視文, 欲有所言, 色變而止. 文實不知, 日默默, 亦不敢辭去. 旣數日, 富人妻兄子持錢還富人曰: "向者吾要貸於叔, 會叔不在, 自入室取去, 恐叔不知也." 於是富人大慚廣文, 謝文曰: "吾小人也, 以傷長者之意, 吾將無以見若矣." 於是遍譽所知諸君及他富人大商賈廣文義人, 而又過贊廣文諸宗室賓客及公卿門下左右. 公卿門下左右及宗室賓客, 皆作話套以供寢, 數月間, 士大夫盡聞廣文如古人. 當是時, 漢陽中皆稱廣文前所厚遇舍主之賢能知人, 而益多藥肆富人長者也.

時殖錢者, 大較典當首飾·璣翠·衣件·器什·宮室田僮奴之簿書, 參伍本幣以得當. 然文爲人保債, 不問當, 一諾千金. 文爲人貌極醜, 言語不能動人, 口大幷容兩拳, 善曼碩戲, 爲鐵拐舞. 三韓兒相訾傲, 稱"爾兄達文", 達文又其名也.

文行遇鬪者, 文亦解衣與鬪啞啞, 俯劃地若辨曲直狀, 一市

---

7) 辭甚樸이『연암초고』에는 辭甚款樸으로 되어 있다.

皆笑，鬭者亦笑，皆解去. 文年四十餘，尚編髮. 人勸之妻，則曰："夫美色，衆所嗜也. 然非男所獨也，唯女亦然也. 故吾陋而不能自爲容也."人勸之家，則辭曰："吾無父母兄弟妻子，何以家爲？且吾朝而歌呼入市中，暮而宿富貴家門下. 漢陽戶八萬爾，吾逐日而易其處，不能盡吾之年壽矣."

漢陽名妓，窈窕都雅，然非廣文聲之，不能直一錢·初羽林兒·各殿別監·駙馬都尉傔從垂袂過雲心，心名姬也. 堂上置酒皷瑟，屬雲心舞，心故遲不肯舞也. 文夜往，彷徨堂下，遂入座，自坐上坐. 文雖弊衣袴，舉止無前，意自得也. 眦膿而眵，陽醉噎，羊髮北髻. 一座愕然，瞬文欲毆之，文益前坐，拊膝度曲，鼻吟高低. 心卽起更衣，爲文釖舞，一座盡歡，更結友而去.

書廣文傳後

余年十八時，嘗甚病，常夜召門下舊傔，徵問閭閻奇事，其言大抵廣文事. 余亦幼時見其貌極醜，余方力爲文章，作爲此傳，傳示諸公長者，一朝以古文辭大見推詡. 蓋文時已南遊湖嶺諸郡，所至有聲，不復至京師數十年.

海上丐兒，嘗乞食於開寧水多寺，夜聞寺僧閒話廣文事，皆愛慕感嘆，想見其爲人. 於是丐兒泣，衆恠問之，於是丐兒囁嚅，遂自稱廣文兒. 寺僧皆大驚，時嘗予飯瓢，及聞廣文兒，洗盂盛飯，具匙箸蔬醬，每盤而進之. 時嶺中妖人，有潛謀不軌者，見丐兒如此其盛待也，冀得以惑衆，潛說丐兒曰："爾能呼我叔，富貴可圖也."乃稱廣文弟，自名廣孫以附文. 或有疑：

"廣文自不知姓, 生平獨, 無昆弟妻妾, 今安得忽有長弟·壯兒也?"遂上變, 皆得逐捕, 及對質驗問, 各不識面. 於是遂誅其妖人而流丐兒. 廣文旣得出, 老幼皆往觀, 漢陽市數日爲空.[8]

文指表鐵柱曰:"汝豈非善打人表望同耶?""今老無能矣." 盖望同其號也, 因相與勞苦. 文問:"靈城君·豐原君無恙乎?" 曰:"皆已下世矣.""金君擎方何官?"曰:"爲龍虎將."文曰:"此兒美男子, 體雖肥, 能挾妓超墻,[9] 用錢如糞土, 今貴人不可見矣. 粉丹何去?"曰:"已死矣."文嘆曰:"昔豐原君夜讌麒麟閣, 獨留粉丹宿. 曉起將赴闕, 丹執燭, 誤爇貂帽惶恐. 君笑曰:'爾羞乎?'卽與壓羞錢五千. 吾時擁首帕副裙, 候闌干下, 黑而鬼立. 君拓戶唾, 倚丹而耳曰:'彼黑者何物?'對曰:'天下誰不知廣文也.'君笑曰:'是汝後陪耶?'呼與一大鍾, 君自飲紅露七鍾, 乘軺而去, 皆昔年事也. 漢陽纖兒誰最名?"曰:"小阿其.""助房誰?"曰:"崔撲滿."曰:"朝日向古堂遣人勞我, 聞移家圓嶠下, 堂前有碧梧桐樹, 常自煑茗其下, 使鐵突皷琴."曰:"鐵突昆弟方擅名."曰:"然! 此金鼎七兒也, 吾與其父善."復悵然久之曰:"此皆吾去後事耳."文斷髮猶辮如鼠尾, 齒豁口䆟, 不能內拳云. 語鐵柱曰:"汝今老矣. 何能自食?" 曰:"家貧爲舍儈."文曰:"汝今免矣. 嗟呼! 昔汝家貲鉅萬, 時號汝黃金兜, 今兜安在?"曰:"今而後吾知世情矣."文笑曰:"汝可謂學匠而眼暗矣."文後不知所終云.

---

8) '海上丐兒 ……漢陽市數日爲空.'이『연암초고』에는 빠져 있다.
9) 超墻이『연암초고』에는 超數仞墻으로 되어 있다.

5 兩班傳

士廼天爵, 士心爲志. 其志如何, 弗謀勢利. 達不離士, 窮不失士. 不飭名節, 徒貨門地. 酤鬻世德, 商賈何異. 於是述兩班.

兩班者, 士族之尊稱也. 旌善之郡, 有一兩班, 賢而好讀書. 每郡守新至, 必親造其廬而禮之. 然家貧, 歲食郡糴, 積歲至千石. 觀察使巡行郡邑, 閱糴糶, 大怒曰:"何物兩班, 乃乏軍興!" 命囚其兩班. 郡守意哀其兩班, 貧無以爲償, 不忍囚之, 亦無可奈何. 兩班日夜泣, 計不知所出. 其妻罵曰:"生平子好讀書, 無益縣官糴! 咄! 兩班! 兩班不直一錢."

其里之富人, 私相議曰:"兩班雖貧, 常尊榮; 我雖富, 常卑賤, 不敢騎馬, 見兩班則跼蹜屏營, 匍匐拜庭, 曳鼻膝行, 我常如此其僇辱也. 今兩班貧不能償糴, 方大窘, 其勢誠不能保其兩班. 我且買而有之."遂踵門而請償其糴, 兩班大喜許諾. 於是富人立輸其糴於官, 郡守大驚異之, 自往勞其兩班, 且問償糴狀. 兩班氈笠, 衣短衣, 伏塗謁, 稱小人, 不敢仰視. 郡守大驚, 下扶曰:"足下何自貶辱若是."兩班益恐懼, 頓首俯伏曰:"惶悚! 小人非敢自辱, 已自鬻其兩班以償糴, 里之富人, 乃兩班也. 小人復安敢冒其舊號而自尊乎?"郡守歎曰:"君子哉富人也! 兩班哉富人也! 富而不吝, 義也; 急人之難, 仁也; 惡卑而慕尊, 智也. 此眞兩班, 雖然, 私自交易而不立券, 訟之端也. 我與汝, 約郡人而證之, 立券而信之, 郡守當自署之."

於是郡守歸府, 悉召郡中之士族及農工商賈, 悉至于庭. 富人坐鄕所之右, 兩班立於公兄之下.

乃爲立券曰:

'乾隆十年九月日, 右明文段, 庫賣兩班, 爲償官穀, 其直千斛. 維厥兩班, 名謂多端, 讀書曰士, 從政爲大夫, 有德爲君子. 武階列西, 文秩叙東, 是爲兩班. 任爾所從, 絶棄鄙事, 希古尙志. 五更常起, 點硫燃脂, 目視鼻端, 會踵支尻, 『東萊博議』, 誦如氷瓢. 忍饑耐寒, 口不說貧, 叩齒彈腦, 細嗽嚥津. 袖刷氅冠, 拂塵生波, 盥無擦拳, 漱口無過. 長聲喚婢, 緩步曳履. 『古文眞寶』·『唐詩品彙』, 鈔寫如荏, 一行百字. 手毋執錢, 不問米價. 暑毋跣襪, 飯毋徒髻, 食毋先羹, 歠毋流聲, 下筯毋舂, 毋餌生葱. 飮醪毋嘬鬚, 吸煙毋輔窳. 忿毋搏妻, 怒毋踢器. 毋拳敺兒女, 毋罵死奴僕. 叱牛馬, 毋辱鬻主. 病毋招巫, 祭不齋僧. 爐不炙手, 語不齒唾. 毋屠牛, 毋賭錢. 凡此百行, 有違兩班, 持此文記, 卞正于官. 城主旌善郡守押, 座首別監證署. 於是通引搨印錯落, 聲中嚴皷, 斗縱參橫.'

戶長讀旣畢, 富人悵然久之曰: "兩班只此而已耶? 吾聞兩班如神仙, 審如是, 太乾沒, 願改爲可利."

於是乃更作券曰:

'維天生民, 其民維四, 四民之中, 最貴者士, 稱以兩班, 利莫大矣·不耕不商, 粗涉文史, 大決文科, 小成進士. 文科紅牌, 不過二尺, 百物備具, 維錢之槖. 進士三十, 乃筮初仕, 猶爲名蔭, 善事雄南·耳白傘風, 腹皤鈴諾, 室珥冶妓, 庭穀鳴鶴. 窮士居鄕, 猶能武斷, 先耕隣牛, 借耘里氓. 孰敢慢我? 灰灌汝鼻, 暈髻汰鬢, 無敢怨咨.'

富人中其券而吐舌曰:"已之已之! 孟浪哉! 將使我爲盜耶?"掉頭而去, 終身不復言兩班之事.

6 金神仙傳

弘基大隱, 洒隱於遊. 淸濁無失, 不忮不求. 於是述金神仙.

金神仙, 名弘基, 年十六娶妻, 一歡而生子, 遂不復近. 辟穀面壁坐, 坐數歲, 身忽輕. 遍遊國內名山, 常行數百里, 方視日早晏. 五歲一易履, 遇險則步益捷. 嘗曰:"褰而涉, 方而越, 故遲我行也." 不食, 故人不厭其來客. 冬不絮, 夏不扇, 遂以神仙名.

余嘗有幽憂之疾, 盖聞神仙方技, 或有奇效, 益欲得之. 使尹生·申生陰求之, 訪漢陽中, 十日不得. 尹生言:

"嘗聞弘基家西學洞, 今非也, 乃其從昆弟家, 寓其妻子. 問其子, 言:'父一歲中率四三來, 父友在體府洞, 其人好酒而善歌, 金奉事云. 樓閣洞金僉知好碁, 後家李萬戶好琴, 三清洞李萬戶好客, 美垣洞徐哨官·毛橋張僉使·司僕川邊池丞, 俱好客而喜飲, 里門內趙奉事, 亦父友也, 家蒔名花, 桂洞劉判官有奇書古釖. 父常遊居其間, 君欲見, 訪此數家.'

遂行歷問之, 皆不在, 暮至一家, 主人琴, 有二客皆靜默, 頭白而不冠. 於是自意得金弘基, 立久之, 曲終而進曰:'敢問誰爲金丈人?' 主人捨琴而對曰:'座無姓金者, 子奚問?' 曰:'小子齋戒而後, 敢來求也. 願老人無諱.' 主人笑曰:'子訪金弘基耶? 不來耳.'敢問: 來何時?'曰:'是居無常主, 遊無定方, 來不預期, 去不留約. 一日中或再三過, 不來則亦閱歲. 聞金多在倉洞·會賢之坊, 且董關·梨峴·銅峴·慈壽橋·社洞·壯洞·大陵·小陵之間, 嘗往來遊居. 然皆不知其主名, 獨倉洞吾知之, 子往問焉.'

遂行訪其家問焉. 對曰:'是不來者嘗數月, 吾聞長暢橋林同知喜飲酒, 日與金角, 今在林否也?' 遂訪其家, 林同知八十餘, 頗重聽, 曰:'咄! 夜劇飲, 朝日餘醉, 入江陵.'於是悵然久之, 問:'金有異歟?'曰:'一凡人, 特未嘗飯.''狀貌何如?'曰:'身長七尺餘, 癯而髯, 瞳子碧, 耳長而黃.''能飲幾何?'曰:'飲一杯醉, 然一斗醉不加. 嘗醉臥塗, 吏得之, 拘七日不醒, 乃釋去.''言談何如?'曰:'衆人言, 輒坐睡. 談已, 輒笑不止.''持身何如?'曰:'靜若參禪, 拙如守寡.'"

余嘗疑尹生求不力. 然申生亦訪數十家, 皆不得, 其言亦然. 或曰:"弘基年百餘, 所與遊皆老人." 或曰:"不然. 弘基年十九娶, 卽有男, 今其子纔弱冠, 弘基年計今可五十餘." 或言:"金神仙, 採藥智異山, 墜崖不返, 今已數十年." 或言:"巖穴窅冥, 有物熒熒." 或曰:"此老人眼光也, 山谷中, 時聞長欠聲.""今弘基惟善飲酒, 非有術, 獨假其名而行."云.

然余又使童子福往求之, 終不可得, 歲癸未也. 明年秋, 余東遊海上, 夕日登斷髮嶺, 望見金剛山, 其峯萬二千云, 其色白. 入山, 山多楓, 方丹赤, 枏梗柟豫章皆霜黃, 杉檜益碧. 又多冬青樹, 山中諸奇木, 皆葉黃紅. 顧而樂之, 問譽僧:"山中有異僧得道術可與遊乎?"曰:"無有. 聞船菴有辟穀者, 或言嶺南士人, 然不可知. 船菴道險, 無至者."

余夜坐長安寺, 問諸僧衆, 俱對如初言: "辟穀者, 滿百日當去, 今幾九十餘日." 余喜甚, 意者其仙人乎? 卽夜立欲往, 朝日坐眞珠潭下, 候同遊, 眄睞久之, 皆失期不至. 又觀察使巡行郡邑, 遂入山, 流連諸寺間. 守令皆來會, 供張廚傳, 每出遊, 從僧百餘. 船菴道絶峻險, 不可獨至. 嘗自往來靈源·白塔之間, 而意悒悒. 旣而天久雨, 留山中六日, 乃得至船菴. 在須彌峯下, 從內圓通行二十餘里, 大石削立千仞, 路絶, 輒攀鐵索, 懸空而行. 旣至, 庭空無禽鳥啼, 榻上小銅佛, 唯二履在. 余悵然徘徊, 立而望之, 遂題名巖壁下, 歎息而去, 常有雲氣, 風瑟然. 或曰: "仙者山人也." 又曰: "入山爲仚[10]也." 又僊者, 僊僊然輕擧之意也. 辟穀者, 未必仙也, 其鬱鬱不得志者也.

7 虞裳傳

變彼虞裳, 力古文章. 禮失求野, 亨短流長. 於是述虞裳.

日本關白新立, 於是廣儲蓄, 繕宮館, 理舟檝, 刮屬國諸島奇材釖客·詭技淫巧·書畫文學之士, 聚之都邑, 練肄完具數年. 然後乃敢請使於我, 若待命策之爲者. 朝廷極選文臣三品以下, 備三价以送之. 其幕佐賓客, 皆宏辭博識, 自天文·地理·算數·卜

---

10) 저본에는 仙으로 되어 있으나 형태상 仚이 맞아서 『연암초고』를 따라 수정했다.

筑·醫相·武力之士, 以至吹竹·彈絲·謔浪·戲笑·歌呼·飮酒·博奕·騎射, 以一藝名國者, 悉從行. 而最重詞章·書畫, 得朝鮮一字, 不齎糧而適千里. 其所居館, 皆翠銅甍, 除嵌文石, 而楹檻朱漆, 帷帳飾以火齊·靺鞨·瑟瑟. 食皆金銀鍍, 侈靡瑰麗, 千里往往設爲奇巧. 庖丁·驛夫, 據牀而坐, 垂足於杬子桶, 使花衫蠻童洗之, 其陽浮慕尊如此. 而象譯持虎豹·貂鼠·人蔘諸禁物, 潛貨璣珠·寶刀, 駔儈機利, 殉財賄如鶩. 倭外謬爲恭敬, 不復衣冠慕之.

虞裳以漢語通官隨行, 獨以文章大鳴日本中. 其名釋貴人, 皆稱雲我先生, 國士無雙也. 大坂以東僧如妓, 寺刹如傳舍, 責詩文如博進, 繡牋花軸, 堆床塡案, 而類爲難題强韻以窮之. 虞裳每倉卒口占, 如誦宿搆, 步押平妥, 從容席散, 無罷色, 無軟詞. 其「海覽篇」曰: '坤輿內萬國, 碁置而星列. 于越之魋結, 竺乾之祝髮. 齊魯之縫腋, 胡貊之氈毼. 或文明魚雅, 或兜離侏休. 群分而類聚, 遍土皆是物. 日本之爲邦, 波壑所蕩潏. 其藪則搏木, 其次則賓日. 女紅則文繡, 土宜則橙橘. 魚之怪章擧, 木[11])之奇蘇鐵, 其鎭山芳甸, 句陳配厥秩. 南北春秋異, 東西晝夜別. 中央類覆敦, 嵌空龍漢雪. 蔽牛之鉅材, 抵鵲之美質. 與丹砂金錫, 皆往往山出. 大坂大都會, 環寶海藏竭.[12]) 奇香爇龍涎, 寶石堆鴉骨. 牙象口中脫, 角犀頭上截. 波斯胡目眩, 浙江市色奪.[13]) 寰

---

11) 『우상잉복』에 木이 卉로 되어 있다.
12) 여러 이본에는 이 구절 다음에 "光者是朱提, 圓者是靺鞨. 赤者與綠者, 火齊映瑟瑟."이 더 있다.
13) 여러 이본에는 이 구절 다음에 "却車而擽至, 駔儈千戶坫."이 더 있다.

海地中海, 中涵萬象活. 鱟背帆幔張, 鮹尾旌旗綴. 堆壘蠣粘房, 屭贔龜次窟. 忽變珊瑚海, 煜曜陰火烈. 忽變紺碧海, 霞雲衆色設. 忽變水銀海, 星宿萬顆撒. 忽變大染局, 綾羅爛千匹. 忽變大鎔鑄, 五金光迸發. 龍子劈天飛, 千霆萬電夏.[14] 髮鱪馬甲柱, 秘怪恣悅惚. 其民裸而冠, 外螯中則蝎. 遇事則麋沸, 謀人則鼠黠. 苟利則蛼射, 小拂則豕突. 婦女事戲謔, 童子設機括. 背先而淫鬼, 嗜殺而佞佛. 書未離鳥鳦,[15] 詩未離鵙舌. 牝牡類麈鹿, 友[16]朋同魚鼈. 言語之鳥嚶, 象譯亦[17]未悉. 草木之瓌奇, 羅含焚其帙. 百泉之源滙, 酈生瓮底蠛. 水族之弗若, 思及閟圖說. 刀劍之款識, 貞白續再筆. 地毯之同異, 海島之甲乙. 西泰利瑪竇, 線織而刀割. 鄙夫陳此詩, 辭俚意[18]甚實. 善鄰有大謨, 羈縻和勿失.'

如虞裳者, 豈非所謂華國之譽耶? 神宗萬曆壬辰, 倭秀吉潛師襲我, 躪我三都, 劓辱我髦倪, 躑躅·冬柏植於三韓. 我昭敬大王避兵灣上, 奏聞天子, 天子大驚, 提天下之兵東援之. 大將軍李如松·提督陳璘·麻貴·劉綎·楊元, 有古名將之風. 御史楊鎬·萬世德·邢玠, 才兼文武, 略驚鬼神. 其兵皆秦鳳·陝浙·雲登·貴萊驍騎射士, 大將軍家僮千人, 幽薊釼客. 然卒與倭平, 僅能驅之出境而已.

---

14) 여러 이본에는 이 구절 다음에 "東雲閃鱗爪, 西雲露肢節."이 더 있다.
15) 여러 이본에는 鳦이 跡으로 되어 있다.
16) 『우상잉복』에 友가 群으로 되어 있다.
17) 여러 이본에 象譯亦이 鞮象譯으로 되어 있다.
18) 『우상잉복』에 辭俚意가 語俚義로 되어 있다.

數百年之間, 使者冠蓋, 數至江戶. 然謹體貌, 嚴使事, 其風謠人物險塞强弱之勢, 卒不得其一毫, 徒手來去. 虞裳力不能勝柔毫, 然吮精嚼華, 使水國萬里之都, 木枯川渴, 雖謂之筆拔山河可也.

虞裳名湘藻, 嘗自題其畵象曰: '供奉白鄴侯泌, 合鐵拐爲滄起. 古詩人古仙人, 古山人皆姓李.' 李其姓也, 滄起又其號也. 夫士伸於知己, 屈於不知己. 鶃鵲鵷鴻, 禽之微者也, 然猶自愛其羽毛, 暎水而立, 翔而後集, 人之有文章, 豈羽毛之美而已哉? 昔慶卿夜論釼, 蓋聶怒而目之, 及高漸離擊筑, 荊軻和而歌, 已而相泣, 旁若無人者. 夫樂亦極矣, 復從而泣之, 何也? 中心激而哀之無從也, 雖問諸其人者, 亦將不自知其何心矣. 人之以文章相高下, 豈區區釼士之一技哉? 虞裳其不遇者耶, 何其言之多悲也. '鷄戴勝高似幘, 牛垂胡大如袋. 家常物百不奇, 大驚恠橐駝背.' 未嘗不自異也.

及其疾病且死, 悉焚其藁曰: "誰復知者?" 其志豈不悲耶? 孔子曰: "才難, 不其然乎?" "管仲之器小哉!" 子貢曰: "賜何器也?" 子曰: "汝瑚璉也." 蓋美而小之也. 故德譬則器也, 才譬則物也. 詩云: '瑟彼玉瓚, 黃流在中.' 易曰: '鼎折足, 覆公餗.'

有德而無才, 則德爲虛器, 有才而無德, 則才無所貯, 其器淺者易溢. 人參天地, 是爲三才. 故鬼神者才也, 天地其大器歟! 彼潔潔者, 福無所寓, 善得情狀者, 人不附. 文章者, 天下之至寶也, 發精蘊於玄樞, 探幽隱於無形, 漏洩陰陽, 神鬼嗔怨矣. 木有才, 人思伐之, 貝有才, 人思奪之. 故才之爲字, 內撇而不外颺也.

虞裳一譯官, 居國中, 聲譽不出里閭, 衣冠不識面目. 一朝名震耀海外萬里之國, 身傾側鯤鯨龍鼉之家, 手沐日月, 氣薄虹蜺. 故曰:'慢藏誨盜, 魚不可脫於淵, 利器不可以示人.', 可不戒哉? 過勝本海, 作詩曰:'蠻奴赤足貌艦尬, 鴨色袍背繪星月. 花衫蠻女走出門, 頭梳未竟髻其髮. 小兒號嗄乳母乳, 母手拍背鳴鳴咽. 須臾擂鼓官人來, 萬目圍繞如活佛. 蠻官膜拜獻厥琛, 珊瑚大貝擎盤出. 眞如啞者設賓主, 眉睫能言筆有舌, 蠻府亦耀林園趣, 枅櫚青橘配庭實.'

病痔舟中臥, 念梅南老師言, 乃作詩曰:'宣尼之道麻尼敎, 經世出世日而月. 西士嘗至五印度, 過去現在無箇佛. 儒家有此俾販徒, 簸弄筆舌神吾說. 披毛戴角墜地狂, 當受生日欺人律. 毒焰亦及震旦東, 精藍大衍[19]都鄙列. 睢盱島衆怵禍福, 炷香施米無時缺. 譬如人子戕人子, 入養父母必不說. 六經中天揚文明, 此邦之人眼如漆. 暘谷昧谷無二理, 順之則聖背檮杌. 吾師詔吾詔介衆, 以詩爲金口木舌.' 詩皆可傳也. 及旣還, 過所次, 皆已梓印云.

余與虞裳, 生不相識. 然虞裳數使示其詩曰:"獨此子庶能知吾." 余戲謂其人曰:"此吳儂細唾, 瑣瑣不足珍也." 虞裳怒曰:"傖夫氣人." 久之歎曰:"吾其久於世哉!"因泣數行下, 余亦聞而悲之. 旣而虞裳死, 年二十七, 其家人夢見仙子醉騎蒼鯨, 黑雲下垂, 虞裳披髮而隨之, 良久虞裳死. 或曰:"虞裳仙去."

嗟呼! 余嘗內獨愛其才, 然獨挫之, 以爲"虞裳年少, 俛就道, 可著書垂世也." 乃今思之, 虞裳必以余爲不足喜也.

---

19) 『이목구심서』와 『송목관신여고』에는 刹로 되어 있다.

有輓之者, 歌曰: '五色非常鳥, 偶集屋之脊. 衆人爭來看, 驚起忽無跡.' 其二曰: '無故得千金, 其家必有災. 矧此稀世寶, 焉能久假哉.' 其三曰: '渺然一匹夫, 死覺人數減. 豈非關世道, 人多如雨點.' 又歌曰: '其人膽如瓠, 其人眼如月. 其人腕有鬼, 其人筆有舌.' 又曰: '他人以子傳, 虞裳不以子. 血氣有時盡, 聲名無窮已.'

余旣不見虞裳, 每恨之. 且旣焚其文章無留者, 世益無知者, 乃發篋中舊藏, 得其前所示纔數篇. 於是悉著之, 以爲之傳虞裳. 虞裳有弟, 亦能[缺].

易學大盜傳

世降衰季, 崇飾虛僞. 詩發含珠, 愿賊亂紫. 逞捷終南, 從古以醜. 於是述易學大盜.

作品遺失.

竊聞之, 內舅芝溪公云: "「易學大盜傳」, 當時有托儒名, 而潛售權利, 勢焰熏灼者, 府君作是文以譏之, 蓋與老蘇「辨姦」同意. 後其人敗, 府君遂焚棄此文, 蓋亦不欲以先見自居也. 上文之缺, 下篇之失, 以其聯卷, 故並爲遺佚."云. 男宗侃謹書.[20]

---

20) 박종채의 후지는 본디 「鳳山學者傳」 뒤에 다른 후지와 함께 수록되었으나 내용이 「易學大盜傳」에 부합하므로 이 자리로 옮겨 수록했다.

鳳山學者傳

入孝出悌, 未學謂學. 斯言雖過, 可警僞德. 明宣不讀, 三年善學. 農夫耕野, 賓妻相揖. 目不知書, 可謂眞學. 於是述鳳山學者.

作品遺失.

以上九傳, 皆府君弱冠時作也. 家無藏本, 每從人得之. 府君嘗命毁棄曰: "此吾少時有意作家, 所以肄綴屬之法者, 至今猶或有以此稱道, 則余甚愧焉." 不肖輩雖欲承命, 亦無如人之傳布何也. 昔日嘗就質於內舅芝溪公, 公曰: "先公立論, 固多典重, 此等實是筆墨之餘瀾, 不足爲有無, 況少時事乎! 且古來文章家, 固有似此游戲之作, 不必癈也. 但「兩班」一傳, 語多俚俗, 是爲小疵, 而此實倣王褒「僮約」而作, 非無謂也." 不肖輩不敢妄有去就, 並以附之別集之末. 男宗侃謹書.

(박영철(朴榮喆) 간(刊), 『연암집(燕巖集)』 권8, 별집(別集), 「방경각외전(放璚閣外傳)」, 장1~17, 1932).

2부 『열하일기(熱河日記)』의 소설 원문

1 虎叱[21]

壁上懸一篇奇文, 鷟紙細書, 爲格子塗之, 橫竟一壁, 筆又精工. 就壁一讀, 可謂絶世奇文. 余因還座, 問: "壁上所揭, 誰人所作?" 主人曰: "不知誰人所作也." 鄭君問: "此似是近世文, 無乃主人先生所題耶?" 沈由朋曰: "主人不解文字. 旣無作者姓名, 不知有漢, 何論魏晉?" 余曰: "然則, 何從得此?" 沈曰: "曩於薊州市日收買." 余曰: "可許謄去否?" 沈首肯曰: "不妨." 約持紙更來, 飯後與鄭君更往, 堂中已點兩燭矣. 余就壁, 欲解下格子, 沈招侍者捧下. 余復問: "此先生所作否?" 沈掉頭曰: "有如明燭! 俺長齋奉佛, 懺誠譖妄." 余囑鄭君, 自中間起筆, 余從頭寫下. 沈問: "先生謄此何爲?" 余曰: "歸令國人一讀, 當捧腹軒渠, 嘔噱絶倒, 噴飯如飛蜂, 絶纓如拉朽." 及還寓, 點燈閱視, 鄭之所謄, 無數誤書, 漏落字句, 全不成文理, 故略以己意點綴爲篇焉.

---

21) 「호질」의 제목은 저본과 초고본 사본 등에서 "虎, 睿聖文武" 앞에 달려 있다. 「호질」의 원문은 본디 여행기 속에 인용된 독립된 글이므로 저본을 비롯하여 대부분 초고 사본에서는 앞뒤의 여행기 본문보다 한 자를 내려써서 독립된 인용문의 형식으로 기록했다. 이 책에서는 「호질」이 중심이므로 반대로 했다.

虎, 睿聖文武, 慈孝智仁, 雄勇壯猛, 天下無敵. 然狒胃食虎, 竹牛食虎, 駁食虎, 五色獅子食虎於巨木之岫, 玆白食虎, 䑏犬飛食虎豹, 黃要取虎豹心而食之, 猾無骨爲虎豹所吞, 內食虎豹之肝, 酋耳遇虎, 則裂而啖之, 虎遇猛㺑, 則閉目而不敢視. 人不畏猛㺑而畏虎, 虎之威, 其嚴乎!

虎食狗則醉, 食人則神. 虎一食人, 其倀爲屈閣. 在虎之腋, 導虎入廚, 舐其鼎耳, 主人思饑, 命妻夜炊. 虎再食人, 其倀爲彝兀. 在虎之輔, 升高視虞, 若谷窣弩, 先行釋機. 虎三食人, 其倀爲鬻渾. 在虎之頤, 多贊其所識朋友之名.

虎詔倀曰: "日之將夕, 于何取食?" 屈閣曰: "我昔占之, 匪角匪羽, 黔首之物, 雪中有跡, 彳亍踈武, 瞻尾在腦, 莫掩其尻." 彝兀曰: "東門有食, 其名曰醫. 口含百草, 肌肉馨香. 西門有食, 其名曰巫. 求媚百神, 日沐齊潔. 請爲擇肉於此二者." 虎奮髥作色曰: "醫者疑也, 以其所疑而試諸人, 歲所殺常數萬. 巫者誣也, 誣神以惑民, 歲所殺常數萬. 衆怒入骨, 化爲金蠶, 毒不可食." 鬻渾曰: "有肉在林, 仁肝義膽, 抱忠懷潔, 戴樂履禮. 口誦百家之言, 心通萬物之理, 名曰碩德之儒, 背盎體胖, 五味俱存."

虎軒眉垂涎, 仰天而笑曰: "朕聞, 如何?" 倀交薦虎曰: "一陰一陽之謂道, 儒貫之, 五行相生, 六氣相宣, 儒導之, 食之美者, 無大於此." 虎愀然變色, 易容而不悅曰: "陰陽者, 一氣之消息也而兩之, 其肉雜也. 五行定位, 未始相生, 乃今強爲子母, 分配鹹酸, 其味未純也. 六氣自行, 不待宣導, 乃今妄稱財[22]相,

---

22) 일재본, 『연희』등에 財가 栽로 되어 있다.

私顯己功. 其爲食也, 無其硬强滯逆而不順化乎?"

鄭之邑, 有不屑宦之士, 曰北郭先生. 行年四十, 手自校書者萬卷, 敷衍九經之義, 更著書一萬五千卷. 天子嘉其義, 諸侯慕其名. 邑之東, 有美而早寡者, 曰東里子. 天子嘉其節, 諸侯慕其賢, 環其邑數里而封之, 曰東里寡婦之閭. 東里子善守寡, 然有子五人, 各有其姓. 五子相謂曰: "水北鷄鳴, 水南明星. 室中有聲, 何其甚似北郭先生也." 兄弟五人, 迭窺戶隙, 東里子請於北郭先生曰: "久慕先生之德, 今夜願聞先生讀書之聲." 北郭先生, 整襟危坐而爲詩曰: "鴛鴦在屛, 耿耿流螢. 維鬵維錡, 云誰之型? 興也." 五子相謂曰: "禮不入寡婦之門, 北郭先生賢者也." "吾聞, 鄭之城門壞而狐穴焉." "吾聞, 狐老千年, 能幻而像人, 是其像北郭先生乎?" 相與謀曰: "吾聞, 得狐之冠者, 家致千金之富, 得狐之履者, 能匿影於白日, 得狐之尾者, 善媚而人悅之, 何不殺是狐而分之?"

於是五子共圍而擊之, 北郭先生大驚遁逃. 恐人之識己也, 以股加頸, 鬼舞鬼笑, 出門而跑. 乃陷野窖, 穢滿其中, 攀援出首而望, 有虎當徑. 虎顰蹙嘔哇, 掩鼻左首而噫曰: "儒句臭矣!" 北郭先生頓首匍匐而前, 三拜以跪, 仰首而言曰: "虎之德, 其至矣乎! 大人效其變, 帝王學其步, 人子法其孝, 將帥取其威. 名並神龍, 一風一雲, 下土賤臣, 敢在下風."

虎叱曰: "毋近前! 曩也吾聞之, 儒者諛也, 果然. 汝平居, 集天下之惡名, 妄加諸我, 今也急而面諛, 將誰信之耶? 夫天下之理一也. 虎誠惡也, 人性亦惡也, 人性善, 則虎之性亦善也. 汝千語萬言, 不離五常, 戒之勸之, 恒在四綱. 然都邑之間, 無鼻無趾, 文面而行者, 皆不遜五品之人也. 然而徽墨斧鉅, 日不暇給, 莫能止其惡焉, 而虎之家, 自無是刑. 由是觀之, 虎之性, 不亦賢於人乎!

虎不食草木, 不食虫魚, 不嗜麴蘗悖亂之物, 不忍字伏細瑣之物, 入山獵麕鹿, 在野畋馬牛, 未嘗爲口腹之累·飮食之訟. 虎之道, 豈不光明正大矣乎! 虎之食麕鹿, 而汝不疾虎, 虎之食馬牛, 而人謂之讐焉, 豈非麕鹿之無恩於人, 而馬牛之有功於汝乎? 然而不有其乘服之勞·戀效之誠, 日充庖廚, 角鬣不遺, 而乃復侵我之麕鹿, 使我乏食於山, 缺餉於野, 使天而平其政, 汝在所食乎, 所捨乎?

夫非其有而取之, 謂之盜, 殘生而害物者, 謂之賊. 汝之所以日夜遑遑, 揚臂努目, 挐攫而不恥, 甚者, 呼錢爲兄, 求將殺妻, 則不可復論於倫常之道矣. 乃復攘食於蝗, 奪衣於蚕, 禦蜂而剽甘, 甚者, 醢蟻之子, 以羞其祖考, 其殘忍薄行, 孰甚於汝乎?

汝談理論性, 動輒稱天, 自天所命而視之, 則虎與人, 乃物之一也. 自天地生物之仁而論之, 則虎與蝗蚕蜂蟻與人並畜, 而不可相悖也. 自其善惡而辨之, 則公行剽刦於蠭蟻之室者, 獨不爲天地之巨盜乎? 肆然攘竊於蝗蚕之資者, 獨不爲仁義之大賊乎?

虎未嘗食豹者, 誠爲不忍[23]於其類也. 然而計虎之食麕鹿, 不若人之食麕鹿之多也, 計虎之食馬牛, 不若人之食馬牛之多也, 計虎之食人, 不若人之相食之多也. 去年關中大旱, 民之相

---

23) 일재본에 忍이 仁으로 되어 있다.

食者數萬, 往歲山東大水, 民之相食者數萬. 雖然, 其相食之多, 又何如春秋之世也? 春秋之世, 樹德之兵十七, 報仇之兵三十, 流血千里, 伏屍百萬.

而虎之家, 水旱不識, 故無怨乎天, 讐德兩忘, 故無忤於物. 知命而處順, 故不惑於巫醫之姦; 踐形而盡性, 故不疚乎世俗之利, 此虎之所以睿聖也. 窺其一班, 足以示文於天下也, 不藉尺寸之兵, 而獨任爪牙之利, 所以耀武於天下也. 彛卣蜼尊, 所以廣孝於天下也. 一日一擧, 而烏鳶螻螘, 共分其餕, 仁不可勝用也. 讒人不食, 廢疾者不食, 衰服者不食, 義不可勝用也.

不仁哉! 汝之爲食也. 機穽之不足, 而爲罿也·罞也·罠也, 罾也, 罢也·罳也, 始結網罟者, 蓋然首禍於天下矣. 有鈹者·戣者·殳者·斨者·呂者·㮸者·鍛[24]者·鈼者·矜者. 有礮發焉, 聲華嶽, 火洩陰陽, 暴於震霆. 是猶不足以逞其虐焉, 則乃吮柔毫, 合膠爲鋒, 體如棗心, 長不盈寸, 以烏賊之沫, 縱橫擊刺. 曲者如矛, 銛者如刀, 銳者如刀, 歧者如戟, 直者如矢, 彀者如弓. 此兵一動, 百鬼夜哭.[25] 其相食之酷, 孰甚於汝乎?

北郭先生, 離席俯伏, 逡巡再拜, 頓首頓首曰: "傳有之, 雖有惡人, 齋戒沐浴, 則可以事上帝. 下土賤臣, 敢在下風." 屛息潛

---

24) 저본과 다수의 사본에 鍜로 되어 있으나 『燕彙』를 따라 수정했다.
25) 『행계잡록(杏溪雜錄)』(『총서1』) 등 초고본에는 이 대목 뒤에서 원문 30자를 먹물로 삭제했다. 일본 동양문고와 미국 버클리 대학 도서관 소장(동양문고본은 「연행음청(燕行陰晴)」으로, 버클리 대학본은 「연암설총(燕巖說叢)」으로 되어 있다.) 『燕彙』에는 "是猶不足以肆其暴焉, 則或歌以殺焉, 或哭以殺焉, 或看以殺焉, 或笑中有刀." 30자가 그대로 실려 있다.

聽, 久無所命, 誠惶誠恐, 拜手稽首, 仰而視之, 東方明矣, 虎則已去. 農夫有朝菑者, 問: "先生! 何早敬於野?" 北郭先生曰: "吾聞之, 謂天蓋高, 不敢不局; 謂地蓋厚, 不敢不踏."

燕岩氏曰, 篇雖無作者姓名, 而蓋近世華人悲憤之作也. 世運入於長夜, 而夷狄之禍, 甚於猛獸, 士之無恥者, 綴拾章句, 以狐媚當世, 豈非發塚[26]之儒, 而豺狼之所不食者乎? 今讀其文, 言多悖理, 與「胠篋」·「盜跖」同旨. 然[27]天下有志之士, 豈可一日而忘中國哉?

今淸之御宇纔四世, 而莫不文武壽考, 昇平百年, 四海寧謐, 此漢唐之所無也. 觀其全安扶植之意, 殆亦上天所置之命吏也. 昔人嘗疑於諄諄之天, 而有質於聖人者, 聖人丁寧體天之意曰: "天不言, 以行與事示之." 小子嘗讀之, 至此其惑滋甚, 敢問, 以行與事示之, 則用夷變夏, 天下之大辱也, 百姓之冤酷如何? 馨香腥膻, 各類其德, 百神之所饗何臭[28]? 故自人所處而視之, 則華夏夷狄, 誠有分焉; 自天所命而視之, 則殷冔周冕, 各從時制, 何必獨疑於淸人之紅帽哉? 於是天定人衆之說, 行於其間, 而人天相與之理, 乃反退聽於氣, 驗之前聖之言而不符, 則輒曰, 天

---

26) 일재본에 塚이 憤으로 되어 있고, 뒤에 나오는 而가 빠져 있다.
27) 『행계잡록』 등에는 이 글자 뒤의 원문 50자를 먹물로 지웠다. 『연휘』에는 "時爲廋辭以寓微意, 蓋虎與胡音相似也, 虎與帝字相類也. 其曰 '東方明矣, 虎則已去'者, 謂如洪武之會朝淸明, 而元帝北去也." 50자가 그대로 실려 있다.
28) 『연휘』에는 臭가 具로 되어 있다.

地之氣數如此. 嗚呼! 是豈眞氣數然耶?

噫! 明之王澤已渴矣. 中州之士, 自循其髮於百年之久, 而寤寐摽擗, 輒思明室者, 何也? 所以不忍忘中國也. 淸之自爲謀, 亦疎矣. 懲前代胡主之末效華而衰者, 勒鐵碑, 埋之箭亭, 其言未嘗不自恥其衣帽, 而猶復眷眷於强弱之勢, 何其愚也? 文謨武烈, 尙不能救末主之陵夷, 況區區自强於衣帽之末哉? 衣帽誠便於用武, 則北狄西戎, 獨非用武之衣帽耶? 力能使西北之他胡, 反襲中州之舊俗, 然後始能獨强於天下也, 囿天下於僇辱之地, 而號之曰: "姑忍汝羞恥, 而從我爲强." 吾未知其强也. 未必新市·綠林之間, 赤其眉, 黃其巾, 以自異也. 假令愚民一脫其帽而抵之地, 淸皇帝已坐失其天下矣. 向之所以自恃而爲强者, 乃反救亡之不暇也, 其埋碑垂訓於後, 豈非過歟?

篇本無題, 今取篇中有虎叱二字爲目, 以俟中州之淸焉.

(『연암집』 권12, 별집(別集), 「열하일기」, "관내정사(關內程史)," 장41~45)

2 許生

玉匣夜話[29]

行還至玉匣, 與諸裨譯連牀夜語.[30] 燕京舊時風俗淳厚, 譯輩雖萬金能相假貸, 今則彼以欺詐爲能事, 而其曲未嘗不先自我人始也.

三十年前有一譯, 空手入燕, 將還, 對其主顧而泣. 主顧怪而問之, 對曰: "渡江時潛挾他人銀, 事發, 倂己包沒于官. 今空手還, 無以爲生, 不如無還." 拔刀欲自殺, 主顧驚急抱持, 奪刀問曰: "所沒銀幾何?" 曰: "三千兩." 主顧慰曰: "大丈夫獨患無身, 何患無銀. 今死不還, 將如妻子何? 吾貸君萬金, 五年貨殖, 可復得萬金, 以本銀償我." 譯旣得萬金, 遂大貿而還, 當時未有識之者, 莫不神其才.

五年中遂致鉅富, 乃自削籍譯院, 不復入燕. 久之, 密囑其所親之入燕者曰: "燕市若遇某主顧, 當問安否, 須道闔家遘癘死." 所親以說謊頗難之, 譯曰: "第如此而還, 當奉君百金." 旣入燕, 果遇某主顧, 問譯安否, 俱對如所受囑. 主顧掩面大慟, 泣如雨下, 曰: "天乎天乎! 何降禍善人之家若

---

29) 일재본 다백운루본 수당본 등에는 제목이「진덕재야화(進德齋夜話)」로 되어 있다.
30) 일재본 다백운루본 수당본 등에는 "行還 …… 夜語"가 "與諸神譯夜話 進德齋, 有言"으로 되어 있다. 저본에는 '譯'이 빠져 있으나 여러 사본을 참조하여 첨가했다.『행계집(杏溪集)』(총서3)에는 夜語가 臥語로 되어 있다.

是之慘耶?" 遂以百金托之曰: "彼妻子俱亡, 無主者. 幸君還國, 爲我以五十金具幣設奠, 以五十金追齋薦福." 所親者殊錯愣然, 業已謬言, 遂受百金而還. 其譯家已邁瘟沒死, 無遺者. 其人大驚且懼, 悉以百金爲主顧薦齋, 終身不復爲燕行曰: "吾無面目復見主顧."

有言李知事樞, 近世名譯也. 平居口未嘗言錢, 出入燕京四十餘年, 手未嘗執銀, 有愷悌君子之風.[31]

有言唐城君洪純彦, 明萬曆時名譯也. 入皇城, 嘗遊娼館, 女隨色第價, 有千金者, 洪以千金求薦枕. 女方二八, 有殊色, 對君泣曰: "奴所以索高價者, 誠謂天下皆慳男, 無肯捐千金者, 祈以免斯須之辱, 一日再日, 本欲以愚館主. 一以望天下有義氣人, 贖奴作箕帚妾. 奴入娼館五日, 無敢以千金來者, 今日幸逢天下義氣人. 然公外國人, 法不當將奴還, 此身一染, 不可復浣." 洪殊憐之, 問其所以入娼館者. 對曰: "奴南京戶部侍郎某女也. 家被籍追贓, 自賣身娼館, 以贖父死." 洪大驚曰: "吾實不識如此, 今當贖妹, 償價幾何?" 女曰: "二千金." 洪立輸之, 與訣別, 女百拜稱恩父而去.

其後洪復絶不置意, 嘗又入中國, 沿道數訪洪純彦來否, 洪怪之. 及近皇城, 路左盛設供帳, 迎謂洪曰: "本兵石老爺奉邀." 及至石第, 石尙書迎拜曰: "恩丈也, 公女待翁久." 遂

---

31) 일재본에는 이 단락이 빠져 있다.

握手入內室, 夫人盛粧拜堂下, 洪惶恐不知所爲. 尙書笑曰: "丈人久忘乃女耶?" 洪始知夫人乃娼館所贖女也. 出娼館, 卽歸石星, 爲繼室. 比石貴, 夫人猶手自織錦, 皆刺報恩字. 及洪歸, 裝送報恩緞及他錦綺金銀, 不可勝數. 及壬辰倭寇, 石在本兵, 力主出兵者, 以石本義朝鮮人故也.

有言朝鮮商賈熟主顧鄭世泰之富, 甲于皇城, 及世泰死, 一敗塗地. 世泰只有一孫, 男中絶色, 幼賣塲戲. 世泰時夥計林哥, 今鉅富, 見塲戲中一美男子呈戲, 心慕之. 聞其爲鄭家兒郞, 相持泣, 遂以千金贖之, 與俱歸家. 戒家人曰: "善視之, 此吾家舊主人, 勿以戲子賤之." 及長, 中分其財而業之. 世泰孫身肥白美麗, 無所事, 惟飛紙鷂, 遊戲皇城中.[32]

舊時買賣, 不開包檢驗, 直以燕裝還, 照帳無少差謬. 有誤以白氈帽裝送者, 及歸開視, 皆白帽也, 自悔未閱. 丁丑兩恤, 反獲倍直, 然亦彼中不古之徵也. 近歲則物貨自裝, 不任主顧裝送云.

有言卞承業之病也, 欲閱視貨殖都數, 聚諸夥計帳簿, 合籌之, 共銀五十餘萬. 其子曰: "斂散煩, 久且耗, 請因而收之." 承業大恚曰: "此都城中萬戶命脉也, 奈何一朝絶之? 亟還之!" 承業旣老, 戒其子孫曰: "吾所事公卿多, 獨秉國

---

32) 일재본에는 이 단락이 빠져 있다.

論, 爲家計者, 鮮及三世矣. 國中之爲財者, 視吾家出入爲高下, 是亦國論也. 不散, 且及禍." 故[33] 其子孫蕃, 而擧貧竄者, 承業旣老, 多散之也.

余亦言, 有尹映者[34], 嘗道卞承業之富, 其貨財有自來, [承業祖父時, 錢不過數萬, 嘗得許姓士人銀十萬, 遂][35] 富甲一國, 至承業時少衰. 方其初起時, 莫不有命存焉. 觀許生事, 可異也. 許生竟不言其名, 故世無得而知者云. 映之言曰:

許生[36]

許生居墨積洞, 直抵南山下, 井上有古杏樹, 柴扉向樹而開, 草屋數間, 不蔽風雨. 然許生好讀書, 妻爲人縫刺以糊口. 一日妻甚饑, 泣曰: "子平生不赴擧, 讀書何爲?" 許生笑曰: "吾讀書未熟." 妻曰: "不有工乎?" 生曰: "工未素學, 奈何?" 妻曰: "不有

---

33) 일재본에는 "承業旣老 …… 故"가 빠져 있다.
34) 『행계집』『잡록하』(총서3) 등에는 일곱 자가 지워져 있다.
35) 저본을 비롯한 다수의 사본에는 '承業 …… 遂'의 20자가 빠져 있다. 일재본『행계집』『잡록하』등에는 20자가 들어 있고, 문맥상 더 적합하여 원문을 첨가하여 번역한다.『행계집』과『잡록하』는 일재본과 매우 유사하므로 더 밝히지 않는다.
36) 「허생」은 「옥갑야화」의 여러 일화 가운데 하나로 저본에는 제목을 독립하여 달지 않았다. 「옥갑야화」가 '허생 일화'를 중심으로 구성되어 구별할 필요가 있으므로 '허생 일화'의 시작 부분에 제목을 붙여 구분했다.

商乎?"生曰:"商無本錢, 奈何?"其妻恚且罵曰:"晝夜讀書, 只學奈何. 不工不商, 何不盜賊?"許生掩卷起曰:"惜乎! 吾讀書本期十年, 今七年矣."

出門而去, 無相識者, 直之雲從街, 問市中人曰:"漢陽中誰最富?"有道卞氏者, 遂訪其家. 許生長揖曰:"吾家貧, 欲有所小試, 願從君借萬金."卞氏曰:"諾!"立與萬金, 客竟不謝而去.[37] 子弟賓客視許生, 丐者也. 絲絛穗拔, 革履跟顚, 笠挫袍煤, 鼻流清涕. 客旣去, 皆大驚曰:"大人知客[38]乎?"曰:"不知也.""今一朝, 浪空擲萬金於生平所不知何人, 而不問其姓名, 何也?"卞氏曰:"此非爾所知. 凡有求於人者, 必廣張志意, 先耀信義. 然顏色愧屈, 言辭重複. 彼客衣履雖弊, 辭簡而視傲, 容無怍色, 不待物而自足者也. 彼其所試術不小, 吾亦有所試於客. 不與則已, 旣與之萬金, 問姓名何爲?"

於是許生旣得萬金, 不復還家, 以爲安城畿湖之交, 三南之綰口, 遂止居焉. 棗栗柿梨柑榴橘柚之屬, 皆以倍直居[39]之. 許生榷菓, 而國中無以讌祀. 居頃之, 諸賈之獲倍直於許生者, 反輸十倍. 許生喟然嘆曰:"以萬金傾之, 知國淺深矣."以刀錐布帛綿入濟州, 悉收[40]馬髮鬣曰:"居數年, 國人不裹頭矣."居頃之, 網巾價至十倍.

許生問老篙師曰:"海外豈有空島可以居者乎?"篙師曰:"有

---

37) 일재본 등에는 '許生亦無謝訣'로 되어 있다.
38) 일재본 등에 客 뒤에 姓名이 들어가 있다.
39) 일재본 등에 收로 되어 있다.
40) 일재본 등에 悉收가 盡藏으로 되어 있다.

之. 常漂風直西行三日夜, 泊一空島, 計在沙門·長崎之間. 花木自開, 菓蓏自熟, 麋鹿成群, 游魚不驚."許生大喜曰:"爾能導我, 富貴共之."篙師從之, 遂御風東, 南入其島. 許生登高而望, 悵然曰:"地不滿千里, 惡能有爲? 土肥泉甘, 只可作富家翁."篙師曰:"島空無人, 尙誰與居?"許生曰:"德者人所歸也. 尙恐不德, 何患無人?"

是時邊山群盜數千, 州郡發卒逐捕, 不能得. 然群盜亦不敢出剽掠, 方饑困. 許生入賊中, 說其魁帥曰:"千人掠千金,[41] 所分幾何?"曰:"人一兩耳."許生曰:"爾有妻乎?"群盜曰:"無."曰: "爾有田乎?"群盜笑曰:"有田有妻, 何苦[42]爲盜?"許生曰:"審若是也, 何不娶妻樹屋, 買牛耕田, 生無盜賊之名, 而居有妻室之樂, 行無逐捕之患, 而長享衣食之饒乎?"群盜曰:"豈不願如此, 但無錢耳."許生笑曰:"爾爲盜, 何患無錢, 吾能爲汝辦之. 明日視海上風旗紅者, 皆錢船也, 恣汝取去."

許生約群盜, 旣去, 群盜皆笑其狂. 及明日, 至海上, 許生載錢三十萬, 皆大驚羅拜曰:"唯將軍令!"許生曰:"惟力負去."於是群盜爭負錢, 人不過百金. 許生曰:"爾等力不足以擧百金, 何能爲盜? 今爾等雖欲爲平民, 名在賊簿, 無可往矣. 吾在此俟汝, 各持百金而去, 人一婦一牛來."群盜曰:"諾!"皆散去.

---

41) 『잡록하』에는 千金의 난외 상단에 "1근이 1금인데 여기서 말한 1금은 100문을 가리킨다. 지금 불쑥 1000금이라 하니 대단히 사리에 어긋난다. [一斤爲一金, 此所云金, 指一百錢耳. 方今輒千金, 忒甚.]"이라는 차수(次修, 박제가)의 주석이 달려 있다.

42) 일재본 등에 苦가 故로 되어 있다.

許生自具二千人一歲之食以待之, 及群盜至, 無後者, 遂俱載入其空島. 許生榷盜, 而國中無警矣. 於是伐樹爲屋, 編竹爲籬, 地氣旣全, 百種碩茂, 不菑不畬, 一莖九穗. 留三年之儲, 餘悉舟載, 往糶長崎島. 長崎者, 日本屬州, 戶三十一萬, 方大饑, 遂賑之, 獲銀百萬. 許生歎曰: "今吾已小試矣." 於是悉召男女二千人, 令之曰: "吾始與汝等入此島, 先富之, 然後別造文字, 刱製衣冠. 地小德薄, 吾今去矣. 兒生執匙, 敎以右手, 一日之長, 讓之先食.", 悉焚他船曰: "莫往則莫來." 投銀五十萬於海中曰: "海枯有得者. 百萬無所容於國中, 況小島乎?" 有知書者, 載與俱出曰: "爲絶禍於此島."

於是遍行國中, 賑施與貧無告者, 銀尙餘十萬, 曰: "此可以報卞氏." 往見卞氏曰: "君記我乎?" 卞氏驚曰: "子之容色, 不少瘳, 得無敗萬金乎?" 許生笑曰: "以財粹面, 君輩事耳, 萬金何肥於道哉?" 於是以銀十萬付卞氏曰: "吾不耐一朝之饑, 未竟讀書, 慙君萬金." 卞氏大驚, 起拜辭謝, 願受什一之利. 許生大怒曰: "君何以賈竪視我!" 拂衣而去.

卞氏潛踵之, 望見客向南山下, 入小屋. 有老嫗, 井上澣, 卞氏問曰: "彼小屋誰家?" 嫗曰: "許生員宅! 貧而好讀書, 一朝出門, 不返者已五年. 獨有妻在, 祭其去日." 卞氏始知客乃姓許, 歎息而歸. 明日悉持其銀, 往遺之.[43] 許生辭曰: "我欲富也, 棄百萬而取十萬乎? 吾從今得君而活矣, 君數視我, 計口送糧, 度身授布, 一生如此足矣. 孰肯以財勞神?" 卞氏說許生百端, 竟不可

---

43) 일재본 등에는 遺之 뒤에 許生이 더 들어 있다.

奈何. 卞氏自是度許生匱乏, 輒身自往遺之. 許生欣然受之, 或有加則不悅, 曰:"君奈何遺我災也?"以⁴⁴⁾酒往則益大喜, 相與酌至醉.

既數歲, 情好日篤, 嘗從容言:"五歲中, 何以致百萬?" 許生曰:"此易知耳. 朝鮮舟不通外國, 車不行域中, 故百物生于其中, 消于其中. 夫千金, 小財也, 未足以盡物. 然析而十之百金, 十亦足以致十物. 物輕則易轉, 故一貨雖絀, 九貨伸之. 此常利之道, 小人之賈也. 夫萬金, 足以盡物, 故在車專車, 在船專船, 在邑專邑. 如網之有罟, 括物而數⁴⁵⁾之, 陸之產萬, 潛停其一; 水之族萬, 潛停其一; 醫之材萬, 潛停其一. 一貨潛藏, 百賈涸, 此賊民⁴⁶⁾之道也. 後世有司者,⁴⁷⁾ 如有用我道, 必病⁴⁸⁾其國."

卞氏曰:"初子何以知吾出萬金, 而來吾求也?"許生曰:"不必君與我也. 能有萬金者, 莫不與也. 吾自料吾才足以致百萬, 然命則在天, 吾何能知之. 故能用我者, 有福者也, 必富益富, 天所命也, 安得不與? 既得萬金, 憑其福而行, 故動輒有成. 若吾私自典, 則成敗亦未可知也."

卞氏曰:"方今士大夫欲雪南漢之恥, 此志士扼腕奮智之秋也. 以子之才, 何自苦沈冥以沒世耶?"許生曰:"古來沈冥者何限, 趙聖期拙修齋, 可使敵國, 而老死布褐, 柳馨遠磻溪居士,

---

44) 일재본 등에 以가 佩로 되어 있다.
45) 일재본 등에 數가 括로 되어 있다.
46) 일재본 등에 民이 國으로 되어 있다.
47) 일재본 등에 者가 빠져 있다.
48) 일재본 등에 病이 覆으로 되어 있다.

足繼軍食, 而逍遙海曲, 今之謀國政者, 可知已. 吾善賈者也, 其銀足以市九王之頭, 然投之海中而來者, 無所可用故耳." 卞氏喟然太息而去.

卞氏本與李政丞浣善, 李公時爲御營大將, 嘗與言: "委巷閭閻之中, 亦有奇才可與共大事者乎?" 卞氏爲言許生, 李公大驚曰: "奇哉! 眞有是否? 其名云何?" 卞氏曰: "小人與居三年, 竟不識⁴⁹⁾其名." 李公曰: "此異人, 與君俱往." 夜公屛騶徒, 獨與卞氏俱步, 至許生. 卞氏止公立門外, 獨先入, 見許生, 具道李公所以來者. 許生若不聞者曰: "趣⁵⁰⁾解君所佩壺!" 相與歡飲, 卞氏悶⁵¹⁾公久露立, 數言之, 許生不應.

旣夜深, 許生曰: "可召客." 李公入, 許生安坐不起, 李公無所措躬, 乃叙述國家所以求賢之意. 許生揮手曰: "夜短語長, 聽之太遲, 汝今何官?" 曰: "大將." 許生曰: "然則, 汝乃國之信臣. 我當薦臥龍先生, 汝能請于朝⁵²⁾三顧草廬乎?" 公低頭良久曰: "難矣! 願得其次." 許生曰: "我未學第二義." 固問之, 許生曰: "明將士以朝鮮有舊恩, 其子孫多脫身東來, 流離惸鰥. 汝能請于朝, 出宗室女遍嫁之, 奪勳戚權貴⁵³⁾家, 以處之乎?" 公低頭良久曰: "難矣!" 許生曰: "此亦難, 彼亦難, 何事可能? 有最易

---

49) 일재본 등에 竟不識이 終不言으로 되어 있다.
50) 저본에 輒으로 되어 있으나 일재본 등에 趣으로 되어 있다. 趣이 맞다.
51) 일재본 등에 悶이 悶으로 되어 있다.
52) 일재본 등에 朝가 王으로 되어 있다. 아래의 朝도 같다.
53) '勳戚權貴'가 일재본 등에는 '金瑬·張維'로, 충남대본, 『열하일기』貞 (총서4) 등에는 '李貴·金瑬'로 되어 있고, 『잡록하』(총서3)에서는 먹물로 지웠다.

者, 汝能之乎?" 李公曰: "願聞之."

許生曰: "夫欲聲大義於天下, 而不先交結天下之豪傑者, 未之有也. 欲伐人之國, 而不先用諜, 未有能成者也. 今滿洲遽而主天下, 自以不親於中國, 而朝鮮率先他國而服, 彼所信也. 誠能請遣子弟入學遊宦, 如唐元故事, 商賈出入不禁, 彼必喜其見親而許之. 妙[54]選國中之子弟, 薙髮胡服, 其君子往赴賓擧, 其小人遠商江南, 覘其虛實, 結其豪傑, 天下可圖, 而國恥可雪. 若求朱氏而不得, 率天下諸侯, 薦人於天, 進可爲大國師, 退不失伯舅之國矣." 李公憮然曰: "士大夫皆謹守禮法, 誰肯薙髮胡服乎?"

許生大叱曰: "所謂士大夫, 是何等也? 產於彝[55]貊之地, 自稱曰士大夫, 豈非駴乎? 衣袴純素, 是有喪之服, 會撮如錐, 是南蠻之椎結也, 何謂禮法? 樊於期欲報私怨, 而不惜其頭, 武靈王欲强其國, 而不恥胡服. 乃今欲爲大明復讐, 而猶惜其一髮, 乃今將馳馬擊劒刺鎗挓弓飛石, 而不變其廣袖, 自以爲禮法乎? 吾始三言, 汝無一可得而能者, 自謂信臣, 信臣固如是乎? 是可斬也." 左右顧索劒, 欲刺之, 公大驚而起, 躍出後牖, 疾走歸. 明日復往, 已空室而去矣.

次修評語[56]

---

54) 일재본 등에 妙가 抄로 되어 있다.
55) 일재본 등에 彝가 穢로 되어 있다.
56) 저본에는 '次修評語'가 실리지 않았고, 『잡록하』, 『열하일기』貞, 충남대본 등에는 실려 있다. 한편, 『열하일기』貞에서는 '次修'와 '僿說' '齊家'를 지워서 신유박해 이후 천주교와 관계가 있는 인물의 정보를 삭제하려는 자

次修曰, 大略以「虯髥」配「貨殖」, 而中有重峯『封事』・柳氏『隨錄』・李氏『僿說』所不能道者, 行文尤疏宕悲憤, 鴨水東有數文字. 齊家.

後記

或曰: "此皇明遺民也. 崇禎甲申後多來居者, 生或者其人, 則亦未必其姓許也."

世傳, 趙判書啓遠爲慶尙監司, 巡到靑松, 路左有二僧, 相枕而臥. 前騶至, 呵之不避, 鞭之不起, 衆捽曳之, 莫能動. 趙公至, 停轎問僧: "何居?" 二僧起坐, 益偃蹇, 睥睨良久曰: "汝以虛聲趨勢, 得方伯, 乃復爾耶?" 趙公視僧, 一赤面而圓, 一黑面而長, 語殊不凡. 乃下轎欲與語, 僧曰: "屛徒衛, 隨我來?"

趙公行數里, 喘息汗流不止, 願小憩, 僧罵曰: "汝平居, 衆中常大言, 身被堅執銳, 當先鋒, 爲大明復讐雪恥. 今行數里, 一步十喘, 五步三憩, 尙能馳遼薊之野乎?" 至一巖下, 因樹爲屋, 積薪而寢處其上. 趙公渴求水, 僧曰: "此貴人, 又當饑也." 出黃精餠以饋之, 屑松葉, 和澗水以進. 趙公嚬蹙不能飮, 僧復大罵曰: "遼野水遠, 渴當飮馬溲." 兩僧相持痛哭曰: "孫老爺! 孫老爺!" 問趙公曰: "吳三桂起兵滇中, 江浙騷然, 汝知之乎?" 曰: "未之聞也." 兩僧歎曰: "身爲方伯, 天下有如此大事, 而不聞不知, 徒大言得官耳." 趙公問: "僧是

체 검열의 흔적을 보인다.

何人?"曰:"不必問, 世間亦應有知我者. 汝且少坐待我, 我 當與吾師俱來, 與汝有言."

兩僧俱起入深山, 少焉日沒, 僧久不返. 趙公待僧, 至夜深, 草動風鳴, 有虎鬪聲. 趙公大恐幾絶, 已而, 衆明燎炬, 尋監司而至. 趙公狼狽出谷中, 久之, 居常悒悒, 恨于中也.

後趙公問于尤庵宋先生, 先生曰:"此似是明末總兵官也.""常斥我以爾汝者何?"先生曰:"自明其非東國緇徒也. 積薪者, 臥薪之義也.""哭必呼孫老爺何?"先生曰:"似是太學士孫承宗也. 承宗嘗視師山海關, 兩僧似是孫之麾下士也."

(『연암집』권14, 별집(別集)「열하일기」,"옥갑야화(玉匣夜話)", 장90~96)

書許生事後[57]

余年二十時, 讀書奉元寺, 有一客, 能少食, 終夜不寐, 爲導[58]引法·至日中, 輒倚壁坐, 少合眼, 爲龍虎交, 年頗老, 故貌敬之. 時爲余談許生事及廉時道·裵時晃·[59]完興君夫人, 亹亹數萬言, 數夜不絶, 詭奇怪譎, 皆可足聽. 其時自言姓名爲尹映, 此丙子冬也.

---

57) 이 후기는 저본에는 실리지 않았다.『연암집초고보유9』(총서14)에 '書許生事後'라는 제목으로 수록되었는데 이 사본을 저본으로 삼았다. 같은 글이 일재본, 다백운루본, 수당본 등 몇 종의 필사본에 제목 없이 수록되었다.
58)『초고보유9』에는 道로 되어 있다.
59)『초고보유9』에는 裵時晃이 확인하기 힘든 다른 글자로 되어 있다.

其後癸巳春, 西遊, 泛舟沸流江, 至十二峯下, 有小菴, 尹映獨與一僧居此菴, 見余躍然而喜, 相勞苦·十八年之間, 貌不加老, 年當八十餘, 而行步如飛. 余問許生一二有矛盾事, 老人卽擧解說, 歷歷如昨日事, 曰:"子前讀昌黎文, 當熟."[60) 又曰:"子前欲爲許立傳, 文當已就否?" 余謝未能, 語間, 余呼尹老人, 老人曰:"我姓玄,[61) 非尹也. 子誤認." 余愕然問其名, 曰:"吾名嗇也." 余詰之曰:"老人豈非姓名尹映耶? 今何改言玄嗇也?" 老人大怒曰:"君自誤認, 乃謂人變姓名耶?" 余欲再詰, 則老人轉益怒, 靑瞳瑩瑩. 余始知老人, 乃異趣之士, 或廢族, 或左道異端, 避人晦迹之徒, 是未可知也. 余闔戶去, 老人噴噴言: "可哀許生妻, 竟當復飢也."

又廣州神一寺, 有一老人, 號篛笠李生員, 年九十餘, 力扼虎, 善奕棋, 往往談東方故事, 言論風生·人無知名者, 聞其年貌, 甚類尹映, 余欲一見, 而未果. 世固有藏名隱居, 玩世不恭者, 何獨於許生而疑之? 平[62)豁雪夜小飮, 援筆書之·燕巖識.

---

60) 熟이 일재본 등에는 빠져 있다.
61) 玄이 일재본 등에는 辛으로 되어 있다. 아래도 같다.
62) 平豁雪夜가 일재본 등에는 '乎? 豁菊下'로 되어 있다. 平을 의문사인 乎자와 혼동하였다. 저본에서 雪夜를 菊下로 수정한 흔적이 보인다.

3부 『연상각선본(煙湘閣選本)』의 소설 원문

1 髮僧菴記

　余東遊楓嶽, 入其洞門, 已見古今人題名, 大書深刻, 殆無片隙, 如觀場疊肩, 郊阡叢墳. 舊刻纔沒苔蘚, 新題又煥丹砂. 至崩崖裂石, 削立千仞, 上絶飛鳥之影, 而獨有金弘淵三字. 余固心異之曰: "古來觀察使之威, 足以死生人, 楊蓬萊之耽奇, 足跡無所不到. 猶未能置名此間, 彼題名者誰耶, 乃能令工與鼯猱爭性命也?" 其後余遊歷方內名山, 南登俗離·伽倻, 西登天摩·妙香. 所至僻奧, 自謂能窮世人之所不能到, 然常得金所題, 輒發憤罵曰: "何物弘淵, 敢爾唐突耶?"

　大凡好遊名山者, 非犯至危, 排衆難·亦不得搜奇探勝. 余平居追思往躅, 未嘗不慄然自悔也. 然而復當登臨, 猶忽宿戒, 履巉巖, 俯幽深, 側身于朽棧枯梯, 往往默禱神明, 惴惴然尙恐其不能自還. 而大字碎墳, 如鹿脛之大, 隱約盤挐於老槎壽藤之間者, 必金弘淵也. 乃反欣然如逢舊識於阨陝危困之際, 爲之出力而扳援先後之也.

　或有素知金行跡爲道, 金乃潤者, 蓋閭里間浪蕩迂濶之稱, 如所謂釼士俠客之流. 方其少年時, 善騎射, 中武科, 能力扼虎, 挾兩妓, 超越數仞牆, 不肯碌碌求仕進. 家本富厚, 用財如糞土, 傍蓄古今法書名畵劎琴彝器奇花異卉, 遇一可意, 不惜千金, 駿馬名鷹, 動在左右. 今旣老白首, 則囊置錐鑿, 遍遊名山. 已一入漢挐,再登長白,輒手自刻石,使後世知有是人云.

余問:"是人爲誰?"曰:"金弘淵.""所謂金弘淵爲誰?"曰:"字大深."曰:"大深者誰歟?"曰:"是自號髪僧菴.""所謂髪僧菴誰歟?"談者無以應,則余笑曰:"昔長卿設無是公·烏有先生以相難,今吾與子偶然相遇於古壁流水之間,相答問焉.他日相思,皆烏有先生也,安有所謂髪僧菴者乎?"客勃然怒於色曰:"吾豈謊辭而假設哉?果眞有是人也."余大笑曰:"君太執拗.昔王介甫辨「劇秦美新」,必谷子雲所著,非楊子雲.蘇子瞻曰,未知西京果有楊子雲否也.夫二子之文章,炳蔚當世,流名史傳,而後之尙論者,猶有此疑.而况寄空名於深山窮壑之中,而風消雨泐,不百年而磨滅者乎?"客亦大笑而去.

其後九年,余遇金平壤.有背指者:"此金弘淵也."余字呼曰:"大深!君豈非髪僧菴耶?"金君回顧熟視曰:"子何以知我?"余應之曰:"舊已識君於萬瀑洞中矣.君家何在?頗存舊時所蓄否?"金君憮然曰:"家貧,賣之盡矣.""何謂髪僧菴?"曰:"不幸殘疾形毀,年老無妻,居止常依佛舍,故稱焉."察其言談擧止,舊日習氣猶有存者.惜乎!吾未見其少壯時也.

一日詣余寓邸而請曰:"吾今老且死,心則先死,特髮存耳,所居皆僧菴也.願托子文而傳焉."余悲其志老猶不忘者存,遂書其舊與遊客答問者以歸之,且爲之說偈曰:烏信百鳥黑,鷺訝他不白.白黑各自是,天應厭訟獄.人皆兩目俱,瞎一目亦覩.何必雙後明,亦有一目國.兩目猶嫌小,還有眼添額.復有觀音佛,變相目千隻.千目更何有,瞽者亦觀黑.金君廢疾人,依佛以存身.積錢若不用,何異丐者貧.衆生各自得,不必強相學.大深旣異衆, 以玆相訝惑.

　　警世之切切然好名托物以圖不朽者. 觀此文, 未有不憮然自喪.
　　筆舞墨跳, 詩云: '擊鼓其鏜, 踴躍用兵.' 其此之謂歟!
　　偈語, 尤圓悟警發.
　　寘之「靈感偈」·「羅漢贊」之間, 未知孰古孰今.

（『연암집』 권1, 「연상각선본(煙湘閣選本)」, 장27~29.）

2 烈女咸陽朴氏傳[63]

齊人有言曰, 烈女不更二夫, 如詩之「柏舟」是也.[64] 然而[65] 國典, 改嫁子孫, 勿叙正職, 此豈爲庶姓黎甿而設哉?[66] 乃國朝四百年來, 百姓旣沐久道之化, 則女無貴賤, 族無微顯, 莫不

---

63) 제목이 『백척오동각집(百尺梧桐閣集)』(총서11), 『연암초고』(총서13) 등에는 「열녀전(烈女傳)」, 『면양잡록8』(총서12) 등에는 「박열부전(朴烈婦傳)」, 『연암집2』(총서15) 등에는 「열녀함양박씨전병서(烈女咸陽朴氏傳幷序)」로 되어 있다.
64) 『연암초고』 「열녀전」과 『담총외기(談叢外記)』 「열녀전」에는 是也를 지우고 '非可强責於人人也.' 8자가 들어 있다.
65) 『면양잡록8』에는 然而가 빠져 있다.
66) 『면양잡록8』에는 이 문장이 "此論衣冠士族, 庶姓黎甿不在著令, 而"로 되어 있다. 『연암초고』(총서13) 「열녀전」과 『담총외기』 「열녀전」에는 이 문장 뒤에 '所以衣冠士族, 固詩書禮義所自出也.' 15자가 더 들어 있다.

守寡,67) 遂以成俗. 古之所稱烈女, 今之所在寡婦也. 至若田舍少婦, 委巷靑孀, 非有父母不諒之逼, 非有子孫勿叙之恥,68) 而守寡不足以爲節, 則往往69)自滅畫燭, 祈殉夜臺, 水火鴆繯, 如蹈樂地, 烈則烈矣, 豈非過歟?

昔有昆弟名宦, 將枳人淸路, 議于母前. 母問奚累而枳, 對曰: "其先有寡婦, 外議頗喧." 母愕然曰: "事在閨房, 安從而知之?" 對曰: "風聞也." 母曰: "風者, 有聲而無形也. 目視之而無覩也, 手執之而無獲也, 從空而起, 能使萬物浮動. 奈何以無形之事論人於浮動之中乎? 且若乃寡婦之子, 寡婦子尙能論寡婦耶? 居! 吾有以示若."

出懷中銅錢一枚曰: "此有輪郭乎?" 曰: "無矣." "此有文字乎?" 曰: "無矣. 母垂淚曰: "此汝母忍死符也. 十年手摸, 磨之盡矣. 大抵人之血氣, 根於陰陽, 情欲鍾於血氣, 思想生於幽獨, 傷悲因於思想.

寡婦者, 幽獨之處而傷悲之至也. 血氣有時而旺, 則寧或寡婦而無情哉? 殘燈吊影, 獨夜難曉, 若復簷雨淋鈴, 窓月流素, 一葉漂70)庭, 隻鴈叫天, 遠鷄無響, 穉婢牢鼾, 耿耿不寐, 訴誰

---

67) 『면양잡록8』에는 寡가 義로 되어 있다.
68) 『면양잡록8』에는 이 문장이 "非有强暴不虞之患"으로 되어 있다.
69) 『면양잡록8』에는 往往 다음에 有가 있다.
70) 저본에는 飄로 되어 있으나 『면양잡록8』을 비롯한 초고 사본에는 漂로 되어 있고, 더 우수한 표현이라 수정했다.

苦衷? 吾出此錢而轉之, 遍摸室中, 圓者善走, 遇閾[71]則止, 吾索而復轉, 夜常五六轉, 天亦曙矣, 十年之間, 歲減其數, 十年以後, 則或五夜一轉, 或十夜一轉, 血氣旣衰, 而吾不復轉此錢矣. 然吾猶十襲而藏之者, 二十餘年, 所以不忘其功, 而時有所自警也." 遂子母相持而泣.

　君子聞之曰: "是可謂烈女矣." 噫! 其苦節淸修若此也, 無以表見於當世, 名堙沒而不傳何也? 寡婦之守義, 乃通國之常經, 故微一死, 無以見殊節於寡婦之門.[72]

　余視事安義之越明年癸丑月日, 夜將曉, 余睡微惺,[73] 聞廳事前有數人隱喉密語, 復有慘怛歎息之聲, 蓋有警急而恐擾余寢也. 余遂高聲問: "鷄鳴未?" 左右對曰: "已三四號矣." "外有何事?" 對曰: "通引朴相孝之兄之子之嫁咸陽而早寡者, 畢其三年之喪, 飮藥將殊, 急報來救, 而相孝方守番, 惶恐不敢私去." 余命之疾去, 及晚爲問: "咸陽寡婦得甦否?" 左右言: "聞已死矣." 余喟然長歎曰: "烈哉斯人." 乃招群吏而詢之, 曰: "咸陽有烈女,

---

71) 저본과 『연암집』(총서13) 「열녀전」 등에는 閾이 域으로 되어 있으나 『면양잡록8』, 『백척오동각집』 등 다수의 초고 사본을 따라 閾으로 수정했다.
72) 저본을 비롯한 대부분 사본에는 뒤에 나오는 문장을 행갈이했다. 『담총외기』 열녀전에는 이 뒤의 내용이 누락되어 있다. 『면양잡록8』 「박열부전」에는 이 뒤에 "惟其殘身而下從者, 如咸陽林述曾之妻, 其可謂烈女也哉?"라는 내용이 지워져 있다.
73) 惺이 저본에는 醒으로 되어 있으나 대부분 초고 사본에는 惺으로 되어 있고, 문맥상 더 어울리므로 수정했다.

其本安義出也.'"女年方幾何, 嫁咸陽誰家, 自幼志行如何, 若曹有知者乎?"

郡吏獻欷而進曰:"朴女家世縣吏也. 其父名相一早歿, 獨有此女, 而母亦早歿, 則幼養於其大父母, 盡子道. 及年十九, 嫁爲咸陽林述曾妻, 亦家世郡吏也. 述曾素羸弱, 一與之醮, 歸未半歲而歿. 朴女執夫喪盡其禮, 事舅姑盡婦道, 兩邑之親戚鄰里, 莫不稱其賢, 今而後果驗之矣."

有老吏感慨曰:"女未嫁時, 隔數月, 有言:'述曾病入髓, 萬無人道之望, 盍退期?' 其大父母密諷其女, 女默不應. 迫期, 女家使人覘述曾, 述曾雖美姿貌, 病勞且咳, 菌立而影行也. 家大懼, 議[74]招他媒, 女斂容曰:'曩所裁縫, 爲誰稱體, 又號誰衣也? 女願守初製.' 家知其志, 遂如期迎婿. 雖名合卺, 其實竟守空衣."云.

旣而咸陽郡守尹侯光碩, 夜得異夢, 感而作「烈婦傳」, 而山淸縣監李侯勉齊, 亦爲之立傳. 居昌愼敦恒, 立言士也, 爲朴氏, 撰次其節義始終.[75] 其心豈不曰:'弱齡煢婦之久留於世, 長爲親戚之所嗟憐, 未免隣里之所妄忖, 不如速無此身也.'

噫! 成服而忍死者, 爲有窆窆也; 旣葬而忍死者, 爲有小祥也; 小祥而忍死者, 爲有大祥也. 旣大祥則喪期盡, 而同日同時

---

74) 저본에는 議가 擬로 되어 있으나 대부분 초고 사본에는 議로 되어 있어 수정했다.
75) 『沔陽雜錄』 권8 「박열부전」에는 이 뒤에 "大抵孝義之於性, 偏得也." 라는 내용이 삭제되어 있다.

之殉, 竟遂其初志, 豈非烈哉!⁷⁶⁾

(『연암집』 권1, 「연상각선본(煙湘閣選本)」, 장32~34)

---

76) 哉가 저본과 『연암집2』「열녀함양박씨전병서」 등에는 也로 되어 있으나 『연암집』「박열부전」, 『백척오동각집』 등 다수의 초고 사본에 哉로 되어 있고, 문맥상 더 어울리므로 수정했다.

작품 해설

법고창신(法古創新)의 정신을 살린
위대한 문장가 연암 박지원

1 연암 박지원의 소설 세계

　박지원의 문장은 재기가 넘치고 수사와 착상이 뛰어나서 붓을 한번 들면 잠깐 사이에 천 줄의 문장이 콸콸 흘러나왔다. 그의 「허생전」과 『열하일기』는 이따금 독자의 웃음보를 터뜨린다. (……) 박지원이 사신을 따라 북경에 갔다가 『열하일기』 다섯 권을 짓고 나중에 다섯 권을 더 보태 지었다. 현란한 글솜씨를 자랑하여 연의 소설(演義小說)의 필치가 상당히 많이 보였는데 한양 도성에서 널리 읽혔다.

　　　　　　　　　─ 이규상(李奎象), 『병세재언록』「문원록」

　18세기의 대작가 연암(燕巖) 박지원(朴趾源, 1737~1805)의 문학 세계를 간명하게 평가한 동시대 작가의 글이다. 연암은 조선 후기, 나아가 조선 시대 전체를 대표하는 문호다. 소설가

이자 산문가로, 시인이자 사상가로 문학사에서는 걸출한 문인으로 손꼽고, 사상사에서는 선각적인 실학자로 평가한다. 1780년 북경을 여행하고 돌아와 지은 『열하일기』는 불멸의 고전으로 애독자가 많다.

연암은 새로운 소재와 수사, 주제로 작품을 써서 당대부터 현대까지 그에 걸맞은 인기와 명성을 누려 왔다. 전통적 문장의 창작법을 탁월하게 재해석하여 이른바 고문(古文)의 대작가로 대접받았고, 동시에 참신한 감각과 문장을 구사하여 소품문(小品文) 작가로도 큰 주목을 받았다. 고대 문학의 전통을 계승하는 동시에 18세기 조선의 인정세태를 반영하여 개성이 풍부한 문학을 창조했다.

연암은 자신의 창작 방향을 '옛것을 본받고, 새로운 것을 창조한다'는 뜻의 법고창신(法古創新)이란 인상적인 말로 표현했다. 18세기 조선의 시대적 현실로 눈을 돌려, 살아서 약동하는 주변의 인간을 생생하게 포착하는 것이 혁신적 문학의 방향이었다. 더욱이 그의 문장은 틀에 박혀 식상한 문체를 버리고 낯설고 생소한 어휘와 생생한 구어적 표현을 구사했다. 해학과 농담을 섞고 등장인물의 맨모습과 말버릇을 재생한 대화를 즐겨 삽입하여 당시 사회의 현장감과 인물의 역동성을 극대화했다. 연암의 소설과 문장은 독자가 지루할 틈이 없이 글 읽는 재미를 느끼게 한다.

연암은 현실을 생동하게 재현하는 차원을 넘어 현실을 비판적으로 해석했다. 조선 사회의 이데올로기와 제도, 관습과 사고가 지닌 여러 폐해와 질곡을 비틀고 우스꽝스럽게 만들었다. 익살과 해학으로 힘을 가진 자를 비웃고, 사회적 약자를 동정했다. 조선 사회의 구조적 모순과 문제의 심층을 날카롭게 파헤쳤다. 더 나아가 인류 보편의 올바른 삶과 시각을 제시했다. 당시부터 현대까지 독자가 재미를 느끼면서 쉽게 공감할 수 있는 까닭이고, 시간과 공간을 초월하여 인류가 읽고 공감할 수 있는 세계 문학의 일부가 되는 까닭이다.

생존 당시부터 연암체(燕巖體)라 부를 만큼 독특한 산문 세계를 구축한 박지원은 조선 후기의 영조와 정조 시대를 무대로 활동했다. 자는 중미(仲美), 호는 연암(燕巖)이다. 대표적인 벌열(閥閱) 집안인 반남(潘南) 박씨 명문가 출신이다. 서울 토박이로 당파는 노론(老論)이라 그의 주변에는 사회 지도층을 구성하는 고관과 명사가 매우 많았다. 연암은 과거 시험을 거쳐 벼슬하려고 했으나 삼십 대 중반에 그 길을 포기하고 창작 활동에 집중했다. 이십 대부터 뛰어난 문장가로 두각을 나타냈는데 지방관으로 재직하던 노년기까지 작품 활동을 왕성하게 이어 갔다.

연암은 1786년 나이 오십 세가 돼서야 토목과 건축을 관장하는 선공감 감역에 제수되었다. 절친한 친구인 이조 판서 유언호(俞彦鎬)가 추천하여 첫 벼슬을 시작했다. 이후 평시서 주부, 의금부 도사, 제릉영(齊陵令), 한성부 판관을 거쳐 1792년에 안의 현감으로 부임했다. 이후 인생에서 가장 안정된 생활을 보냈다. 1797년에 면천 군수, 1800년에 양양 부사에 부임하여 1801년 5월에 사임했다. 오십 세 이후 늦게서야 벼슬을 시작하여 육십오 세까지 십오 년 동안 중앙 부서의 하위직을 거쳐 나중에는 지방관으로 봉직했다. 과거를 거치지 않았으나 상당한 대우를 받았으니 문인으로 쌓은 명성에 힘입은 결과다.

2 『방경각외전』과 이삼십 대 소설의 풍자

연암은 오십 세 이후 관직에 진출하기는 했으나 한평생 왕성한 창작 활동을 펼친 전업 작가에 속한다. 창작 활동은 크게 세 단계로 나뉘는데 첫 단계는 이십 대에서 삼십 대에 이르는 청년기다. 연암은 삼십이 세에 현재의 서울시 종로구 종로2가와 종로3가 북쪽 지역으로 이사하여 거주했다. 그곳에는 원각사지 10층 석탑이 있어 백탑(白塔) 또는 종본탑(宗本塔)이라고 불렀다. 그 주변에는 이덕무, 서상수, 성대중, 유금, 유득공, 이서구 등 비슷한 연배의 문인이 거주했다. 여기에 홍대용을 비롯하여 박제가, 이희경(李喜經) 등과도 활발하게 교유했다. 한양 최대의 상업 중심지인 종로 북쪽에 거주하며 견문한 현실은 시장을 터전으로 살아가는 도회민이 소설에 많이 등장하는 배경이 되었다.

연암이 『방경각외전』의 여러 전기를 지어 작가로 크게 발돋움하는 데는 삼십 세를 전후한 시기에 평생지기 문우(文友)와의 교유가 영향을 미쳤다. 「예덕선생전」은 이덕무와 이서구, 이정구와의 교유를 바탕으로 했고, 「우상전」에서는 이덕무, 성대중, 윤가기 등과 교유한 것이 영향을 미쳤다. 이덕무가 1767년 완성한 『이목구심서(耳目口心書)』에서 이언진의 문학과 삶, 죽음을 묘사한 기사나 신선 김홍기 등 여항인의 동태를 적은 기사는 연암의 여러 소설과 관련이 깊다.

그런 배경에서 연암은 십 대 후반부터 문장가로 발돋움하려는 노력을 기울여 첫 작품으로 「광문자전」을 지었다. 이십 대 후반에 쓴 「광문자전」 후기에서 연암은 다음과 같이 회고했다.

내 나이 열여덟 살 때 심한 병을 앓은 적이 있다. 밤만 되면 집에서 부리던 나이 든 청지기를 불러서 여염집에서 일어난 기이한 사건을 캐물었다. 청지기가 들려준 이야기에는 광문에 얽힌 사건이 많았다. 나도 어릴 적에 광문의 외모를 본 적이 있는데 정말 추하기가 이를 데 없었다. 문장을 잘 지으려고 한창 애쓸 때라서 나는 이 전기를 지어서 여러 어른에게 돌려 보였다. 예스러운 문장이라고 칭찬을 크게 듣고 하루아침에 작가로 인정받았다. (49쪽)

십팔 세에 「광문자전」을 써서 호평을 들었다고 했다. 둘째 아들 박종채(朴宗采)가 지은 연암의 전기 『과정록』에서는 『방경각외전』에 실린 아홉 편의 전기가 전부 이십 대에 불면증으로 시달리며 지은 작품임을 밝혀 연암의 말과 맞아떨어진다. 연암은 이십 대부터 도회지 현실 속 기이한 사건과 인물을 소재로 채택하여 소설을 지었다. 창작 순서를 보면, 「광문자전」(1754), 「민옹전」(1757), 「김신선전」(1766), 「우상전」(1766), 「예덕선생전」(1768)이고, 「마장전」과 「양반전」은 분명하지 않다. 이십 대 말엽에는 이를 한 권의 작품집으로 편찬했다. 이 책의 1부에 전체 내용을 번역하여 수록한 『방경각외전』이 그 작품집이다. 본래는 아홉 편이 수록되었으나 「역학대도전」과 「봉산학자전」 두 편을 잃어버려 일곱 편만 남아 있다.

연암 소설은 소재의 선택에서 혁신적이다. 「마장전」에서는 종로를 중심으로 구걸하는 송욱과 조탑타, 장덕홍 세 명의 거지가 등장하고, 「예덕선생전」에서는 한양의 변소를 치우는 엄행수, 「민옹전」에서는 달변의 이야기꾼 민유신, 「광문자전」에서는 종로의 거지이자 광대, 거간꾼인 광문, 「양반전」에서는 양반 신분을 사고파는 정선의 양반과 부자, 「김신선전」에서는 신선으로 알려진 기인, 「우상전」에서는 중인 신분의 천재 시인 이언진이 등장한다. 작품이 전하지 않는 「역학대도전」에서는 지식을 이용하여 권력과 이권을 차지한 선비가, 「봉산학자전」에서는 도리를 지켜 사는 황해도 봉산 사람이 주인공이다. 「양반전」과 「봉산학자전」을 제외하면 한양에 실제로 살았던 도회민이다. 직접 만나 보았거나 소문으로 들어서 아는 주위의 인물이 소설의 주인공이다.

작품에 등장하는 인물은 크게 둘로 나뉜다. 하나는 도회지 골목에 사는 서민이다. 인구 30만이 넘는 큰 도회지에서 살아가는 거지, 똥 푸는 사람, 재담꾼, 거간꾼, 왈짜, 신선으로 불리는 기인, 역관이다. 평범한 도회지 평민이기에 사람들이 존경하거나 부러워할 대상이 아니다. 도회지 인구의 다수를 차지하지만 지난날 문학에서는 존재조차 찾을 수 없던 무지하고 평범하고 무가치한 인간이다. 연암은 고상한 문학가들이 눈여겨보지 않았던 평민을 주목하고 그들의 삶을 그렸다. 천하고 비루한 도회지 하층민의 삶이 실제로는 얼마나 건강하고 아름답고 고결한지를 생동감 있게 묘사했다. 한양의 골목을 돌아다니며 똥을 푸는 엄 행수는 아무도 하지 않으려는 직업을 천직으로 삼은 노동자다. 사회 가장 밑바닥에서 일하여 먹고사는 천하디천한 사람이다. 그런데 선귤자의 입을 빌어 연암은 이렇게 말한다.

저 엄 행수는 똥을 져다 날라 먹고사니 지극히 불결하다고 해야 하지만 먹고사는 법은 지극히 향기로워. 지극히 더러운 곳에 몸을 굴려도 지극히 고상하게 의로움을 지키며 살아. (27쪽)

도덕적 우위와 인간적 가치의 칭송을 주로 수양에 힘쓴 사대부에게 바쳤던 과거의 전기 작품과는 다르게 연암은 천하고 누추한 서민에게 바치고 있다. 돈이 성공의 척도가 됐다는 18세기 한양의 거친 생존 현장에서, 불결하고 가치 없는 서민의 삶에서 지극히 향기롭고 지극히 의로운 인간적 가치와 품위를 발견하고 있다. 그들은 이전의 문학에서는 찾아보기 힘든 새로운 인간형이다. 서민의 자아를 발견한 연암의 소설은 소설사에서 파격과 충격이다.

한편 상층의 양반과 학자가 주인공으로 등장하기도 한다. 겉으로는 권위를 인정받고 존경의 대상으로 나오나 현실에서는 무능하거나 위선적인 인간으로 흔히 묘사되고, 풍자와 비웃음으로 전락하기 일쑤다. 무능한 양반의 처신을 묘사한 「양반전」이 전형적 작품으로 양반 신분을 매매하는 증서에서는 양반을 위선을 넘어 아예 도적놈으로 매도했다.

『과정록』에서는 『방경각외전』 일곱 편 가운데 「예덕선생전」, 「광문자전」, 「양반전」 세 작품이 세상에 널리 알려졌고, 거짓을 꾸며 명성을 훔치는 선비를 꾸짖는 글이 많아서 화를 내며 언짢아하는 독자가 많았다고 밝혔다. 충분히 예상할 수 있는 반응이다. 연암 소설에서는 기득권층의 위선과 악행을 풍자하는 주제가 청년기부터 만년까지 관통했다.

3 『열하일기』의 저술과 「호질」·「허생」의 불호령

연암의 문학 인생에서 두 번째 단계는 사십 대 시기로, 앞서 말한 백탑 동인과 왕성한 교류의 연장선상에 있다. 정조의 왕위 등극으로 정치와 문화의 지형이 크게 바뀌었다. 연암과 동인은 인생에서 큰 변화를 겪었다. 이덕무 등이 규장각 검서관에 임용되었고, 잇달아 북경을 여행하여 견문을 넓히고서 『북학의』, 『입연기』, 『설수외사』 등 저술을 지었다. 연암도 사십사 세인 1780년에 북경과 열하를 여행하여 청나라 문화를 관찰하고 돌아와 『열하일기』를 지었다. 1783년 무렵 초고를 완성하고 이후 계속 수정했다. 이 책은 장년기 문학의 정수다. 일시에 한양에 널리 퍼져 많은 독자가 필사하여 읽었다. 연암의 명성을 당세에 드높이고, 문단에 큰 영향을 끼쳤다.

『열하일기』는 다양한 산문 작품의 집합체다. 또 외국의 선진 문물을 적극적으로 수용하자는 북학론(北學論)과 문명의 이기를 활용하고 의식주 생활 향상을 꾀하는 이용후생론(利用厚生論), 치국과 외교의 경세론(經世論)을 투영한 사상서다. 그 안에는 두 편의 소설이 실려 있는데 2부에 번역한 「호질」과 「허생」이다. 두 작품은 『열하일기』 가운데서도 작품성이 뛰어나고 재미있어 널리 읽히는 명작이다.

「호질」은 『열하일기』의 「관내정사(關內程史)」에 실려 있다. 「관내정사」는 요동의 산해관에서 북경에 이르는 여정을 기록했다. 한 상인의 집을 방문했다가 벽에 걸린 기이한 글을 보고 베꼈는데 그 글에 '호질'이라 제목을 붙여 수록했다. 「호질」은 여행기에 들어 있는 액자 형식의 소설이다.

연암이 후기에서 "지은이의 성명은 없으나 근세의 중국 사람이 슬픔과 분노가 치밀어 지은 글로 보인다."라고 했으니 「호질」은 중국인 무명씨(無名氏)의 작품이다. 과연 연암이 밝힌 것처럼 중국인이 지은 소설일까? 아니면 중국인에 가탁한 연암의 창작물일까? 연암의 독특한 사유와 문체적 특징이 작품에서 두드러지는 등 여러 특징을 볼 때 연암의 작품으로 보는 것이 옳다.

「호질」은 의인화한 동물 범이 가상의 유학자 북곽 선생을 호되게 꾸짖는다는 우언 소설이다. 전문에 익살과 재치, 어희(語戱)와 패러디의 수사가 펼쳐져 읽는 재미가 있다. 범은 "아홉 가지 경서의 의리를 자세히 설명한" 당대 최고의 유학자를 아홉 가지 경서에 나오는 말로 되받아쳐 꾸짖는다. 경서에 익숙한 당시 독자가 읽는다면 "배꼽을 잡고 떼굴떼굴 구르면서 웃느라고 입에서는 밥알이 튀어나와 벌처럼 날아다닐 테고, 갓끈은 썩은 새끼줄 잡아당기듯이 툭 끊어질" 만큼 폭소를 터뜨리게 하는 소설이다.

유가 경전을 패러디하여 사용하고 과장된 표현, 장중한 어휘를 동원하여 등장인물을 희화화했다. 범이 황제의 언사와 태도로 준엄하고 장황하게 선비를 질타하는 장면이나 먹잇감 인간을 추천하는 창귀와 대화하는 장면, 동리자의 아들 다섯이 상의한 끝에 북곽 선생을 덮치는 장면이 압권이다. 그중에 하나의 사례를 들면 이렇다.

창귀에게 선비 고기를 추천받은 범이 기분이 너무 좋아서 "짐도 들은 적이 있노라! 자세히 듣고 싶도다.[朕聞, 如何.]"라고 말한다. 이 말은 『서경』「요전」에 나오는 "옳구나! 나도 들은 적이 있노라! 자세히 듣고 싶도다.[兪! 予聞, 如何.]"라는 말을 거의 그대로 가져다 패러디했다. 요임금이 왕위를 물려줄 인물이 누구인지 물으니 신하들이 순임금을 천거하자 요임금이 좋아서 한 말이다. 범이 황제처럼 요임금의 말을 흉내 내고 있으니 이 구절을 익숙하게 아는 독자는 폭소를 터뜨릴 표현이다. 전체가 이렇게 선비의 말로 선비의 위선을 비꼬고 있다.

그러나 「호질」은 읽는 재미를 넘어 심각하고 진지하게 사회적 철학적 의미를 담은 질문을 독자에게 던진다. 유학자를 대표하는 북곽 선생과 열녀를 대표하는 동리자의 위선적 처신과 우스꽝스러운 자존감을 폭로하고, 이어서 인간 전체의 위선을 질타한다. 만물의 시각에서 지상의 모든 동식물을 갈취하는 인간 중심주의와 인간끼리도 살상하는 잔혹함을 폭로하여 인간이 일군 문명 자체를 고발한다. 권위적 인간의 탐욕과 폭력을 고발하여 문명 비판의 의의가 있고, 상대주의적 시각이 두드러진다.

「허생」은 『열하일기』의 「옥갑야화」에 실려 있다. 「옥갑야화」는 비장과 역관, 연암이 주고받은 홍순언 이야기를 비롯한 일곱 개의 일화로 구성되어 있다. 역관의 국제 무역과 치부담을 돌아가며 이야기하던 끝에 변씨 부자의 치부 이야기가 나오고 연암은 슬며시 허생 이야기를 꺼내고 있다. 「옥갑야화」는 허생을 이야기하기 위해 상업과 신의의 여러 화제를 병치한 옴니버스 형식의 소설이다.

연암이 「허생」을 창작한 동기와 과정은 「허생」 앞뒤에 실린 이야기와 두 편의 후기에 나와 있다. 연암은 스무 살에 봉원사에서 윤영(尹映)이란 기인을 만나 사연을 전해 듣고 「허생」을 계획했다. 삼십칠 세 때인 1773년에는 성천에서 또 윤영을 만나 「허생」을 썼느냐는 질문을 받았다. 박제가의 시에 따르면, 늦어도 1778년 무렵에는 전기를 썼고, 나중에 『열하일기』에 수록했다. 이십여 년에 걸친 관심과 구상의 결과로 「허생」은 탄생했다.

「허생」은 탁월한 장삿술과 국가 경영 능력을 지닌 재야의 숨은 인재 허생 이야기다. 소설은 전반부와 후반부로 나뉜다. 시대 배경은 청나라에 굴욕적으로 항복한 인조와 북벌을 추진한 효종 시기다. 전반부에서는 1만 냥을 변 씨에게 빌려 100만 냥의 큰돈을 벌었고, 군도를 이끌고 해외의 섬에 진출하여 이상 사회를 건설했다. 섬에서 논을 경작하여 수확한 쌀을 일본

나가사키에 가서 무역하여 100만 냥을 번 다음 50만 냥은 바다에 버리고 남은 돈으로 빈민을 구제했다. 후반부에서는 변 씨에게 10만 냥을 갚고 다시 은둔한 허생이 치욕을 갚기 위해 북벌을 추진하는 이완 대장에게 세 가지 책략을 설파하는 장면을 그리고 있다.

「허생」에서 허생은 최고의 부자인 변 씨와 막강한 권력을 쥔 이완 대장을 압도하는 호방한 경영 능력과 책략가의 풍모를 발산한다. 조선의 경제를 주무르고 국제 무역을 거침없이 펼치며 해외로 진출하여 50만 냥을 바닷속에 던져 버리는 행위 등 영웅호걸다운 역량과 기백은 독자를 흡인하는 마력을 뿜낸다. 그 기세는 이완에게 호통치는 모습에서 극대화한다. 강한 의지와 자기희생 없이 북벌을 도모하는 집권층을 향해 그 허구성을 폭로하고 있다. 전반부에서는 허생의 영웅호걸다운 지략과 활약을, 후반부에서는 조선 사대부의 무능과 위선, 허례허식과 자존자대(自尊自大)의 고질병을 질타한다. 「허생」은 영웅호걸의 무용담을 넘어 국가적 위기를 걱정하고 해결하려는 지식인의 책무 의식을 드러낸다.

「호질」과 「허생」은 당대부터 『열하일기』에서 떨어져 나와 독립된 소설로 읽혔다. 두 작품의 창작 동기와 과정, 성격은 『열하일기』와 반드시 연계하지 않아도 좋다. 주제나 창작 방법, 구도에서 『방경각외전』의 여러 작품과 관련되나 풍자와 해학, 사회의식과 현실 비판의 강도는 한층 확대되었다. 「호질」과 「허생」을 읽었을 양반 사대부는 범에게 호되게 혼나는 북곽선생과 허생에게 불호령을 듣고서 황급하게 도망치는 이완 대장을 보고 재미있고 통쾌하게 여길 수만은 없었다. 상층 양반의 권위와 자존감이 무너지는 느낌에 읽기가 불편했을 것이다. 두 편의 소설은 나라를 걱정하고 사대부로서 책임을 느끼는 경세(經世) 의식이 정점에 이른 걸작이다.

4 『연상각선본』의 편집과
「발승암기」·「열녀함양박씨전」의 연민

연암 문학 인생의 세 번째 단계는 오십 대 이후 지방관 재직 시기이다. 오십 세인 1786년 선공감 감역에 제수된 이후 연암은 안의 현감, 면천 군수 등 지방관으로 봉직했다. 경제적 여유와 심리적 안정을 찾으면서 창작은 더욱 왕성해졌고 원숙해졌다. 안의 현감에 재직하는 시기에 『연상각선본』이란 자선(自選) 문집을 만들었다. 여기에는 「발승암기」와 「열녀함양박씨전」이 들어 있다.

「발승암기」는 문체의 형식으로는 전기가 아닌 기문(記文)이다. 그러나 겉으로는 기문이라고 했으나 소설적 문체와 수법으로 쓰여서 전기와 차이가 없다. 이 시기에 여러 작가가 기문의 문체로 전기를 지었다. 순조 연간의 문인 오현상(吳顯相, 1785~?)이 편찬한 『속제해지(續齊諧志)』에서는 「호질」, 「민옹전」 등의 소설과 함께 「발승암기」를 수록했으니 이 작품을 소설로 인식했다. 「발승암기」는 특이한 행적의 인물인 발승암 김홍연의 인생을 묘사한 전형적인 기인전의 하나이다.

「발승암기」는 사십사 세 때인 1780년 이후에 지은 작품으로 전국 명산에 자기 이름을 큰 글씨로 새겨 넣은 기인 김홍연이란 인물의 인생으로 점차 끌려 들어가는 과정을 묘사했다. 김홍연은 개성의 부호가 출신으로 힘이 장사인 무과 급제자이나 "녹록하게 벼슬자리를 구할 뜻이 없었고, 집이 본래 큰 부자라서 재물을 오물 버리듯이 마구" 쓴 허랑방탕한 왈짜였다. 겉으로 드러난 주제는 세상에 자기 이름과 존재를 알리려고 안달하는 명예욕의 허무함이다. 그러나 작품의 심층에는 재능을 발휘할 길이 없는 폐쇄적 사회에 좌절한 인간과 취미에 탐닉하여 인생을 낭비하는 길을 선택한 인간을 향한 연민이다. 해괴한 인생 궤도를 거쳐 모든 것을 잃고 대명천지에 집도 없는 과객으로 중처럼 절에 붙어 사는 김홍연의 슬픔에 공감한 작품이다.

「열녀함양박씨전」은 안의 현감으로 재직하던 중에 발생한 젊은 과부의 자결을 소재로 한 전기이다. 노년기 소설의 백미로 서두 부분과 본전으로 구성되었다. 이 전기는 신혼 생활 한번 제대로 하지 못하고 음독자살한 젊은 여인을 향한 연민의 작품이다. 연암은 과부의 죽음을 사회적 타살로 간주했다. 서두와 본전에는 서로 다른 두 명의 과부가 등장한다. 자결한 열녀와 자결하지 않은 열녀다. 두 과부의 대비를 통해 자살하지 않고 살아가기 위해서는 얼마나 큰 고통이 따르는지를 웅변한다. 두 열녀를 나란히 세워 두어서 독자가 그 고통에 공감하고 불쌍하게 여기도록 했다. 열녀라는 이름에 가둬 놓고 남편의 죽음이란 불행을 겪은 수많은 여인을 다시 죽음으로 몰아가는 조선 사회의 몰인정함과 불합리한 제도와 관습의 병폐를 들춰 낸 소설이다.

장년기와 노년기의 두 작품에서는 인간을 바라보는 따뜻한 인간애와 안쓰러워하는 작가의 연민이 두드러진다. 이십 대 젊은 시기에 「우상전」을 지어 천재의 불우함과 불행에 깊은 연민을 표현한 이후 다시 따뜻한 감성의 문학으로 돌아왔다. 다만 감성에 호소하는 문학에서도 사회적 의미를 투영하는 태도는 버리지 않았다. 신분적 질곡과 지역적 차별, 과부의 재가 금지라는 조선 사회의 고질적 병폐를 주인공의 개인사를 묘사하면서 비판했다. 사회적 의미를 투영하여 개인의 불행을 한층 더 증폭시켜 독자를 연민의 감정에 사로잡히게 한다.

5 박지원 소설을 보는 시선과 독자의 평가

연암의 소설은 세상에 나온 당시부터 큰 반향을 일으켰다. 『방경각외전』부터 『열하일기』를 거쳐 『연상각선본』에 이르기까지 작품집이 나올 때마다 필사를 거쳐 많은 독자의 손에 들어갔다. 독자에게 환영받아 널리 읽혔으나 그 문체와 주제를 싫어하는 이들도 나타났다. 다양한 시선과 평가가 있다. 먼저 동시대의 눈 밝은 독자가 보인 흥미로운 반응부터 살펴본다.

유만주(兪晩柱, 1755~1788)의 방대한 일기 『흠영(欽英)』에는 연암의 작품을 읽고서 쓴 글이 여러 군데 나온다. 1785년 11월 13일의 일기에는 이렇게 썼다.

아버지를 모시고 『방경각외전』을 읽고 논의하여 말하였다. 이는 하나의 기이한 책이다. 중인과 서얼 및 여항인의 기이한 소문과 행적을 잡다하게 가져와 차례로 논하고 형용하였다. 이렇게 핍진하게 그리되 절로 예스런 문장을 이뤘으니 하늘이 내려 준 기이한 재주가 아니고서는 그렇게 할 수 있으랴? 또 말하였다. 이 책은 독자를 움직이는 힘이 있다. 옛사람의 찌꺼기를 따르지도 흉내를 내지도 않았으니 이는 몹시 어려운 일이다. 이 사람은 참으로 역사가의 재능이 있으니 정말 『삼강(三綱)』을 쓰는 일에 기용할 만하다. 세상을 희롱하는 뜻이 숨어 있고, 이처럼 불우하니 집필에 끼워 넣으면 크게 운치가 있을 것이다.

『방경각외전』의 소재와 문체, 영향력을 예리하게 포착하여 평을 남겼다. 창의적인 박지원 소설이 독자를 움직이는 생명력을 지녔다고 보았다. 독서의 잔상이 가시지 않았는지 유만주는 나흘 뒤 일기에서 "숨어 있는 일을 찾아내어 기이한 이야기로 풀어내는 점에서 나는 도무지 『방경각외전』을 따라잡을 수 없다."라며 감탄했다. 작가를 지망한 유만주는 연암의 문장을 본받고 싶었으나 그의 소설은 본받기 어려울 만큼 높은 경지에 올라 있었다. 그처럼 『방경각외전』의 소설은 동시대 후배 문인의 마음을 사로잡았다.

유만주는 또 1783년 이후 몇 년 동안 『열하일기』를 읽고서 일기 곳곳에 감상평을 남겼다. 여러 번 언급한 대표적 작품이 「호질」이다. 친구들과 필사한 소설을 돌려보면서 연암이 "또 근래 「호질」 한 편을 지어 세상 사람을 두루 꾸짖었는데 그 체

제가 매우 괴상하고 기발하다."(1786년 윤7월 26일)라는 세평(世評)을 적어 두었다. 또 신기함을 좋아하는 박지원이 근래 또 이런 문장에 빠져 있다고 하면서 "칭찬하느라 잠시도 입을 다물지 않는" 독자가 있는 반면에 "윤리 가운데 본디 낙원이 있건마는 구태여 왜 그러는지 모르겠다."라고 하면서 "옷을 벌거벗고 남의 집에 가서 남의 조상을 욕하는 꼴"이라며 욕설을 그치지 않는 독자도 있다고 썼다.(1786년 11월 26일) 「호질」에 대한 평가가 크게 갈리는 당시의 반응을 전해 주었다.

『발해고』의 저자 유득공(柳得恭)은 『고운당필기(古芸堂筆記)』 제3권에서 『열하일기』를 표제로 올리고 다음과 같이 썼다.

성상께서 요즈음 문체가 비속하다고 여겨 여러 차례 글을 내려 문장을 맡은 신하를 질책하고 패관 소설을 엄금하셨다. 또 여러 검서관에게 신기한 문체를 숭상하지 말라고 경계하셨다. (……) 이날 직각(直閣) 남공철(南公轍)은 성상의 뜻을 받들어 안의 현감 박지원에게 편지를 써서 "『열하일기』는 내가 이미 다 읽어 보았다. 다시 전아하고 반듯한 글을 짓되 『열하일기』와 분량이 같고, 『열하일기』처럼 널리 읽히게 하면 괜찮으나 그렇지 않으면 벌을 내릴 것이다."라는 분부를 전하였다.

연암은 이십 대부터 문장을 잘 지어 명성이 서울에 떠들썩하였다. 그 뒤로 과거에 급제하지 못하고 불우하게 지내다가 북경에 가는 팔촌 형 금성도위(錦城都尉)를 따라가서 열하를 유람하고 돌아와 『열하일기』 스무 권을 지었다. 떠들고 비웃고 화내고 꾸짖는 글 속에 우언을 버무려 지었다. 그중 「상기」, 「호질」,「야출고북구기」,「일야구도하기」 등의 작품은 지극히 해학적이고 기발하여 당시 사대부들이 전하여 베끼고 빌려 보았는데 몇 해를 넘겨도 멈추지 않았다. 이 책이 끝내 대궐에까지 들어가서 이런 분부를 내리게 됐다. 연암은 우리가 평소 친하게 지내던 분이다. 연암은 『열하일기』를 지으면서 이전에 지은 글을 다 없애 버렸다. '이 책만 있으면 나머지 글은 후세에 전해지지 않아도 좋다.'라고 생각해서였다.

1793년을 전후한 시기의 연암의 현황을 간명하게 서술했다. 연암을 누구보다 잘 이해한 문인이 전하는 말이니 믿을 만한 기록이다. 연암은 이십 대부터 작가로서 명성이 대단했다.『열하일기』의 저술 이후 명성은 더 증폭되어 정조도 다 읽고서 당시 크게 불거진 소품문 유행의 진원지로 연암을 지목하였다. 영조 말엽과 정조 시대에는 문단에 활기가 넘쳤는데 그런 문단에서 연암은 가장 주목받는 작가의 한 사람이었으니 정조의 책망은 근거가 있다. 여기서도「호질」이 언급되는데 해학적이고 기발한 작품에는 흔히 소설이 포함된다.

유만주와 유득공의 감상평을 통해 박지원 소설이 인기를 얻고 명성을 쌓아 간 자취와 그의 문학에서 소설이 차지하는 큰 비중을 가늠할 수 있다. 19세기를 거쳐 현재까지 박지원의 문학 세계가 한국 문학의 큰 봉우리로 평가받는 데 소설이 크게 공헌했다.

이 밖에도 여러 문인이 박지원 소설을 읽고 평가했고, 최근까지 다양한 연구 성과가 많이 축적되었다. 조선 말기와 일제 강점기의 두 학자의 평가는 박지원 소설을 보는 서로 다른 관점을 잘 보여 준다. 저명한 유학자 박문호(朴文鎬, 1846~1918)는 『호산잡저(壺山雜著)』에서 "문장에서 연암 박지원과 글씨에서 추사 김정희, 과체시(科體詩)에서 황오와 조운식은 비록 단아하고 저속함, 맑고 혼탁함의 차이가 있기는 하나 괴상하고 미쳐 날뛰는 점에서는 똑같다. 선비라면 이리나 뱀인 듯 여겨 삼가 피해야 한다."라고 했다. 보수적 유학자의 관점을 잘 보여 준다. 이와는 다르게 일제 강점기의 저명한 문인 이승규(李昇圭, 1882~1954)는 『계원담총(桂苑談叢)』에서 다음과 같이 말했다.

조선 왕조는 규모가 악착같고 편협하다. 비천한 집안 출신은 아무리 속인과는 크게 다른 품성과 동류를 초월한 재능을 가지고 있다고 해도 흔히 풍속에 억눌려 포부를 펼치지 못하고 끝내 궁핍과 차별에 시달리다 한을 머금고 죽음에 이르렀다. 나라가 쇠퇴하여 멸망한 이유가 참으로 여기에 있다. 이것이 연암이 분노를 터뜨려 「양반전」을 지은 까닭이고, 또 분노를 터뜨려 「허생전」을 지은 까닭이며, 또 분노를 터뜨려 「호질문」을 지은 까닭이다.

조선 사회의 가혹한 인간 차별을 망국의 이유 하나로 들고 연암이 그런 사회에 분노하여 여러 소설을 썼다고 했다. 조선 사회의 고질적 병폐에 대한 분노가 여러 편의 소설로 승화되어 나왔다는 말은 박지원 소설의 주요한 주제 하나를 선명하게 제시했다. 연암은 언젠가 남들은 사망하면 숙환별세(宿患別世)라고 부고를 내지만 자기는 숙분별세(宿憤別世)로 부고를 내라고 하겠노라 말한 적이 있다. 조선 사회의 병폐와 부조리에 대한 분노는 18세기 조선의 깨어 있는 지식인으로서 연암의 양심이고, 소설은 그런 작가적 양심의 문학적 표현이었다.

6 박지원 소설의 교감과 번역

당시부터 19세기까지 독자는 오랫동안 필사본으로만 연암 소설을 접해야 했다. 20세기에 들어와서야 가까스로 선집이 간행되었고, 1932년에야 17권 6책의 『연암집』이 신활자본으로 출간되었다. 이 활자본은 훌륭한 판본이라 지금까지 학계에서 널리 활용하는 텍스트다. 이 책에서도 이 활자본을 교감과 번역의 저본으로 삼았다.

다만 이 판본은 완전한 텍스트가 아니다. 연암의 작품집은 저자 생존 때부터 필사 과정에서 많은 변화를 겪으며 서로 차이가 나는 텍스트를 양산했다. 또 저자 스스로 원고를 계속 고치면서 서로 다른 텍스트가 만들어졌다. 근대 이전 문인 가운데 연암은 작품집 사본이 매우 많은 작가다. 많은 사본 가운데 단국대학교 석주선기념박물관에 소장된 연민문고(淵民文庫) 사본이 특별히 중요하다. 초기에 연암 연구를 주도한 연민 이가원 선생이 소장했던 이 문고에는 연암의 후손으로부터 입수한 사본이 대부분이다. 저자가 사용한 원고지인 연암산

방(燕岩山房) 판심(版心)에 쓴 초고본, 수고본이다. 그 밖에 일본 동양문고와 미국 버클리 대학교 도서관 소장 『연휘』 등을 비롯하여 초고본에 가까운 사본이 여러 소장처에 전한다. 여러 사본을 판본과 교감하면 차이가 있고, 그 차이는 작품의 해석과 감상에 크고 작은 변화를 가져온다.

또 후대의 전사본도 적지 않다. 연암 소설은 인기가 있어서 19세기에 편찬된 전기 소설집에도 필사되어 있다. 서울대학교 규장각 소장 『담총외기(談叢外記)』에는 「호질」과 「허생원전」, 「열녀전」, 「양반전」이, 『응옥당총서(凝玉堂叢書)』에는 「허생전」, 「호질」, 「양반전」, 「예덕선생전」이, 일본 천리 대학교 도서관 소장 『속제해지(續齊諧志)』에는 「호질」, 「민옹전」, 「발승암기」, 「양반전」이 실려 있다. 『방경각외전』에서 『연상각선본』까지 여러 소설을 뽑아 실었다. 또 일본 교토 대학교 도서관에는 단행본 『허생전』이 소장되어 있다. 다만 후대에 필사한 사본은 오류가 많아 선본으로 보기는 힘들다.

이 책에서는 연민문고 초고본과 그 밖의 초고본에 가까운 주요 사본을 교감하여 정본을 만들고 원문을 제시했다. 수정되거나 채워진 글자가 적지 않고 의미를 바꾼 변화까지 발생했다. 교감한 내용을 원문에 밝히고 그중 중요한 변화는 번역과 주석에 반영했다. 의미에 큰 변화가 따르는 글자와 구절 위주로 교감했다. 교감을 거친 비평판 텍스트로 연암 소설을 정확하게 읽을 수 있도록 했다.

연암 소설은 20세기 한국 문학 연구의 출발 단계부터 큰 관심을 끌었다. 김태준의 『조선소설사』(1933)와 이가원의 『연암소설연구』(1965) 이래 학계에서는 연암 소설을 열 편으로 보았다. 그러나 「발승암기」 한 편은 연암의 다른 소설과 견주어 손색이 없다고 판단하여 이 책에서는 열한 편으로 확대하여 번역했다. 새로운 목록을 추가한 의의가 있다.

연암 소설은 문학사상 높은 가치를 인정받은 만큼 많은 번역서가 나왔다. 그중 홍기문, 이가원, 임형택, 김명호 등의 번역이 학술적으로 의미가 있다. 역자는 교감한 정본을 번역 대본으로 삼아 새롭게 번역하고 주석을 충실하게 달고자 했다. 학술적으로 엄밀한 번역과 주석을 달되 번역은 누구라도 쉽게 읽을 수 있도록 어휘와 문장을 선택했다. 앞서 나온 번역서에서 보이는 그릇된 번역이나 주석을 적지 않게 바로잡았다. 여전히 부족한 점이 있을 터인데 기회가 닿는 대로 수정하려 한다.

2025년 가을
안대회

작가 연보*

1737년(영조 13년, 丁巳) 1세

    2월 3일 한양 서부(西部) 반송방(盤松坊) 야동(冶洞)의 조부 박필균(朴弼均, 1685~1760) 댁에서 태어났다. 부친은 박사유(朴師愈), 모친은 함평(咸平) 이씨로 2남 2녀 가운데 막내아들이다.

1744년(영조 20년, 甲子) 8세

    큰누나가 이택모(李宅模)와 혼인했다.

1752년(영조 28년, 壬申) 16세

    관례(冠禮)를 올렸다. 전주 이씨 이보천(李輔天)의 딸과 혼인했다. 장인에게 『맹자』를 배우고, 처삼촌 이양천(李亮

---

* 월일은 음력이다.

天)에게 『사기』를 배웠다.

이 무렵 이재운(李載運, 1721~1782)이 『해동화식전(海東貨殖傳)』을 지었는데 그 안에 독특한 부자의 한 사람으로 광문을 다룬 「자갈쇠전(者葛衰傳)」이 포함되었다. 그 글의 평자는 "박지원의 「광문전」과 함께 읽어야 좋다."라는 평을 했다.

1753년(영조 29년, 癸酉) 17세

소론 영의정 이종성을 탄핵한 죄로 흑산도에 위리안치되었던 이양천이 돌아왔다.

1754년(영조 30년, 甲戌) 18세

3월 조부 박필균이 대사간에 제수되었다. 전년과 이해 무렵에는 우울증과 무기력증을 심하게 앓았다. 병증을 치료하려고 서화 골동과 음악 기호품에 마음을 두었고, 신선술에 빠지기도 했으며, 재담과 고담을 즐기기도 했다. 이때 있었던 일을 소재로 나중에 「민옹전」, 「김신선전」 등을 썼다. 이해에 광문에 관한 이야기를 엮어 「광문자전」을 지어서 여러 어른에게 돌려 보였고, 예스러운 문장이라는 칭찬을 크게 듣고 하루아침에 작가로 인정받았다.

1756년(영조 32년, 丙子) 20세

이 무렵부터 여러 해 동안 과거 공부에 힘썼다. 김이소(金履素), 황승원(黃昇源) 등과 서대문 밖의 봉원사 등에서 공부했다. 단릉(丹陵) 이윤영(李胤永)에게 『주역』을 배웠고, 그의 아들 이희천(李羲天)과 친하게 지냈다. 이해 봉원사에서 윤영(尹暎)이란 기인을 만나 허생 이야기를 듣고 「허생전」을 쓰고자 했으나 오랫동안 쓰지 못했다.

1757년(영조 33년, 丁丑) 21세

이해 가을 재담꾼 민유신이 사망했다. 그와 주고받은 대화와 행적을 소재로 「민옹전」을 지었다.

1759년(영조 35년, 己卯) 23세

10월 모친 함평 이씨가 향년 59세로 사망했다.

1760년(영조 36년, 庚辰) 24세

8월 조부 박필균이 향년 76세로 사망했다.

1763년(영조 39년, 癸未) 27세

윤생(尹生)과 신생(申生), 김오복(金五福) 등을 시켜 신선으로 알려진 김홍기를 찾게 했다. 김신선을 찾는 과정을 밝혀서 나중에 「김신선전」을 지었다.

1764년(영조 40년, 甲申) 28세

58세의 광문이 연관된 역모 사건이 발생했다. 경상도에서 이태정(李太丁)이 광문의 동생이라고 자처하고 역모를 꾀했다. 자근만(者斤萬)은 광문의 아들이라 자처하다가 나중에는 역모를 밀고했다. 역모의 주모자로 몰려 의금부에 감금된 광문은 혐의를 벗었으나 함경도 경성으로 귀양 갔다가 풀려났다. 이 사건과 그 후일담을 「광문자전」의 후기에서 흥미롭게 다루었다.

1765년(영조 41년, 乙酉) 29세

가을에 유언호(俞彦鎬), 신광온(申光蘊)과 함께 금강산을 유람했다. 선암(船庵)을 올라가 신선술을 수련한다는 선비를 찾았으나 찾지 못하고 돌아왔다. 금강산 등의 명산에서 기인 김홍연(金弘淵)이 새긴 각자(刻字)를 보고서 나중에 「발승암기」를 지었다.

1766년(영조 42년, 丙戌) 30세

지난해 가을 금강산에서 신선을 찾은 이후 이 무렵에 「김신선전」을 지었다. 3월 역관 이언진(李彦瑱)이 향년 27세로 사망했다. 그의 천재성과 불우함을 묘사한 「우상전」을 지었다.

1767년(영조 43년, 丁亥) 31세

삼청동 백련봉(白蓮峰) 아래 이장오(李章吾)의 별서에 세를 얻어 이사했다. 이덕무가 1765년부터 『이목구심서(耳目口心書)』를 저술하여 완성했다. 이 책에서는 이언진의 문학과 삶, 죽음을 상세히 다루었고, 김홍기 등 여항인의 동태를 관심 깊게 서술했다. 박지원의 소설과 관련이 깊다.

1768년(영조 44년, 戊子) 32세

백탑(白塔) 부근에 있는 대사동(大寺洞)으로 이사했다. 이곳에는 이덕무, 서상수, 유금, 유득공 등이 가까이에 살고 있어 자주 어울려 지냈다. 이 무렵 이덕무와 이서구, 이정구 등과 교유를 바탕으로 하여 「예덕선생전」을 지었다. 또 『방경각외전』을 한 권의 책으로 편집하고 아홉 편의 전기에 각각 서문을 썼다.

1770년(영조 46년, 庚寅) 34세

홍대용(洪大容)과 교유를 맺었다. 1766년 북경에 다녀온 홍대용의 『회우록(會友錄)』에 서문을 썼다. 이 책에서는 홍대용이 북경에서 사귄 중국인 친구와 교유한 실상을 기록했다.

1771년(영조 47년, 辛卯) 35세

　　5월 친구 이희천이 금서를 소지한 일로 처형되었다. 이에 충격을 받고 과거 보기를 포기했다. 이덕무, 백동수 등과 함께 관서 지방을 여행했다. 개성과 묘향산, 평양 등을 여행하고 황해도 금천군 연암협(燕巖峽)을 찾아 거주하기로 하고 호를 연암으로 썼다. 10월 산문 선집『종북소선(鐘北小選)』을 편집하고 이덕무의 비평을 받은 뒤 서문을 썼다.

1772년(영조 48년, 壬辰) 36세

　　전의감동(典醫監洞)에 셋집을 얻어 이사했다.

1773년(영조 49년, 癸巳) 37세

　　봄에 이덕무, 유득공 등과 함께 관서 땅을 여행했다. 이때 성천의 무산십이봉 아래 암자에서 윤영과 재회하고 다시「허생」을 지을 계획을 했다.

1775년(영조 51년, 乙未) 39세

　　이 무렵에 이희경(李喜經)이 박제가를 비롯한 백탑시파(白塔詩派) 동인의 작품을 모아『백탑청연집(白塔淸緣集)』을 엮었다. 박제가가 박지원과 교우를 맺은 즐거움을 중심으로 서문을 썼다.

1777년(정조 1년, 丁酉) 41세

　　장인 이보천이 향년 64세로 사망했다. 화를 피해 황해도 금천군 연암협으로 이사했다.

1778년(정조 2년, 戊戌) 42세

　　3월 이덕무와 박제가가 사은사행을 따라 북경에 갔다. 이 무렵 박제가가 「회인시」 61수를 지어 흠모하고 교분이 있는 동시대의 명사를 묘사했다. 박지원에 대해서는 사마천과 한유를 겸비한 문필가라 호평했고, 허생을 규염객이라고 평가하여 「허생」을 이미 지었음을 암시했다. 박제가는 「허생」을 「규염객전」의 성격을 지닌 소설로 보았다.

1780년(정조 4년, 庚子) 44세

　　5월 건륭제의 칠순을 축하하는 진하별사(進賀別使)에 정사(正使) 박명원(朴明源)의 자제군관 자격으로 북경과 열하를 유람했다. 금성위(錦城尉) 박명원은 삼종형(三從兄)으로 영조의 딸인 화평 옹주의 남편이었다. 귀국하는 길에 평양에서 발승암 김홍연을 만나 기문을 써 줄 것을 부탁받았다. 귀국한 뒤에 서울의 평계에 있는 처남 이재성 집과 연암협을 오가며 『열하일기』를 저술했다.

1783년(정조 7년, 癸卯) 47세

　　『열하일기』의 첫 부분인 『도강록(渡江錄)』에 서문을 붙였다. 그 무렵에 『열하일기』의 초고를 완성한 듯하다.

1786년(정조 10년, 丙午) 50세

　　윤7월 선공감 감역에 제수되어 첫 벼슬에 나아갔다.

1787년(정조 11년, 丁未) 51세

　　1월에 부인 전주 이씨가 사망했다.

1792년(정조 16년, 壬子) 56세

　　1월 안의 현감에 부임했다. 안의현 관아에 연상각(煙湘

閣), 공작관(孔雀館), 백척오동각(百尺梧桐閣), 하풍죽로
당(荷風竹露堂) 등의 건물을 벽돌을 구워 지었다. 10월에
이옥(李鈺)의 글이 소설 문체라는 정조의 문책이 연거푸
내려졌다. 11월 부교리 이동직(李東稷)이 상소를 올려 이
가환 등이 패관 소품 문체를 사용한다며 문체 문제를 거
론하자 정조가 여러 신하에게 문체를 순정하게 지으라고
하명하여 문체 반정(文體反正) 사건이 불거졌다. 많은 문
신이 문체를 반성하는 글을 지어 바쳤다.

1793년(정조 17년, 癸丑) 57세

1월 각신(閣臣) 남공철(南公轍)이 안의로 편지를 부쳐 『열
하일기』가 문체의 타락을 촉발했다는 정조의 말을 전했
다. 『열하일기』가 필사되어 널리 읽혔고, 정조는 궐내로
들여와 모두 읽었다. 3월 이덕무가 향년 53세로 사망했다.
7월 안의현 출신 여자가 함양에 시집가서 남편을 따라 죽
는 사건이 일어났다. 이 사건을 겪고서 「열녀함양박씨전」
을 지었다.

1795년(정조 19년, 乙卯) 59세

9월 소품 작가 이옥(李鈺)이 26일에 안의현을 방문하여
박지원과 만나고, 새로 지은 중국식 벽돌집을 소재로 「옥
변(屋辨)」을 지었다. 순정하지 않은 문체를 쓴 징벌로 이
옥은 경상도 삼가현에 충군(充軍)되어 한 달 동안 영남을
여행하던 중 안의현을 들렀다.

1796년(정조 20년, 丙辰) 60세

3월 안의 현감에서 체직되어 서울로 돌아왔다. 안의 현

감에 재직하는 동안 『연상각선본』과 『공작관문고(孔雀館文稿)』란 자선(自選) 문집을 만들었다. 『연상각선본』에는 「발승암기」와 「열녀함양박씨전」이 들어 있다.

1797년(정조 21년, 丁巳) 61세

윤6월 충청도 면천 군수에 제수되었다.

1799년(정조 23년, 己未) 63세

3월 정조가 농서(農書)를 구하는 윤음(綸音)을 내리자 이전에 지은 『과농소초(課農小抄)』를 바쳤다.

1800년(정조 24년, 庚申) 64세

6월 정조가 승하했다. 9월 양양 부사로 부임했다.

1801년(순조 1년, 辛酉) 65세

2월 신유박해가 발생하여 많은 천주교도가 처형되었다. 그 여파로 윤가기가 처형되고, 박제가는 종성으로 유배되었다. 사학(邪學)을 금기시한 결과 박지원의 작품에서 천주교와 사학죄인 관련한 내용이 삭제되었다. 5월 양양 부사를 사직하고 서울로 돌아왔다.

1805년(순조 5년, 乙丑) 69세

4월 박제가가 사망했다. 10월 20일 한양 가회방 재동 자택에서 사망했다.

세계문학전집 464

박지원 소설선

1판 1쇄 찍음 2025년 9월 23일
1판 1쇄 펴냄 2025년 9월 30일

지은이 박지원
옮긴이 안대회
발행인 박근섭, 박상준
펴낸곳 (주)민음사

출판등록 1966. 5. 19. (제 16-490호)
서울특별시 강남구 도산대로1길 62(신사동) 강남출판문화센터 5층 (우편번호 06027)
대표전화 02-515-2000 팩시밀리 02-515-2007
www.minumsa.com

ⓒ 안대회, 2025. Printed in Seoul, Korea

ISBN 978-89-374-6464-5 04800
ISBN 978-89-374-6000-5 (세트)

* 잘못 만들어진 책은 구입처에서 교환해 드립니다.